愿随所爱到天涯

胡晓军 著

文汇出版社

序

生命实在是一种浪费。

自三皇五帝至而今，一切风流人物及其所建功业，都如孩童在海边堆砌的沙器，随风潮起落而了无痕迹。近百年来，几多功业赫赫者，转眼已成历史陈迹，随岁月的流逝渐稀渐淡。伟人尚如此，凡夫又何如？既然所有的努力都会归于虚无，倒不如按老庄之说，一动不如一静，还能得个逍遥自在。可世上总有不能躲懒之人，所谓天降其任，冥冥中真有无形之手左右之。唐代柳宗元以将相换作了文学家，在我看来，命运之于胡晓军也有类似的调排。

当然，胡晓军并非出身将相世家，亦非书香门第。他的父母不是知识分子，整个家族没有一个是文化人。他的学业严重偏科，总分成绩只是平平。因而初中毕业谋份职业，早日自给自足，是他父母和他本人的共同愿望。母亲托人为儿子谋个食品店售货员的差事，主事者也已应允，诸事俱备，不料因他深度近视而最终无法如愿。无奈，他只得上高中，去高考，被迫成了家族中第一个文科大学生。而作文正是他自初中起就拥有的强项。

1989 年，他以优异成绩毕业，在老师们的帮助下入上海市文联供职。等因奉此的机关工作枯燥而重复，他却安于此并擅于此。他内心里，只把办公桌上的差事当成在食品柜前的工作——取货、称重、包装、收钱、发货……

工作之余，他在电脑前一坐就是几个小时，把键盘打得噼啪响。他热衷于电子游戏，最爱技击格斗类，所选的角色不是粗豪强悍的壮汉武士，而是柔弱机敏的少年男女。正所谓选择即性格，他外表斯文、内在强韧，善于在不动声色中应对烦难的挑战。

一晃十几年过去，他在游戏中挥霍着天赋和时间。他有位大学同学任杂志的编辑，见他有闲，请他写稿。那不是一本文学杂志，但他文章富含的文学性，折服了杂志社的所有编辑，年年被评为优秀作者。实际上，他能将文学性注入任何程式化的文章中，包括人物采访、书籍序跋、演说讲稿，甚至工作总结、调查报告……使文章思路明晰、文采鲜丽、节奏起伏、情感摇漾。正因此，亲朋好友和同事请他代笔撰文者络绎不绝。他为人随和，从不推拒。有人见他文债频频，为他惋惜，建议他谢绝一二。他回答说，这类文章并不费事。的确，他文思迅捷，不但挥笔成文，更有出口成章之能。有人曾请他指点起草一篇文稿，他隔着办公桌间的挡板，一边做自己的事，一边口若悬河地说。说得前呼后应、严丝合缝；说得明白晓畅、文采飞扬。那人奋笔记录，记着记着，忍不住站起身、探过头来问："莫非你早就写好了？"及见他手中并无片纸，方大叹服。

虽然这一切与文学并无关系，但他的才华还是引起了上司的注意。2003年，他被指派兼任上海戏剧杂志社主编。

戏剧是文学，是拥有高度艺术性的文学。从此，他的才华开始与文学真正交融起来。他一面选读汗牛充栋的典籍，从典籍中汲取营养；一面编审良莠混杂的文稿，在文稿中辨别优劣。他像鹅王择乳般迅速地去芜存菁，化他人之陈迹，发自身之新奇，充分显现了他的天纵之才。正如叔本华所说："天才的优势在于其能更灵活、更准确地推论知识，而不是通过直觉获取直观知识。具备这种能力的人，做出的思考比常人来得更加快捷和准确。"

他阅文既广，观剧又多，且以哲学的思维、史学的观照和文学的表达介入戏剧研究与赏鉴之中。他参加戏剧研讨、艺术讲座和文化论坛，所发之论思想深刻、表达独特，既入情入理，又出人意表，常使与会者倾耳聆听，心悦诚服。愈来愈多的学术活动，使他愈发精研理论；愈来愈多的文稿邀约，使他愈加考究文辞……如此循环，不断上升。他依然在电脑前一坐就是几个小时，把键盘打得噼啪响，但屏幕上已不再是喧哗炫目的游戏，而是宁静精妙的文章。

他的文章衔华佩实，又天马行空，如丰神潇洒的剑客，往往在轻灵飘逸间一招中的，从不做艰涩沉重、泰山压顶之势。这种文章的风格，源于他的诗词天赋。作诗填词讲求辞藻之美、声律之协，本与骈文、辞赋的做法类似。他的写作经常运用此类方法，从谋篇布局到韵味音律，从炼字造句到排比对仗，甚至将诗词直接纳入文中。此举既能彰显文字的魅力，又能以诗歌的感性软化观念的理性，犹如春风风人、润物无声，使读者更容易地接受他的观点和情感。他写的论文有散文的韵味，他写的散文则有论文的内涵，总体呈现致中平和、温润醇厚的诗化风格。

这种风格如今看来颇为特殊，但在文学史上却似曾相识。比如韩愈在散句间大量运用辞赋的铺叙和骈文的排偶，在平实中有流丽，于恣肆内寓严整，使文章显得疏密相间、丰姿多彩。

韩愈对中国文学的真正贡献，在于发起了一场以倡"古文"、反骈文为主题的文体改革和思想解放运动。但事物相生而又相克，往往救一弊又生一弊。"古文"运动之后，文章的形制由齐整走向随意。一方面，束缚的解除使作者的才思得以释放；另一方面，门槛的降低也使文章的韵味趋于淡薄。特别是百多年来，典雅蕴藉的传统文化被鄙弃，新异时髦的外来文化被礼赞，略识之无的群众文化被普及，以耻为荣的痞子文化被追捧，文风流俗，日趋粗鄙，虽有少数才气高越者运笔如神、咳唾成珠，终不敌大量资质庸常者率尔操觚、口沫横飞。纵有几篇精美文章，也很快被海量的粗粝文字所淹没。倘若苏轼复活，恐会再次哀叹"道丧文弊"，又要呼唤"文起八代之衰"了。

当然，判断文章优劣的主要标准是其内在的精神和思想，正如裴度反对韩愈所说："文人之异在气格之高下、思致之浅深，不在其磔裂章句、隳废声韵也。"不过问题在于，当年是文胜于质，若不从改革文体入手难以释放思想、彰显道统；当代则是质胜于文，若不从注重文体入手难以提升韵味、承继文脉。总之，无论何朝何代，文章都须符合"文质彬彬"之道。

有人以为，当代日新月异，信息目不暇接，言为心声随说随散，文乃语录随写随弃，无须流传久远，不用刻意追求"文质彬彬"。可这是一种短视的观点。

诚然，语言和文章都是交流的工具，但语言只限于某一时空，稍纵即逝。有脑科学家认为，符合句法的语言使人类的智力远高于其近亲黑猩猩。我对此总感到疑惑，因为强调语言、强调句法，无非强调表达、强调逻辑。动物能够顺畅交流，这是常识，灵长类哺乳类自不待言，即使蜜蜂、蚂蚁等也能以舞翅、触角等方式完成交流。它们的交流方式即是"语言"，内中富含逻辑的"语言"。人类不能因尚未掌握其"语言"，就否定其逻辑；也不应以自身语言与其相比较而彰显自身智力之高。这是缺乏说服力的。

真正有说服力的，是文章。黑猩猩会以声音和肢体语言表达意愿，却不能捧着几片沾有痕迹的树叶了解祖先。人类则能通过文章，做到"千里共婵娟"、纵论"古今兴废事"，与遥远的亲朋、与古远的先贤做思想和情感的沟通。文章，只有文章才真正使人类区别于皮毛鳞甲之属，使文明区别于茹毛饮血之行。由此可见，当代某些欢呼"读图时代"到来、崇尚"肢体语言"表达的观点，是多么的自我轻贱。

人生如白驹过隙。个体的生命渺小而短暂，但若将个体生命的感悟，通过文章融入他人的生命，则能实现精神上的恒久。正如曹丕《典论·论文》所说："盖文章经国之大业，不朽之盛事。年寿有时而尽，荣乐止乎其身，二者必至之常期，未若文章之无穷。"陈子昂仅凭一句"前不见古人，后不见来者"，就使他成了"前可见"的古人。

如此，生命就不是一种浪费。

胡晓军的文章是否能传之后世，我不确定。我能确定的是，他的文章要比许多被收入"当代散文选""名家散文集"和中小学教科书里的文章更出色。我不是说他的文章已尽善尽美，而是说如果有人喜欢并模仿他的写法及风格，或是受他的启发再创一种写法及风格，并被更多的人喜欢、模仿和创造，随着时间推移，逐渐蔚然成风，从而产生出足以代表当代、更能流传后世的文章。

果能如此，他的生命也不是一种浪费。

在他本命年生日那天，他的父母发给他一条短信："四十八年前的今天，我们绝对没想到会生下一个文化人。命运真是太奇妙了。"命运不能被决定，但命运可以被推测。命运已经给了他一次奇妙，使他由售货员成了文化人；命运会不会再给他一次奇妙，担起"文起百年之衰"的重任？

张 震
2016 年 8 月

序

蓦 然 入 黑 瞳 ——————

春 光 如 许 ——————

目录

蓦然入黑瞳　12

好去销凝　16

佳人自是初相见　20

除却盈盈　24

诗出中规矩　28

此心今尚留　32

谈艺似谈龙　36

淤泥偏自出芙蓉　40

笔行如草花　44

勾红描黛娥眉秀　48

断不容尘屑　52

可知磨折前身　56

名花四季少年郎　60

人生识字两难禁　64

春光如许　70

缘何血冷偏多情　74

无端天与娉婷　78

实告郎君　82

一般良夜　86

垓下残阳接飞血　90

驱虎吞狼是美人　94

朱颜何累听羌笛　98

君恩怎及琼浆好　102

遗恨问为谁啼　106

此心独醒纵云归　110

忽如今夜春风与　114

幸有歌诗托优伶　118

夭桃岂干胭脂事　122

天涯何处是仙乡　126

甚伤人梦疾太沉沦　130

东边日出西雷雨　134

以戏鸣不平　138

原　不　是　他　乡　——

带　笑　望　穿　芳　迹　——

愿　随　所　爱　到　天　涯　——

跋

原不是他乡　144

忧心是母心　148

今知俺否　152

隔墙曾共少年游　156

谁道好花不长开　160

循味回故乡　164

来回才罢复来回　168

当春赠秀枝　172

家住低层　176

为有忆丛生　180

答曰岂知哉　184

原性是天然　188

无那素发　192

俯拾当琼佩　196

带笑望穿芳迹　202

道是天怜相助　206

众山抱惜是玉盆　210

轻歌也恐扰神明　214

寂寞犹浮叶叶心　218

天堂俱可登　222

初枝欣折下扬州　226

点化平生知此味　230

为有不为如是闻　234

景妍可当餐　238

寂静即乐声　242

好重遇得　246

愿随所爱到天涯　252

诗心尺素　256

之中一念长　260

生来散淡人　264

几时容得自由心　268

春水环佩响叮咚　272

不知心底有雄狮　276

纯白最斑斓　280

何止悲声与笑颜　284

曾经见得　288

缘是今生句未工　292

轻波丝绪共徘徊　296

闲时吃回茶去　300

底事儿悲喜底事儿慌　304

问谁能托　308

何来蝴蝶满枝头　312

与君把酒数星宇　316

羊是性灵之物。若我为羊，并有机会在羊族中选择一类的话，不选山羊，不选绵羊，而选野生羚羊。不是慕其珍稀，而是为其一个性灵的传说着迷。

蓦然
入黑瞳

蓦然
入黑瞳

我属羊。俗话说,男属羊,出门不带粮。况我生于夏秋之交,可谓满目皆芳草、遍地是美食。生物以食为天,唯先吃饱喝足,后能思想行动,看来我此生之所虑,主要在于后者了。倏忽人过半程,到了中年,果然粮草不虞匮乏,体态丰腴起来,神态也渐变得慵懒。闲来无事,作首五律,前半首这么写的——

> 昨夜雨初停,
> 当知草又青。
> 白脂凝映雪,
> 乌玉动含星。

羊这个字,头上双角对称,全身丰满均匀,望去俨然是一只正对着人的大羊。羊性良善,善的上半部是个羊字,唯德唯善;羊味鲜美,鲜的右半部是个羊字,且肥且甘;羊姿美丽,美的上半部是个羊字，美轮美奂；羊贵自知，羞的上半部是个羊字，知丑知羞；羊主祥瑞，祥的右半部是个羊字，大福大吉；羊善合群，群的右半部是个羊字，宜朋宜友——自然，老天安排处于发情期的公羊，不在此列。先人格物致知，并以汉字象形达意，汉字是体积最小、意涵最大的结晶体。结晶体容量不等、能量有异，羊字是那些最初始、最丰富和最美丽的结晶体中的一个。

羊是性灵之物。若我为羊，并有机会在羊族中选择一类的话，不选山羊，不选绵羊，而选野生羚羊。不是慕其珍稀，而是为其一个性灵的传说着迷。传说羚羊夜眠，会设法觅到一条适宜的树枝，认定之后，蓄力跃起，虽失败多次却从不言放弃，直到弯角挂住树枝、全身悬空，方才安心入睡。此非羚羊本能，而是它的生存智慧。文艺亦非人的本能，而是人的精神追求。因而羚羊挂角之事，常被用来谈文论艺，宋人严羽称道盛唐诸公诗作，犹如羚羊挂角，无迹可求，提出作诗唯在兴趣，言有尽而意无穷。羚羊挂角也被用来比喻佛理不可言传，看来诗境与禅意相同，作诗与悟道互通。

严羽崇尚兴趣，要人从内心去找像羚羊般一跃挂角的智慧与能力。王国维却觉得，兴趣论只能道得面目，不如他的境界说可以探得其本。

闲来无事，重读《沧浪诗话》与《人间词话》各一遍，感觉两人之间，并无本质不同，只是兴趣之论稍近宗教，凌空蹈虚；境界之说较近哲学，求证就实。若有更大区别，只在范围。严羽运用禅理，只是谈诗而少及其余；王国维接通西哲，则从论词而论学问、论事业，论人生和人类的精神追求。故而他说三种之境界，文学亦然；又说自己引用晏欧，恐为诸公所不许也。以我之见，三种之境界的每一种，都能与羚羊挂角貌合神会——第一境"昨夜西风凋碧树，独上高楼，望尽天涯路"，人在迷茫困顿中寻找目标，犹如羚羊寻觅树枝，且行且止；第二境"衣带渐宽终不悔，为伊消得人憔悴"，人在艰辛求索中百折不挠，犹如羚羊反复纵跃，不达不休；第三境"众里寻他千百度，蓦然回首，那人却在灯火阑珊处"，在那个东风花树、星雨香路的元夕之夜，人在无意中豁然开悟，犹如羚羊将角挂中枝头，此时身与心一并摇曳和感动，如痴如醉。

那首五律，后半首这么写的——

> 卷角水边集，柔蹄原上行。
> 高枝凭一跃，天籁梦中听。

我猜此时的羚羊若有梦，定会听到天籁，因它将自己完全交给了自然。此时的诗人若有作，定会听到天籁，因他将自己完全融入了自然——这正是王国维说的无我之境，不知何者为我、何者为物。岂止文学，大凡人在纷纭万象中拥有大学问、成就大事业时，必都已到了无我之境。我猜此刻,他即便在灯火阑珊处见到那人,也不必去相见了,因为那人不是再度离他远去，便是他已在灯火阑珊处，看别人由远而近、由远而近；而自己呢，正准备离去、离去……

闲来无事，又作了首五律——

> 伊存万象中，未可觅形踪。
> 纵目近而远，驱思西复东。
> 生涯知有尽，求索信无穷。
> 回首阑珊处，蓦然入黑瞳。

王国维又说，这三种之境界，未有不阅第一、第二境而遽跻第三境者。当他处于第一境时,曾自评自己的性质,欲为哲学家则感情苦多,欲为诗人则又苦感情寡而理性多,因此猜测自己终身,抑在诗歌与哲学两者之间。王国维的彷徨,何尝不是所有人的踟蹰,只是人们或未觉得,或即便觉得也不能获得,如同那千万头觅不到树枝,或虽觅到却终力竭,挂不上角去的羚羊。

王属牛。他从未引用过羚羊挂角之事。牛字与羊字一样,是那些最初始、最丰富和最美丽的结晶体中的一个。

我属羊。我也曾自评性质位于感情理性之间,并希望以羊的方式探得其本。若我为羊,不是山羊,不是绵羊,而是一头野生羚羊,寻觅已久,终找到一条适宜的树枝,于是蓄力、跃起,再蓄力、再跃起……直到余生终了。

好去
销凝

自古，只消提个柳字，一半就到了分手之时。王维有句"渭城朝雨浥轻尘，客舍青青柳色新"，是送朋友赴任往安西之作。

安西地处关外，沙石蔽日，绿意难觅。于是此地新柳，别意骤添，犹如一道新剪开的口子。贺知章有句"不知细叶谁裁出，二月春风似剪刀"，这把剪刀剪了柳叶，又去心上剪了一道口子，簇簇新地疼。有出昆曲折子叫作《折柳阳关》，演李益随军戍边，与新婚妻子小玉在灞桥惜别，小玉折下杨柳一枝，祈望郎君身在雁门关外，心系长安城内，早日归来团聚。我测小玉之情，填过一词："阳关外，柳枝无觅，度不尽长亭。"

同时，既是柳萌于春，一半又示意男女之情。刘禹锡有句

"杨柳青青江水平，闻郎江上唱歌声"，是写女郎闻歌而动情之作。夔州地处巴渝，山水连天，绿意可人。于是此地新柳，爱氛愈浓，犹如一抹不透明的雾儿。朱淑真有句"月上柳梢头，人约黄昏后"，这蓬雾儿得了月光，又在树下得了一对恋人，喜滋滋地摇。有出昆曲折子叫作《游园惊梦》，演柳梦梅跟随花神，与思春少女杜丽娘在梦中相见。柳梦梅手持柳枝说，姐姐你既淹通诗书，何不作诗一首以赏此柳枝乎？丽娘既羞又喜，诗未能成，同心已结。我度丽娘之感，填过一词："盼能有阴阳感通时，剩一缕幽魂，柳边梅树。"

原本，柳是无情之物，无关乎分手或者相逢。裴说有句"思量却是无情树，不管迎人只送人"，此言说对一半，既无迎人之意，岂有送人之理。柳音谐留，类似蝠音谐福，同样出于人的一厢情愿，既做不得真，又不如后者——因福是一个从无到有的祈愿，做的加法；留则是从有到无的央求，行的减法。小玉独守空闺，两年苦等却是一纸休书；丽娘情困病亡，三载飘零终于回生得偶。只是浑然不干柳树何事。因而，白居易和杜牧都不主张折柳，白谓柳本柔弱，非关一愁："小树不禁攀折苦，乞君留取两三条。"杜称柳本孤独，非关两情："佳人不忍折，怅望回纤手。"

然而，情感需要着落，否则有虚缈无着之窘。聚散离合，看似方向相反，实在情意相同，都含着"但愿人长久"的眷恋，因能被一并寄入那条条碧丝、缕缕绿烟中，无论折或不折、信或不信。这是个虚实相依的世界，在这里，柳被太阳、土地和水滋养着，更被传说和习俗支撑着、充填着，被诗词与戏曲言说着、扮演着……言者听者，演者观者，看似方向相反，实在情意相同。于是渐渐地，柳成了个双重的意象，前一重是真，后一重是情。此事中外皆同。比如有个西班牙人叫作桑塔耶纳的说，审美包含两层：第一层是一件真实的物品；第二层是这件物品所暗示的思想和情感。只是中国的诗词和戏曲，尤不着重、不纠缠于真的第一层——于诗，常常一个柳字而已；于戏，往往一条柳枝足矣。更简约的，不见一丝半缕，仅有一二手势。真的第一层具象愈少，情的第二层等级愈高，对人心的深沉与敏感的期待也就愈高。

如今，不管多少柳字，也大都没了什么意味。袁枚有句"春愁不是无形物，但看杨花一万重"，杨花是柳絮，是柳释出的万千载体，尽管会沾人衣，却被人们轻轻掸落。杨万里有句"绿杨尽道无情著，何苦垂条拂路人"，恍如八百年前的预言。尽管柳芽如期萌生、柳叶照常成长、柳絮一样飞舞，但不知从何始，已与送别无关，与爱情无涉。柳由双重回到一重，由立体变成平面，如同从复印机里吐出的一张扁平的纸。柳的境遇不是唯一，但与大雁、蜡炬、绢帕相比，尚算幸运，因后者竟连这一层纸都没了踪迹。诗词还在，戏曲还在，却也变成了扁平的纸。这个世界，正在变成一张扁平的纸。

我信，只要人类存在，定不会失了眷恋之情。因为从灵魂的高度看，离是绵长的常态，合才是短促的神采。如今的人，思想一定更复杂，情感一定更微妙，也许它们被寄入了手机和汽车，也许它们被托予了鱼虫与猫犬。但我觉得，产品没有生气，不可寄托；宠物虽有性命，亦难会意。在未得到最合适的着落前，那山野之上、湖河之边的柳，可否留住些些？更不妨多读诗，因诗能将人心的聚散缩成几行文字，令人在吟味中惊异；更不妨多看戏，因戏能将人生的离合浓缩入两个小时，令人在击节中爱惜。诗与戏，是文字中和舞台上的柳。

　　每遇卿卿。询卿尚有，迢遥几许行程。莫道相催，俱是未舍心情。放眼浅深重雾，隔岸高下流莺。遍八荒百代，昨日难知，今世何经。　　本来多情难语。借无心绿意，寄予温存。知是流光难挽，招展无凭。兀地飞霜乱絮，又遣出、乱附人衣。此意还留几许？可告些些，好去销凝。（调寄《锦堂春慢》）

佳人自是
初相见

把佳人比作鲜花，可能有些俗气，但通常不惹人厌，因为佳人和鲜花，都是看不厌的。何况俗气与否，因花而异。比如荷花，天然去雕饰，自是第一个不俗的。李白诗云"美人出南国，灼灼芙蓉姿"，即使沐阳承露、光彩照人，也毫不损其清纯脱俗之质。李白自号青莲，我想除了他对童年居处的眷念，恐也与这股倾慕之情有关，事实上他中年时的情人刘氏，便是一位江南的美人。

但这朵荷花竟让李白失望了。她嫌他布衣清贫，对他冷嘲热讽，那情状如同汉代的崔氏羞辱她不得志的丈夫朱买臣，更说出分手之类的绝情话来。李白定是恼了，才会在四十二岁时喜接圣旨、进京做官之前，冲口骂出"会稽愚妇轻买臣，余亦辞家西入秦"。后面两句，便是著名的"仰天大笑出门去，我辈岂是蓬蒿人"。显然，此话不是对那些蓬蒿人说的，而是对这位淤泥中的荷花，不，蓬蒿说的。不是每一个佳人都配得上荷花的。

却也有生把荷花比俗了的。陈师道看美女挽起袖子、露出腕子、托着腮帮子，提笔就写"玉腕枕香腮，荷花藕上开"，比得过实，比得乏味，读来感觉像是被顶住了气管。白居易见了邻家少女，张口便说"娉婷十五胜天仙，白日姮娥旱地莲"。没有圆月的嫦娥好不好看，姑且不论；但要比佳人作荷花，无论如何不能少了一物，那就是水，清清的水，否则必然笨拙，必然俗气。相比之下，陆游的"美人独立何所拟，白玉芙蕖秋水中"就要清新许多。曹雪芹说女孩是水做的骨肉，水便是女孩的命根子。他书中最爱惜的女孩之一英莲，谐音"应怜"，就是一只未开先折的荷苞。在《金陵十二钗》副册中，英莲排在第一位，她的判词，第一句就写着"根并荷花一茎香"。

佳人也是人，不因外力也会老去，到那时节，便有残荷等着她们。李璟有词："菡萏香销翠叶残，西风愁起绿波间。还与韶光共憔悴，不堪看。"王国维读了，摇头叹息："众芳芜秽，美人迟暮。"

不过既是比喻，总有欠妥之处，不如直写佳人采莲，来个二美并得，最是能出好诗。还是李白："笑入荷花去，佯羞不出来。"还有王昌龄："荷叶罗裙一色裁，芙蓉向脸两边开。"白居易这回得了水，也出了佳句："逢郎欲语低头笑，碧玉搔头落水中。"

可惜如今此景休说难以得见，便算是有，无论是做的还是看的，无论是人儿还是心儿，都浑不似当初了。圈禁在钢筋森林之内，穿梭于水泥管线之中，纵使有堪比荷花的佳人，也多如刘氏被功利心和烟火气熏脱了水，遑论其余。至于屏幕里的影像，除了缺水，更增了层虚假和隔离感。与其看电视，还不如做梦来得真切。

一个微风轻拂的良夜，我果然做了个梦，随着风飘到了纳兰性德说的那个"明月小银塘"。只见月光将碧绿的池塘镀上了一层银色，池水则将月光涂上了一抹淡绿。渐渐起了雾，愈来愈大，愈来愈浓。就在浓雾之中，忽有几朵荷花出现眼前，她们的轮廓是用水月之光剪裁的，异常精巧和清晰；她们的幽香则是淡淡的，似乎被小心地遮掩了起来。醒来回思，原来梦中有视觉，有听觉，有触觉，却唯独没有了嗅觉。所谓暗香，也就是在梦里的嗅觉。

却有错觉。虽是初次梦荷，但我有曾经惜别、今又重逢的错觉。很有可能，我们前生不知聚散了多少次，却不是我短暂的此生所能忆及的。若在平日，我即使行走万里也寻不到她们的踪迹；可在今夜，她们让我尽情欣赏纯洁的仙姿，只为抚慰和修复我因磨损而变得愚钝的心灵。我方才明白，天涯并不遥远，只要相知便可相见，便可将枯竭的才情唤醒，将断续的笔迹缀起。而且在梦醒以后，就算仍有雨丝风屑不停袭来，我的眼前心头也能够长葆清新明丽。

　　银塘碧月。渐雾迷潋滟，弥望遮绝。巧剪波光，悄掩幽香，泠泠几朵清越。佳人自是初相见，恍错识、曾逢依别。料已经、聚散千回，不是此生容说。　　知我何从以谢，只怜我冷落，来慰消折。万里无踪，一霎倾情，教看仙肌冰骨。天涯咫尺原厮守，又缀起、片诗残阕。梦觉时、眉下心尖，拂尽雨丝风屑。

我用《疏影》将此梦小心地记下。在梦里，在词里，荷花永远不会凋零，佳人也永远不会迟暮。这支词牌原是姜夔用来寻梅的，寻梅不着只是其表，佳人难逢其实是里。原来梅花不仅是梅花，佳人不仅是佳人，而是所有清美情怀的化身。为了等待梅花佳人，姜夔准备了一片小窗横幅；而我只在心头贮存一汪碧月银塘。我相信，拥有这片清波，即使荷花佳人不来，也总有纯美安详的希望；失去这片倩碧，即使她们来了，我都无从感知得见。

除却
盈盈

嫦娥奔月的原因，历来有不同的说法。但嫦娥奔月的方式——吃了丈夫向西王母讨来的不死之药，是没有疑问的。至于是否偷吃，又有异议，我的感觉是肯定的。理由有二：一是后羿这个男人传武打猎，成天不着家，嫦娥这个少妇穷极无聊，必会遍翻所有家当，今天拉这抽屉，明天开那柜子，那粒药丸不知被她端详把玩了多少次，除了咽下肚去，再玩不出其他花样；二是但凡美人，就特别怕老，这种恐惧与美俱增。才子同样怕老，这种恐惧与才俱增。所以美丽与才华属于同类，只是一个在外、一个在内。老，是它们共同的天敌。嫦娥之美，美到极点，怕老也怕到极点，怕老远远超过怕死。

将美定格在未老之前，是她偷吃不死之药的最大动因。

嫦娥药丸下肚，当即肋下生风、脚底起云，向着三十八万公里开外的月球奔去。想必那粒药丸是不配说明书、没有注意事项的，此谓天机不可泄露。因此嫦娥措手不及、惊骇慌张的模样，不难想见。但所有奔月嫦娥的形象，从最普通的月饼盒盖到京剧《嫦娥奔月》，无不从容端丽、娴雅飘逸。可能这番美态并非是实，多是人们的想象。美则美矣，悲亦悲哉。戏里演她在广寒宫里独自待了数千年，朱颜未改却无人欣赏，青丝不衰但无心打理，只能在中秋之夜望着热气腾腾的芸芸众生，唱出"清清冷落有谁知"的凄怨。对嫦娥来说，中秋实在算不得团圆节。对人类来说，到了中秋也未必能团圆。东坡的词"不应有恨，何事长向别时圆""但愿人长久，千里共婵娟"，就是发生在中秋之夜的离愁别绪。显然中秋团圆未必是实，多是人们的祈望。

美女与才子属于同类，只是一个在外、一个在内。因此嫦娥的悔意，李商隐能感同身受："嫦娥应悔偷灵药，碧海青天夜夜心。"嫦娥偷吃了肉身的不死之药，义山则偷吃了才思的不死之药，却都因深陷寂寞、难以自拔而悔恨不已。凡人就更可怜，不老的身心未曾偷得半点，就要忙着找回已经失去了的东西——离乡的人思乡，去国的人归国，失爱的人求爱，无亲的人寻亲……

于是就在八月十五那天，人，自己给了自己一个节日。这个节日，本是一个失去了温情的日子，一个失去了归依的日子，正如李商隐的另一句诗："未必圆时即有情。"这个节日，是为了让人去感念别人的温情，去寻找自己的归依，在除却盈盈的三百六十四天半里，细细地寻找，好好地珍惜。所以，若是此夜风清云淡，自当翘首凝望月廓的满盈，低头慰藉心中的残缺；若是此夜雾浓雨晦，亦当对着那轮看不见的明月，对着这颗看不见的内心。月与心，始终存在；失去的与得到的，始终存在；拥有着的和寻觅着的，始终存在。

素白如新，精圆自洁，恍若今宵初度。碧海无边，青天未远，举手相邀能晤。万人皆仰，当此刻、倾樽无数。歌动清风玉露，言销绮辞佳句。　　如何独悬寂宇。守千年、此身无据。应恨人间易老，天生难弃，换却温情不顾。广寒外、犹听是低语。除却盈盈，谁同暮暮。

这支词牌，唤作《天香》。"天香"的意思，向来有不同的说法。花香和神香是最明了的，前者令人羡慕花之妍丽，后者令人仰慕神之飘逸。还可比作雅乐清歌，将嗅觉幽幽地延向听觉。天香更可比作美女，李渔叹息千女易得、一美难求，就说"天香未遇"。我以为嫦娥是最配天香之名的：一来她住在天上；二来对她的姿容，人们只能凭美妙的香气来想象。闭起双眼，那一缕茕茕孑立的天香，就会从嗅觉慢慢地化为视觉。

且慢，月上不是还有个吴刚吗？他是指望不上的。这个被深深羁住的男子，把全部心力都花在砍伐桂树上，以至于想不起何为得和失、何为悲与喜。不是还有只玉兔吗？它也是指望不上的。动物比人自在。玉兔有三巢，在中秋节，它是嫦娥的配角；到元宵节，它就成了主角；它还常来人间，不再捣药，而是慢条斯理地，啃食青草。

爱爱有兔，天教莹白，厮守离仙孤树。寻常也惯到人间，为此际、得偿幽独。　　春池秋草，迷离扑朔，念惜流光可数。平生着意筑三巢，愿长与、风回蝶舞。（调寄《鹊桥仙》）

诗出
中规矩

学诗，概从律诗绝句起始，因其格律最严、规矩最重。规矩最是基本，孟子云不以规矩，不成方圆，反过来说便是欲成方圆，必以规矩。我以为规矩之用，首在导引，导引未入门者进入，好好地沿着路径前行；次在控制，控制上路者行路，惕惕然不要迷失方向。就这样，一边被导引着，一边被控制着，所有人便都能作诗了。何止作诗，做事皆该如此。关于规矩，尼采也有论述，他把遵守规矩叫作"骆驼"，因为骆驼驯服。只要像骆驼般顺从规矩，或早或迟，或快或慢，都会从被引变成自引，走向自由。自由，就是理想，孔子云"从心所欲不逾矩"，意思是说自由不会冲撞规矩，而是与规矩同在共存。关于自由，尼采也有论述，他把追求自由叫作"狮子"，因为狮子不羁。只要像狮子般突破自我，或多或少，或大或小，都会由受控变成自控，获得自由。原来孔子说的心，就是尼采说的骆驼和狮子，规矩导引着它，控制着它，使它获得了自由；而它则用获得的自由，真正获得了规矩。不管入门还是上路，不管是骆驼还是狮子，规矩都好端端地在那里。它不一定须要被突破；一定须要被突破的，是心。

诗的规矩，先是字数。诗有四言、五言、七言和杂言体，四言堪称诗之初始，毕竟过于古远，而且平实缺乏变化，意境就算再美，像"关关雎鸠，在河之洲""蒹葭苍苍，白露为霜"，后人读来更似章句。杂言渊源也久，然而过于放恣，显得跳宕不可捉摸，尽管代有杰作，像"路漫漫其修远兮，吾将上下而求索""天子呼来不上船，自称臣是酒中仙""念天地之悠悠，独怆然而涕下"，如今读来更像赋体。我以为能有效地突破规矩，或谓自创规矩，且有杰作传世而不朽的，恐只有屈原、李白那样的天才了。对于天才，尼采也有论述，他认为只要是天才，在当完了"骆驼"和"狮子"后，必会成为"孩子"。这个孩子会否定"骆驼"和"狮子"，否定以往的一切，造出一个全新的世界。我为之欢呼，却也为之惋惜，因这个全新的世界固然极好，却因难被效仿，往往止于天才本人。那一两个"孩子"是绝不会教一大批"骆驼""狮子"入门和行路的。

诗的规矩，后是格律。五言初起，除字数相等和偶句押韵外，也没太多的规矩。到了魏晋南北朝，声调、对仗出现且日趋严格，直至初唐，格律才算定型。我以为格律之用，是古人对汉字之形之声、之意之思的认知，从不自知到自知、从未规范到规范的成果——比如平仄导引了节奏，不仅使节奏明快起来，更使音律和谐起来；又如对仗激活了词性，不仅使意义延伸开来，更使韵味生动起来。就是这样，一个个方块独立的个体，一声声抑扬顿挫的音调，既各司其职，又互相组合。字，更好地成就了诗；诗，也更好地成就了字。

据说规矩可能湮没天才。我觉得，这种可能不仅存在，而且早已发生。又感到，规矩更可能发现人才。事实上规矩之中的人才，数量远远超过规矩之外的天才。我相信，同样当"孩子"，绝大多数中国人不会像尼采无视上帝那样，抛弃所有的规矩。

五言成形，早于七言，但我爱七言却早于五言。回头看来，怕是与人的成长历程有关。年轻时，总以为空间的增加意味着内容的增加，可以放入更多的情思；不年轻时，总觉得多说无益，反添累赘，更发现空间的缩减不一定等于内容的缩减，有时情况恰恰相反。其中缘由，是年轻的心清澈空灵，总是渴望尽情地获得，尽兴地抒发；而不年轻的心浑浊充实，总是愿意更精准地控制，更含蓄地表达。

当然，对五七言二体中的杰作，我同等地喜爱。比如最爱的五言，有"行到水穷处，坐看云起时""明月松间照，清泉石上流""烽火连三月，家书抵万金"；最爱的七言，有"黄鹤一去不复返，白云千载空悠悠""云横秦岭家何在，雪拥蓝关马不前""春蚕到死丝方尽，蜡炬成灰泪始干"。最令我心折的是，这些杰作，五言绝不能加为七言，七言绝不可减为五言。若要强致，岂止宋玉形容美人"减一分则太瘦，增一分则太肥"，简直是在汉字上添减笔画，不但变了形象、坏了意思，更是毁了经典、破了境界。

说来惭愧，我对自作倒是时常加减，在五七言间犹疑不定，久久难下决心。解决之法是将同一思情，做五七言各一——若先做"崇古秉心诸艺合，开新标格众人从"，则分别删去"崇古""开新"即成五言；若先成"起舞乱迷眼，回风戏入衣"，再分别加上"万花""几片"即成七言……而谈艺、咏雪之意，几乎不因增删字数而稍有变化。

尽管自知此事不妙，积久成习，难奈其何。幸而中年以后转爱五言，延至七言的习惯逐渐少了起来。但窃喜之余，我又怕到了老年，变得啰唆，可能再度转爱七言，到那时节，很可能会旧习复发。

友人见我纠结，劝我填词。词虽号称诗余，但其来由、旨趣、风格和方法皆不同，门径相差之大，路途相距之远，恐要重当一回"骆驼"和"狮子"了。至于那个"从心所欲不逾矩"的"孩子"，则是想都不敢想的。

大道关情理，平生能得欤？

兴来由性格，诗出中规矩。

工贵拙还巧，言分实与虚。

此心唯自在，芥子即穹庐。

此心
今尚留

酒于诗人之用，第一自是作诗。杜甫说"宽心应是酒，遣兴莫过诗"，不是对应，而是因果，因为心乃兴之源，酒为诗之引，最是贯通。下句"此意陶潜解，吾生后汝期"是向五柳先生致敬，敬其为诗酒之祖。诗骚以降，酒虽也常见于诗中，例如"对酒当歌，人生几何"，却还未能注入诗的整体，渗进人的灵魂。将酒意全然溶于诗意者，陶渊明是第一人。

陶诗存今百余，近半有酒，更有《饮酒》二十首，道出了以酒为诗的原因："偶有名酒，无夕不饮。顾影独尽，忽焉复醉。既醉之后，辄题数句自娱。"杜甫也向李白致敬，称其"酒中仙""诗无敌"，也是因果。不过李白诗酒，并不止于自娱，而且把"辄题数句"扩成了"斗酒百篇"。

白居易晚号"醉吟先生",是因"酒狂又引诗魔发",酒诗基本续了陶脉。他不但仿《五柳先生传》作《醉吟先生传》,还写了十六首"陶潜体",其中有云:"先生去已久,纸墨有遗文。篇篇劝我饮,此外无所云。我从老大来,窃慕其为人。其他不可及,且效醉昏昏。"在陶面前,白居易恭谨得像个学生。其实他早在"醉不成欢"后成了《琵琶行》,一首旷代杰作。苏东坡也慕陶"得酒诗自成",常仗酒兴作诗,"饮湖上"的成果是"欲把西湖比西子,淡妆浓抹总相宜",而"欢饮达旦,大醉"的结晶是"明月几时有,把酒问青天"。

酒于诗人之用,第二当是交友。陆游说"诗缘遇兴玲珑和,酒为逢知烂漫倾",不是因果,而是对应。因为和诗就是有缘,倾酒便为无间,最是和谐。陆游读了陶诗,自评:"我诗慕渊明,恨不造其微。退归亦已晚,饮酒或庶几。"在陶面前,陆游自认诗不能并论,酒却有得一拼。陆游经常找人同饮:"社醅又借醉颜酡,手挽邻翁作浩歌。"此亦陶潜遗风,因《饮酒》十四云:"故人赏我趣,挈壶相与至。"一去一来,即便无诗,寻常话语也能如诗相和。不过陆游似乎更喜独饮,所做《独饮》《独酌》《独醉》,竟有数十首之多。

李白酒友越多,诗风越放:"与君歌一曲,请君为我倾耳听。"他需要人们聆听,因此对他而言,独酌是难适的。一日无伴,李白只得举杯邀月,又怪"月既不解饮",再叹"影徒随我身"。

酒于诗人之用,第三终是得道。苏轼说"不如眼前一醉是非忧乐两都忘",不是对应,也不是因果,而是超脱。因为人这一生,必陷无穷纷扰,皆不能免。此时主动谋求眼前一醉,要比偶得一梦更有超脱的主动和把握。苏轼步《饮酒》韵二十首,首篇就说:"我不如陶生,世事缠绵之。偶得酒中趣，空杯常自持。"在陶面前，苏轼自认旷达不及，酒量更不如。"空杯自持"，意为酒量很小："饮酒终日，不过五合，天下不能饮无在予下者。"但他话头一转，又说"天下之好饮，亦无在予上者"，自认好饮之心，起码不在陶潜之下。苏轼这好饮之心，便是超然物外之道，平生终极之愿，犹如在陶潜，是"结庐在人境，而无车马喧"，是"死去何所道，托体同山阿"；在李白，是"安能摧眉折腰事权贵，使我不得开心颜"；在辛弃疾，是"只疑松动要来扶，以手推松曰'去'"；在陆游，是"方我吸酒时，江山入胸中。肺肝生崔嵬，吐出为长虹"……

酒、诗、友，一并融成了道。当年的名酒与村醪早已挥发殆尽，当年的诗人及朋友早已做了古人。唯有诗，留了下来，它们便是看得见的道。

悟了道的酝酿过程，我的主意也已打定——先将酒为引以作诗，后将酒当媒以交友，最终将酒、诗、友融为一体。我把此道称为"三心二意"：三心者，诗心、爱心与童心；二意者，酒意和诗意。

我喜饮酒，苦不能多，克制的结果是难入"二意"之境。偶尔存心放纵，却赢得个昏沉不省人事的窘境。我喜交友，但仍失望，因为他们不是嗜酒但不喜诗，就是能诗却不擅饮，尝试的结果是难入"三心"之界。噫吁哦，得道之难，难于上青天。

终有一回，与一位初识的友人对饮，无意间言及诗词，竟是同道中人。于是互相唱和，诗既成，其谊倍增。但毕竟初次见面，矜持难免；又恰好此刻酒罄，正到酣而不醉、暗中洞明的佳境，犹如上得山巅，却未堕入深渊，感动无以名状。倏忽数年过去，尽管那位友人未曾再见，但拙诗常在案头，每每展观吟味，均似饮醇醪，如对知己，若悟菩提，感觉真是好极。

对酒当豪饮，此心今尚留。

金松滴琥珀，玉液载貔貅。

谈笑莫停箸，星辰当举头。

还邀醉梦里，携我共登楼。

谈艺
似谈龙

中国人既尚勤勉，也乐于闲适；既讲现实，又好于虚幻。因为中国人同时拥有儒道两家的人生态度，不但相容，而且可以互相转换。比如由道而儒的有姜子牙和诸葛亮，由儒而道的有陶渊明和李太白。姜太公比老子、孔子长五百多岁，先是在渭水直钩钓鱼，再是拜丞相助周伐纣，最后成仙，完成了一次道转儒、儒归道的大轮转，永为后世典范。可知这种转换，早已有之，并不是儒道两家创立之后才开始的。

中国人既信宗教，也喜爱艺术；既懂现实，又追求理想。因为中国人早就生成泛神拜物的自然观念，不但稳固，而且始终得以延续。比如山川大地、日月星辰，又如金玉花木、飞禽走兽，不是充满活力，便是优雅美丽，更多的是力与美的合体，都被人当作崇敬和膜拜的神。神的形象，必须要经过艺的表现与美化，方能与人产生关联。而且这种关联，早已有之，比如十二生肖。

在十二生肖中，龙是唯一的虚幻之物。既然那十一只活生生的动物都能被神化、被美化，那又何必借助其他动物的器官，拼凑出一条不存在的龙来，其中道理，值得参详。我想，人固然崇拜动物，毕竟不仅是动物；就像人固然处在现实，终究希望超越现实。正因为动物与人、现实与理想之间的距离永远存在，宗教和艺术便在这段空间里诞生。看来宗教艺术实为同道，彼此通连融合。龙就是两者合体的祥物，它距离人、距离理想，要比活生生的动物更近些，中国人最指望借助它从动物走向人，从现实飞向理想。

然而两者毕竟有异。宗教威严令人敬畏，艺术优美令人愉悦，于是有了叶公之事。叶公先看假龙，那是艺术；后见真龙，那是宗教，故而从愉悦到惊惧，从好龙到畏龙，是艺术与宗教虽质地仿佛，但形貌迥异的缘故。也就是说，龙是那么美丽，又是那么可怕，只有不远不近、不即不离才是最佳距离；对其如真如假、似实似虚，正是中国人对艺术和宗教的寻常态度。

其他动物，像羚羊、孔雀，像游鱼、飞鸿，既是为艺的内容，也能作为论艺的工具。虽说如此，毕竟以龙做譬，论艺最多，概因龙最适宜那种说不清、道不明的距离与态度。"神龙见首不见尾"最早就是用来评诗的，"矫若惊龙"是唐人用来评价王羲之书法笔势的，皎然咏人做草书,也说成"惊龙蹴踏飞欲堕"。明人更把"矫若惊龙""矫若游龙"喻作歌舞或音乐的妙境。其实将乐音比作龙吟,也是唐人开的先声,比如笛声,李白咏为"风吹绕钟山,万壑皆龙吟",李峤赋作"羌笛写龙声,长吟入夜清"。然而龙吟究竟如何,谁都没听见过。恰正是那种美妙难以名状、缥缈不可捉摸的感觉,非龙无以状之。以龙论艺岂止片言只语,有一本论文谈艺的巨著,书名便叫《文心雕龙》。

这种情形延续至今。周作人把自己的文章编集,由于数量较多,必须分类,便将"略略关涉文艺"的编成《谈龙集》,其余关于人和事的归入《谈虎集》。取名"谈虎",是因为但凡人事,都复杂得可怕,谈之色变;至于"谈龙",是因为对于文艺,大多不甚明了,难以谈清。之所以仍要谈,周作人说是自己既爱谈文艺、又好论人事的缘故。他的深意是,文艺本身虚幻神秘,好比真龙,大家都没见过,谁又能谈得一清二楚?果然,周作人也把自己比作叶公,说是害怕真龙出现,更害怕有人对他刨根问底。他的主意打定,若真碰上那人,他"是绝谈不出什么东西的,只好请他自己问豢龙氏去"。

那种转换同样存在。《谈龙集》1927年由开明书店出版,二十一年后,仍是这家书店出版了钱钟书的《谈艺录》,正对主题,广征博引,毫不担心被人刨根问底。从两个书名看,便可发现周钱两位的不同——作家到底是作家,哪怕做论文,仍是兴之所至的散文;学者毕竟是学者,即便写小说,也是言之成理的学说。钱钟书既谈文艺,也论人事,不过谈文艺时,不凌虚而多踏实;论人事时,不直截而多用喻,时常把人比作猫之类的动物，把事比作城之类的迷宫。原来，钱钟书是把逻辑思维用于谈文艺，却把形象思维用于论人事了。钱钟书的现实和虚幻、愉悦和敬畏、距离和态度，与周作人恰好相反。

万类岂无尽，一思靡有终。

论人究论己，谈艺似谈龙。

鳞爪云中系，距离心内容。

平生喜与惧，经世夏和冬。

我之爱莲，初与别人相同，是因观其盛开，恋羡其花纯洁、其叶圆碧、其香清远。其花，纳兰状为"白裁肪玉瓣，红剪彩霞笺"；其叶，东坡喻成"重重青盖"，诚斋夸作"接叶连天无穷碧"；至于其香，曹寅劝人晚上不要关门而睡，为的是"夜夜凉风香满家"。

淤泥偏自
出芙蓉

我之爱莲，后又进了一层，是因读《爱莲说》称其"花之君子者也"，得以因物及人、由目入心，实现了从视觉、嗅觉到心觉的升格。

莲花与君子的相同处，周敦颐只用三句话便道中、道全了。第一句"出淤泥而不染，濯青涟而不妖"，君子即便身处污浊动荡之境，但心始终高洁稳正，不受污染，不为矫饰，这就是孔子说的"君子不器"；第二句"中通外直，不蔓不枝"，君子内心通达、气脉正直，不肯倚靠附和，不会攀缘拉拢，这就是孔子说的"君子不党";第三句"亭亭净植，香远益清"，君子腹有诗书，故而气质洁净，声息清新，这就是孔子说的"文质彬彬，然后君子"。我曾抄写、诵读《爱莲说》无数遍，每至文末"莲之爱，同予者何人"时，都不禁脱口而出："我！"随后发出一声叹息，叹息与周敦颐相隔了近千年，不能同他一道，前去赏莲。

据闻周敦颐为了赏莲，特命人挖了个大大的池塘，池塘中心置小亭一座，以九曲桥相通，以便从各个角度近距离地观赏。我猜周敦颐赏莲时，可能独自一人，方出此言；即使有人伴随，却对他的爱莲之切、知莲之深，未必懂得，这反倒增了他的孤独。君子注定孤独，不在身边，就在心里。此番心境，还可再溯千年以上。屈原钟爱鲜花香草，曾使山鬼披薜荔、配女萝，又用各类花卉饰满了湘君与湘夫人相会的房间，其中就有莲叶。而他自己，则"制芰荷以为衣，集芙蓉以为裳"，作为"离骚"的装束。这身装束，自然难以被人理解，所以屈原紧接着说："不吾知其亦已兮，苟余情其信芳。"孤独之强之烈，直到了使他绝望自尽的程度。我想屈原之所以选择投水，是想从一个君子变成一朵莲花吧。君子和莲花的区别，只是一个在大地上，一个在水中央。

我之所以爱莲，先是慕其有君子之质，后是发现其有艺术之境。当然，泛泛而言所有的花儿都可比作艺术；但我以为唯有莲花，最能揭示艺术的真谛。第一句"亭亭净植，香远益清"，艺术当予人以洁净清香的美好享受，使所思澄澈，所感幽远；第二句"中通外直，不蔓不枝"，艺术以通透简约为高，以含蓄蕴藉为尚，以少胜多，以简驭繁者方为妙境上品；第三句"出淤泥而不染，濯青涟而不妖"，其他花儿只须如常孕育、萌生开放，其间未尝有太多的曲折艰难，好比从人间顺利升入天堂；唯独莲花生于淤泥之中，必须先突围后方可生长，恰似先要从地狱来到人间，然后进入天堂。

艺术亦像莲花，生来便在淤泥之中。艺术要像莲花，须在淤泥里，也只能在淤泥里汲取营养、积攒力量。莲花将根向下扎入淤泥，为的恰恰是向上生长，当终于开出花来时，必向上空高高擎起，离得淤泥越远越好。艺术的生存需要金钱的滋养，但她的目的，恰恰是离金钱越远越好。

既然君子、艺术皆与莲花相类，那么必然互通，即君子可成就艺术，艺术也可成就君子。君子有了艺术，可以不再过于孤独，至少不会学屈原那样绝望而自尽。八大山人遭遇国破家亡，心中悲凄，却以书画一面遣怀、一面养生，享了当时罕见的高寿。他画莲花，寥寥数笔便神完气足，这莲花就是他的化身。君子有了艺术，可以不再耻于谈钱，至少不会像乞丐那样潦倒和无奈。板桥居士毕生鬻画，不但标明价码，大幅六两，中幅四两，书条对联一两，扇子斗方五钱，更关照不收别的，只收银子。"凡送礼物食物，总不如白银为妙"，因为"盖公之所喜，未必弟之所好也。若送现银则中心喜悦，书画皆佳"。

我之所以爱莲，先是因爱君子，后是因爱艺术，爱其置身困顿而最终超越了困顿，借助金钱而最终摆脱了金钱。反过来说，也是淤泥成就了莲花，困境成就了君子，金钱成就了艺术……试想若不是流亡一生，若没有贫困半世，就不会有八大山人、板桥居士及其传世之作了。

不过，有时即使白银在前，板桥居士也不予理会，甚至还要骂人；有时就算片铜皆无，他也会泼墨挥毫、慷慨赠予。这一点，连他都觉得不可思议："索我画偏不画，不索我画偏要画，极是不可解处。"我想前者，他或是画得累了倦了，或是不想伺候某些俗物；后者，他正是达到了理想、赢得了自由，好比一朵莲花已从淤泥中攒够了营养，长足了枝叶，向空中张开了花瓣，散出了清香，只为君子、为艺术尽兴地开放。板桥居士曾咏过一朵入秋方开的莲花："秋荷独后时，摇落见风姿。无力争先发，非因后出奇。"这朵莲花便是他的化身，不是不想顺时应序，只因困顿太久、积攒太难，故而开得稍迟一些罢了。

淤泥偏自出芙蓉，代有前贤为此钟。

屈子衣裳逐水去，周生笔墨待人逢。

从来孤独皆难耐，当是艺文最适从。

初夏深秋俱恰好，何妨更盛在春冬。

观黄庭坚的字，久而易生幻觉，感觉许多笔画，都像在描同一个物事的不同姿态。究为何物，却怎么也想不出来。

笔行
如草花

直到今冬一个早晨，捧一壶新沏的铁观音端详漳州水仙，初被黄花的淡香所陶醉，继为碧叶的摇曳而凝眸，就在数条碧叶之间，一个黄字由模糊而清晰起来，忽如灵犀一点、彩翼双飞，豁然顿悟，仿佛得了一件梦寐难求的宝物。

黄字中心收拢，四方开张，线条长而扁阔且带波势，强韧中见嫩意，爽劲中蕴弹性，无论形神，均酷似水仙的叶条。黄字置于豪宅，稳重大气而无丝毫骄矜；放在陋室，高雅清新而无些微寒酸，也与水仙品性极符。即翻黄的诗集，咏水仙的果然不少。"借水开花自一奇，水沉为骨玉为肌"，黄庭坚性格奇崛，作诗专意出奇，难怪钟爱水仙若此。奇花成就奇句，便有"坐对真成被花恼，出门一笑大江横"之语，小花中开出大胸臆，恰同小字中生出大气象。

黄庭坚精研佛道二学，在其咏水仙诗中同时可感。我想，若以花草比儒道佛三家，那么莲花一定是佛的了，因佛经言佛祖降生，步步生莲；天女散花，漫天是莲。极乐世界有七宝池，中有莲花大如车轮，佛国于是又称莲国。儒家虽也慕莲中通外直，却因被佛家占了先，只得另寻。我意花草比儒，非梅莫属，因其铁干傲雪之姿、暗香凌霜之质深合三纲八目，不逊孔子说的松柏。至于道家，则非水仙莫属。道家尊崇造化自然、清静无为，水仙只需一盏清水便能生花，此道既非常道，更要如何淡泊才是？

再想，若以花草比苏黄米蔡四家，则黄字非水仙莫属，此理已明。至于蔡字，我许以玉簪花，即李东阳笔下的少女，虽欲"妆成试照池边影"，却生恐落入水中央的那支"搔头"。蔡字端妍婉丽，顾盼生姿，被黄庭坚评为"如蔡琰胡笳十八拍，虽清壮顿挫，时有闺房态度"。米芾说得最直："蔡襄如少年女子，体态妖娆，行步缓慢，多饰名花。"二言固含贬义，却是真实之见。我以为人，无论男女，其心必然兼具男女两性。孰主孰从、孰强孰弱、孰表孰里，时时处处都有变化，且与直观的性别、可见的性征并不完全对应。然只要真性情，非但毫不足怪，更是值得欣赏。何况此花其色如玉，其质高洁，岂止女子云鬟专享，亦可为仁善温雅的男性所有。孔尚任咏玉簪花，就说："只宜君子佩，不上美人鬟。"

苏黄米蔡，排名自古而然。但我喜好这四家的经过，正好相反——初为蔡的端丽雅善之姿倾倒，继为米的潇洒疏放之态折腰，后为黄的沉雄磊落之心感佩，终为苏的坦荡超然之怀征服。米字风神俱全，自评"犹如一佳士也"，我以为与蔡字郎才女貌，堪称绝配。现在看来，若说蔡、米乃人之真性情，那么黄、苏为生之真境界。境界源自性情，高于性情。奈何我与绝大多数人一样，少年爱端丽，青年喜潇洒，中年慕风骨，老年羡旷达——此番由性情而至境界的心路，是颠倒不来的。

最难比的，是米字。米集古字既多又广，复加变幻，难以揣测；缘于此人恃才傲物，行事怪诞，无法预料。思来想去，所有的花都不合适，唯早春的细草与晚秋的劲草，最是相称。春草鲜活灵动，生机勃发；秋草雄健劲挺，狂放不羁，堪与苏轼"风樯阵马"之评相匹。宋四家中，蔡襄为长，就连苏轼也敬其为"本朝第一"；黄比苏小八岁，又是苏门学士，故称本朝善书，苏轼"当推第一"；米比苏小十五岁，初见苏轼不执弟子之礼，可见其位低态高的狂颠性情。米芾自称"刷字"，意为八面出锋，神出鬼没；恰是这个"刷"字，可直接做风中之草的拟态词与象声词。比作米芾为人也似，随势摇摆，倨恭不定，四家在人品上有褒贬者，唯其一人。

米芾练字刻苦，以至于一日不书，便觉思涩。蔡黄用功，大抵仿佛。四家中不刻意于书者，唯苏一人。黄说东坡善书，乃其天性，正应了苏轼"我书意造本无法，点画信手烦推求"的自评。所谓天性，即是生命，如花草般自在的生命。苏轼将其注入诗文，便似万斛泉涌，随物赋形，而自己却浑不可知；所可知者，行于所当行，止于不可不止。如此而已。苏轼将其注入书道，从青年的圆润到中年的厚劲，再到晚年的稳重朴茂，是褪去了风霜的丰满，抹掉了忧虑的安逸，参透了孤寂的欣悦，抛却了恩怨的气度。就凭这花草般自在的生命，苏超越了黄米蔡，超越了儒佛道，成了"眼前见天下无一个不好人"的文化伟人。

我以为万千花草中，堪与比拟的唯有牡丹。因牡丹让人喜爱让人羡慕让人学，却无一个学得像学得全学得彻透，从而柔和地对待着善与不善，自如地接受着幸与不幸，坦然地面对着生与不生、命与非命。如此而已，其中道理虽牡丹自己亦不可知。苏轼也作牡丹诗，却都不佳。如此而已，其中道理虽苏轼自己亦不可知。

> 有宋四名家，笔行如草花。
> 天然追两晋，意趣探无涯。
> 自在知而已，开怀呼上耶。
> 此唯生命也，来者可知些？

勾红描黛
娥眉秀

演戏，最起码是化装。化装的目的，是让人进入戏的角色和剧情。若不化装，只有清唱，那只是一种即兴表演，再怎么拿腔作调，也是无法入戏的。

这里有两个缘故。一是戏里所扮所演，几乎都为已故之人、以往之事。明代朱权说，当时的勾栏，把化装间与戏台相连的门与通道，称作"鬼门道"，艺人经此门道上戏下戏，俱已不是生人。化装竟能变生死、换阴阳，可见重要，故而打底勾描、勒头束发，外加行头道具，一切都朝着不像本人去化。二是既为已故之人，年齿无增，面貌不改，好比相片把人形定了格。因此装也固定，久而成为脸谱。脸谱胜于相片之处，不但能定形象，且能表脾性，更能示命运。在所有脸谱中，我最爱花旦，以浅深渐变的粉嫣色为底，一片朱红点唇，衬以绿鬟翠衫，好比映日荷塘；更有两弯娥眉黑亮，酷似夜空上、荷塘中的两轮新月，可谓之"勾红描黛娥眉秀"了。

演戏，最寻常是喻今。扮故人、演往事，必与今人现事，有相似或相通之处。相似者，人事相似；相通者，情理相通，于是可以知古鉴今、抚今追昔。演今人今事的新戏，往往敌不过演古人古事的老戏，原因多半在此。原来观众看戏，主要不是看目下，而是看以往相似的人事、相通的情理，并与目下做个比较、做出判断，用来把握现在、把握自己，恰正是"喻今托古从来有"了。

演戏，最早先是高台。古时戏台，多为高筑，其格局大致是台内四边四柱、八面透风；台外上有楼廊，下为厅堂。清代包世臣说，当时戏园，多是居中建台，三面皆环以楼；观众一边看戏，一边喝茶，因而亦称茶园。茶园与校园的不同，便在此处。而相同处，戏有喻今托古之质，自生教化引导之功，助人伦、成教化、厚风俗，据说功同礼乐。所谓高台，就有了两重含义，既是可见的建筑，又是无形的修习。记不得哪位说过，"高台教化"和"与民同乐"，始终是戏的两大传统。

演戏，最分明是行当。戏中一切，都由艺人以行当来演绎，行话称作"应工"。行当原本甚多，最终归并为"生旦净丑"四大类，不但可以套演男女老少生相，更能装扮神仙鬼怪、草木禽兽。所有行当，都各有一套唱念做打的规矩，学界称作"程式"。这里有两个好处：一是让所有的观众一看就懂、一听便知；二是使师徒间的传艺变得相对容易。传播欣赏、习练延续，行当都功莫大焉，无怪乎"高台谁个主春秋，无外旦生同净丑"了。

演戏，最悦人是歌舞。歌舞不但早于戏，而且育成了戏，将其基因注入了戏的血脉骨肉之中。清代纳兰性德说，戏是从梁朝的一场歌舞表演而来。故而一唱一念，都有歌咏之态；一做一打，都有舞蹈之姿。

艺人唱演，必要一条好嗓子、一副好身段，边唱边做，载歌载舞。王国维说，戏曲便是"以歌舞演故事"，齐如山更说"有声必歌，无动不舞"。此话听上去绝对，想来有深意存焉，意为不仅表演，戏台上的一切都应该有舞的节奏、诗的韵味。看来在戏台上，无论有还是无、动还是静，俱该是"妙舞长歌舒广袖"了。

演戏，最绝妙是虚拟。戏台空空如也，至多一桌二椅，可以是斗室，也可以是皇宫；可以是军帐，也可以是高山，一切只等艺人上台才有了意义，才有了时空和气氛。一条马鞭是一匹良驹，八个龙套是三千雄兵，几个圆场便是万里之行。还有上楼下楼、开门闭门，扶烛上台就是暗室，抬手遮头就是雪中。诸如此类，全依赖艺人的示意、观众的默契。这种示意和默契，早在戏未开演、人未进场时，就已在所有人的心中形成，因此演将起来，恰如神龙藏头缩尾，一切俱在不言中，真个是"似实却虚藏尾首"了。

演戏，最关紧是情理。所谓"出于意料之外"，是戏所以吸引人处；至于"又在情理之中"，才是戏所以震撼人时。帝王将相贤愚忠奸、才子佳人悲欢离合，故事无不曲折，命运无不跌宕，令人忽为之喜，忽为之怒，忽为之悲。于是乎角色成了观众，观众成了角色；于是乎戏如人生，人生如戏。清代李调元说，"戏也，非戏也；非戏也，戏也"。朱光潜说，世上人无非两种：一种是演戏的；一种是看戏的。演戏的总要把自己抬出来，令世界发生变化而实现自我；看戏的总爱把自己搁一边，看世界发生变化而实现自我。他还说，前者是儒家，重演戏却也能看戏；后者是道家，能看戏却绝不演戏。古今中外，秦始皇、大流士、亚历山大、忽必烈、拿破仑是演戏的，柏拉图、庄周、释迦牟尼、耶稣、但丁是看戏的。整部历史，说穿了就是一部轰轰烈烈的戏。原来戏里装着整个人类、整个世界，委实是"物理人情终不朽"了。

提起儒道两家，忽想起曾在河南一个乡镇古戏台上，见过一副对联。翻出照片来看，上联"逝者如斯未尝往，后之视今亦犹今"；下联"上场应知下场日，看戏无非做戏人"，正好兼收并蓄。再看横批，赫然"与民同乐"。好一个"乐"字，一切皆在乐中，一切乐在其中。

又想起不妨将上述的几句词，串联起来，即成一阕——

勾红描黛娥眉秀，妙舞长歌舒广袖。高台谁个主春秋，无外旦生同净丑。　喻今托古从来有，似实却虚藏尾首。详参喜怒与哀愁，物理人情终不朽。（调寄《木兰花》）

"林妹妹！这真是从古到今、天上人间，是第一件称心满意的事啊……"

断不容
尘屑

在越剧里，怕没有比这一段更让人心花怒放的唱了，这才配得上大悲剧的开头，如此喜气满满、得意扬扬，方可使此后那段高腔"金玉良缘将我骗"如此痛彻心肺、柔板"问紫鹃"这般揉断肝肠。看来要演悲剧，只从平地跌到谷底，最多完成一半；而从平地跃到天顶，再直直地跌入谷底，方才可称完满。徐玉兰以这三段唱，上天入地一气呵成，真的是第一个令人称心满意的悲剧唱段啊。

徐派最适合心比天高、情比水长的男子，像西厢的张珙、追鱼的张珍。徐派音高，亦擅表达男子的哀号和绝叫，除了哭灵的贾宝玉，还有哭庙的北地王。浙江原有绍兴大班，声腔激越高亢堪与北戏匹敌。越剧新成，受其影响自然最早最深，徐派尤为明显。再加上越剧旦角一个个不是委婉静幽，便是甜美温柔，愈衬得徐派的激越扬厉，金属感犹如匹练上绣的金丝、撒的银屑，看来闪闪发亮，听来铮铮作响。

> 好梦断红楼，回望雪封宫阙。忽有宝弦声近，邀此西厢月。　　风神俊逸少年郎，声容俱清绝。闪闪铮铮何似，是金丝银屑。（调寄《好事近》）

人说要看越剧，就要看清一色的女子演戏。此话未必全无道理，但仍失于笼统。小旦本该女子来演，就算演得再好仍是本色，不足为奇。我以为要看越剧，主要就看女子如何饰演男子。越剧诞生不久，小生的风头就渐渐盖过了小旦，看来人同此念。当徐玉兰、范瑞娟和尹桂芳如日中天时，陆锦花和毕春芳又相继出道，亦受追捧。陆派源头，是"闪电小生"马樟花。马樟花方端圆正，唱做俱佳，因出名快如闪电而得此号。听陆派的方卿、曾荣、吕蒙正，从那清新和迂酸交互的唱腔里，可隐约见到马樟花的倩影。毕派洪亮朴讷，最适合秦钟、王金龙那样秉性敦厚、用情专注的后生，更能以憨生趣，挥发越剧里少见的喜感。像点秋香的唐伯虎、扮千金的周文宾，不时透些笨拙，却一点都不遮了他们的才气。

人说要看戏曲，就要看生活里没有的东西。此话大致有些道理，但仍失于片面。艺术原该异于生活，藏露缩放本是常用手段，不足为怪。我以为要看戏曲，主要就看艺术如何美化生活。女子饰演男子，先天就有艺术的质地与要求，想来便是此理。换句话说，女子若不能创造出与生活中男子不同甚至没有的美，就失去了饰演男子的意义。

比如男性阳刚，女子演来必然不同。范派是越剧女小生里最富阳刚气的，因而除了梁山伯和郭暖，更能演像文天祥、李秀成那样的直臣骁将。从狂喜的"回十八"到悲愤的"楼台会"，再到哀伤的"山伯临终"，范派也完成了上天入地的大悲剧，与徐派相比，激越闪亮未及，稳健醇厚有余，有大巧若拙之感。不过，范派即便音色宽厚、气宇轩昂，质地毕竟是妩媚的。范派拖腔最是变幻多端，缕缕钻入心之七窍，仿佛这些声线早已熟知人心中喜怒悲愁的归宿。我以为恰正是这千变万化的拖腔，最是透露女子气质，也是男子所无且不可模仿处。越剧男小生习尹、习陆者众，习徐、习范者几无，概因徐派音域不可仰攀，范派气道不容沿袭。简言之，男小生没有徐派的硬件，也没有范派的软件。

> 独自驾香车，过遍汉家陵阙。十八里感君送，别了楼台月。　　古今万事惹悲欢，悠悠皆难绝。欲以一腔豪气，向雨丝风屑。（调寄《好事近》）

再如男性儒雅，女子演来亦必不同。尹派是越剧女小生里最具书卷气的，因而除了何文秀与梁玉书，更能演像屈原、陆游那样的诗人文豪。尹派声高不及徐派，音宽不如范派，只在中音区迂回辗转，尤其起腔韵味最浓，一句"哦妹妹——啊"，似回风，若曲线，直把情丝绕得百转千回、难拆难解。徐派的刚中蕴柔，犹似含在滔滔江水里的微微细浪；尹派则柔中带刚，仿佛穿透绵绵雾气的缕缕光芒。必是男子在经历了磨难与压抑后，雄强之气便会透过斯文透射出来，却终出于女子之锦心绣口。与范派相反，尹派拖腔几乎不做改变，听似寻常柔声絮语，但其含蓄蕴藉、醇和隽永，若无高雅气质、出众才华做底，绝难使人动情倾心。越剧小生习尹派者最多，名家却少，便是这个道理。

　　　起手扇开张，拂尽雾重仙阙。纵有几番磨折，终得花前月。　一声低唤最缠绵，情与意幽绝。知否斯人纯美，断不容尘屑。（调寄《好事近》）

　　女子是水做的。女子演男子不可能像，也不必像，不该像。女子要做的，是将如水般的美丽与温柔，随物赋形地注入男子的思想、言行和形体，以不真实做代价，让男子变得纯而又纯、美而又美，断不容一粒尘屑。

　　这样的美男子，现实中不会有。

　　这样的美男子，只能出现在艺术里，出现在舞台上，出现在女子们的心上和身上。

可知
磨折前身

平生最怜是蝴蝶，怜其生得缤纷绚烂，怜其飞得优雅翩跹。不要以为蝴蝶可以轻易得到，即便是追扑。宝钗见面前一双玉色蝴蝶，大如团扇，上下飞舞，十分有趣，意欲扑来玩耍，遂向袖中取出扇子，向草地下来扑。谁知扑了半天，直追到池边滴翠亭上，直累得香汗淋淋、娇喘细细，都未沾着分毫。若按某位红学家的思路去猜，这可能暗示她对宝玉的追求以及这场婚姻的落空；但我宁愿这样想，一个十四五岁的贵族少女，就算再矜持，哪怕再稳重，也总有因贪玩而忘形的时刻。

不要以为蝴蝶可以轻易得到，即便是做梦。庄周做了一个莫名的晓梦，发现自己成了一只蝴蝶，栩栩然，欣欣然，浑忘了自己是庄周。醒来后，庄周仍不知到底是自己梦中变了蝴蝶，还是蝴蝶梦中成了自己。明人传奇《蝴蝶梦》写他云游回家，为试探妻子田氏是否忠诚，先是诈死，后是化成王孙，玉貌鲜衣、宝车名马地前来吊丧。田氏中计，先以诗挑逗，后脱去孝服，再打碎灵牌，最后以斧劈棺，欲取丈夫的脑髓为情郎治病。若依某位道学家的理论去解，这必然是得道高人严惩不贞妇人、参透世态之虚人情之幻；但我宁愿这样想，高人不但猜不透自己做的梦，更吃不准自己的爱情。

不要以为蝴蝶可以轻易得到，即便是写诗。谢逸曾作咏蝶诗三百多首，由此得了个"谢蝴蝶"的雅号。只可惜这三百首诗，就连半句都没能传下来。搜遍记忆，以蝶入诗不知凡几，但如蝴蝶般生动刻骨、美丽铭心的，竟没有。中国的第一首新诗，是胡适的《两只蝴蝶》："两只黄蝴蝶，双双飞上天。不知为什么，一个忽飞还。剩下那一只，孤单怪可怜。也无心上天，天上太孤单。"除非故意提起，又有谁能忆起？若照某位诗学家的观点去评，这无非是才思不逮的徒劳、尝试难免的失败；但我宁愿这样想，古诗也好，新诗也罢，都难奈蝴蝶何。

我从不因宝钗、庄周、谢逸、胡适的失落而感到惆怅，反而为蝴蝶的摆脱而觉得庆幸。尤其见到蝴蝶成双，无论是美丽异常还是素色寻常，我就会念到那一双恋人，并将他们的化蝶，填入一阕《风入松》——

何来双蝶摄心神，艳艳正当春。缤纷彩翼如花舞，暗伤魂、似梦还真。莫再扑遮追拦，可知磨折前身。　　两情坚执共温存，生与死难分。别时携手相看泪，到如今、俱已无痕。皎皎飞离尘域，翩翩扑入无垠。

在遭受了那么强的威逼，经历了那么痛的苦楚后，梁山伯与祝英台选择舍弃人身，将生命附于蝴蝶。想来，只有餐花饮露不食人间烟火、栖崖眠丛不受世俗规矩，才能永离悲戚、长守爱情。对的，蝴蝶就是爱情、自由自在的爱情。念及它们饱受摧折和磨难的前身，还会有谁忍得下心，去追扑它们，伤害它们，轻慢它们？

若是梁祝的解人，必是蝴蝶的解人、爱情的解人。纳兰性德以《蝶恋花》记取新婚燕尔"试扑流萤，惊起双栖蝶"的往事，虽只无意惊起，却仍让他歉疚不已。他以《蝶恋花》流露祭奠爱妻时的心情："唱罢秋坟愁未歇，春丛认取双栖蝶。"秋坟前低吟浅唱，忧愁却不减反增，只得等待来年春花烂漫，好去与她做一双蝴蝶。纳兰的心思，是生与悲苦同在，死与欢欣共存，所以他居然能在一片昏暗的愁雾中，生出一缕明亮的喜色。

而在梁祝悲剧之前，同样生出一缕明亮的喜色。那是十八里路的相随和相谈，犹是蝴蝶双飞的预言与预演——英台将游目所见的各类景物试探山伯，先是喜鹊、鸳鸯、荷花、牡丹，再是白鹅、黄犬、石井、木桥，直到把观音也请了来……眼看全然无用，眼看余程无多，英台情急智生，说是家中有个九妹，品貌双全一如自己，愿梁兄你早来求亲迎娶。在忍俊不禁中，我被英台的大胆与矜持、慧心与苦心所打动，并把少女的情意填入一阕《拜星月慢》——

> 鹊闹梅枝，鸳依荷叶，曲径村烟笼翠。眉下谈间，暗香芬频递。忆初识、倏忽、三年埋首勤读，不辨同窗姝丽。且喜还嗔，甚愚兄贤弟。　　恨余程，屈指两三里。正思忖，莫若明心字。毕竟慌怯还羞，欲开言何易。问梁兄、曾摘牡丹未？关情处，此语非相戏。从别后、盼早重逢，莫空耽小妹。

越剧得到了这双蝴蝶，并将它们放飞。其实，蝴蝶未必不爱人，但人总是自私，不愿平等地相待；蝴蝶未必不爱梦，但梦毕竟虚幻，不会长久地存在；蝴蝶也未必不爱诗，但诗毕竟平面，不能立体地舒展。蝴蝶最爱是越剧，因越剧与蝴蝶同样有一个无与伦比的仙姿，有一场感天动地的爱情，有一段饱经磨折的前身。

名花四季
少年郎

只消听那一声清脆的叫板："啊、哈！"便觉耳边似有春风袭来，接着必有一身幼红嫩绿的行头穿来，一串乳燕出巢的身段飞来，一副雏凤试声的歌喉唱来，令人满心生出喜欢，喜欢那个用帕儿掩着拾玉镯的孙玉娇，拿碗儿盛着热豆汁的金玉奴，走神儿倒茶烫了手的陈秀英。对啦，还有奔波来回、撮合有情人终成眷属的小红娘。一大堆青春正二八的女孩，刚刚脱离孩提，贪玩好奇任性，里头善良聪慧，外面狡黠尖刻，恰似二月里带着丝丝寒意的春风。她们心中怀春，却还懵懂，故而不能自禁、不知遮掩，即将羞怯尚未羞怯，即将成人尚未成人，春风吹得满园花儿开了，开得不费功夫，开得全无心机。

> 缕缕春晴依绮窗，满园花色噙香。明眸皓齿俏梳妆。牡丹头上，镜里贴花黄。　　吹得半塘风水起，莺啼燕啭新腔。元知戏者是佯装，到传神处，哪里见荀郎。

尚小云虽与荀慧生同年，但他的角色明显长了好几岁，是一位青年女子了。这一女子品貌端庄，性情明朗，骨子里是率直与刚强。尤当遭遇不公不幸之时，或是狂癫，或是忿激，有不输于男子的清刚意气。胡氏失子，荒野甩袖狂舞，令人看得血脉贲张；昭君出塞，马背抚琴高唱，以凄楚传忧愤，借幽怨达孤高。至于那女侠十三妹更不消说，听老人喻其唱似盛夏丽日当头，热辣酣畅；做如疾风雷雨扑面，痛快淋漓。

> 烈烈夏中日当窗，热风熏遍红香。女儿生就爱浓妆。金沙碧草，跨马引苍黄。　　铁嗓钢喉谁得似，遏云截铁高腔。铿锵刚烈趁戎装，心中有剑，豪气胜儿郎。

尚派十分难学。唱腔身段固可学得毕肖，但男子演来常误作男子阳刚之质，女子演来则失于女子阴柔之态。分寸拿捏，关乎气质，实在是无法复制的。

程砚秋虽比他们小了四岁，但他的角色似乎更年长些，已是一位近中年的女子了。这一女子曾经风霜，性格沉稳中见孤傲，淡静里显关情。程腔发音极为特殊，除有幽咽沉郁之致，又有顿挫断续之妙，闻而顿生"悲哉秋之为气"之感。《春闺梦》《荒山泪》《窦娥冤》不去说他，就连《锁麟囊》这样的喜剧，也遮不住悲悯凄愁，令人想起伤秋的柳永："望处雨收云断，凭栏悄悄，目送秋光。"无怪有人觉得，程派有因失意而狷介的书生气。柳永熟稔女性，一句"临风、想佳丽，别后愁颜，镇敛眉峰"更道出与程的相同处。一个以男写女，一个以男演女，都在为女性锁眉滴泪时，以男性之镜在端详她，揣摩她，爱护她。笔下台上，看似只一位女性在低吟浅诉，但用了心，可以看到有个男性的倒影，始终看着她，伴着她，还欲与她说话。

> 瑟瑟秋风叩梦窗，纷纷摇落寒香。懒描眉底少时妆。手挥目送，残叶月昏黄。　欲断还连情未了，千回百转行腔。羁行悄立裹幽妆，此生似水，说与会心郎。

京剧勃兴之际，正是昆曲式微之时，学界普遍认为这是市民俗文化的崛起与士大夫雅文化的崩溃。在我看来，此可谓势理如舆薪虽能察，思情若秋毫未稍悉。君不见程的观众官宦与文人极多，可知雅俗两者不但非同水火，更有融通之质、浑成之实。

四大名旦中，梅兰芳年最长，他的角色几乎囊括了前三位之所有。这一女子纯到绝无瑕疵，美到不可挑剔，是包罗了缤纷绚烂的素朴，经过了千锤百炼的圆润，褪尽了荣华富贵的雍容。此一切，唯有一场彻天彻地的大雪，方可比拟。每念及此，都想起唐人李峤咏腊月的诗："兰心未动色，梅馆欲含芳。"区区十字之内便含其名，可见梅非冬莫属，非雪莫知了。好大的一场冬雪呵，覆盖了京昆和文武，覆盖了青衣与花旦，覆盖了虞美人的绝惨、赵艳容的极怨、王宝钏的坚忍、玉堂春的伤冤、白素贞的深情、穆桂英的壮怀。万象银装素裹，倒显分外妖娆，更有梅花暗香，无边浮动。人称其为梅派，他却自称"没派"，我想概因纯白，恰是极致的缤纷与斑斓。

> 漫漫冬长雪满窗，偏偏不掩梅香。可怜素面未梳妆。何曾经意，莹白又红黄。　　雕饰天然去造设，无边寰宇萦腔。九天神女著瑶装，名花飞散，四季少年郎。

我生也晚，四大名旦无一有幸亲炙，视听所凭仅录像、唱片而已，所以只可入耳目，不能化心情。自知所得浮浅，便用四阕首句入韵的《临江仙》，涂抹类似四季的印象。

以男演女本不应有，只是缘于历史的阴错和文化的阳差，却歪打正着地击中了写意艺术的真髓与根本——人。又偏是这四位少年郎，以旷代之才，集毕生之力，给了京剧乃至中华文化望外而复望外的收获。时到如今，已无法想象一个没有四大名旦的京剧世界是何等单调，更无法想象一个没有杰出男性演绎的女性世界是何等寂寥。

而且，正因曾经的反常实在太美，更使我觉得后来的正常总嫌庸常。看了无数女子演绎四大名旦的唱段，一人独擅一派，兼演两派甚至四派，饶是中规中矩，纵然像模像样，我却从心里认定了四大名旦绝不属于她们任何一人。她们该用学会的唱腔去演新戏。因她们的性别，注定无法给我那一幅凝视、理解和爱的镜面，那一汪始终看着女性、伴着女性，还欲与她说话的男性的倒影。

人生识字
两难禁

几十年前，简体字写不好，繁体字倒迷上了。孩子天性，大半出于好奇，小半来自逆反，要他做的他无心做，做不好，不要他做的他偏要做，而且往往做得好。我的读物，除连环画外还有一本《新华字典》，因为翻得太多，不但脏乎乎，而且胖鼓鼓。我专看字后面的括弧，括弧中的字，就是这个字的繁体字。

我喜欢"马"撒开四只蹄奔腾，而不是平板似的一横；喜欢"鱼"跃上四点水嬉戏，而不是平地上的一横；喜欢"鸟"探出爪子，或凌空虚张，或高据枝上，而不是僵直粗率的一横。植物也是，"丛"的繁体朴茂盛放，红情绿意仿佛扑面而来。对如此鲜活灵动的生物，概以一横应付，岂止减了趣味，更是损了生机。

不仅看，而且写。我发现写繁体字，容易写得工整、漂亮，只悟不透其中原委。后来渐渐明白,一是笔画多了,对书写注意力的要求就高,必须全神贯注、凝心定睛地写,来不得丝毫松懈。二是笔画多了,彼此间的支撑就强,整个字的结构就稳。"车""东"繁体横平竖直、左右对称,容易写得好;简体减了笔画,失了平衡,孩子写来不易端正,更不易美观。

繁体字美观。"丽"的下方原有一个鹿字,是一只壮硕丰美的鹿,"丽"只是它华丽的角。"学"的上部像是一顶闪亮的冠冕,这是加在学子和学者头上的嘉勉。"叶"原是草字头、木字底,形似一树四面伸展的碧叶,承受阳光雨水的滋养。简体改用口字旁,横竖难以达意。更有一些简体,比如"义",简成个大叉加一点,岂止不美,更无法宣示以我卫善的意愿。

繁体字达意。"彗"是有竹字头的,就是一把竹制的扫帚。"席"是有草字头的,就是一张草编的坐席。"矩"是有木字底的,就是一把木制的曲尺。既然要"严",除却反复叮咛,更要形诸文字,双口反文最合事理。古代的门,不管大小,不管房门还是柜门,都是左右对称的双扇。每写"门"的繁体,感觉都像画画一般,写完还有用双手去推的冲动。我爱画画,爱在"爱""庆"的中央画个心字,于是所有的笔画,就都是从心发散出来的,这才真正称得上"发自内心"。"宁"的中央,也是一个心字,特意以一只托盘稳稳地托起来,这是"静由心生"的道理。"艺"之缤纷缭乱,犹如百花千草,草字头下简成了一个乙字,实在简慢太过。"寿"之难能可贵,自当得起如许多的笔画,其中蕴着天意的眷顾、蓄有自身的修为。还有"礼",古人重礼仪,右半边绝不会粗疏地一勾了事。尽管礼崩节失,基本与字的由繁趋简无关,但遗憾的是,两者在现实中是基本同步的。

我通过繁体字进入了一个丰赡、深邃的字的世界。岂止是字,更是中国人与大自然相识、相知、相结合的非常的世界。不过，这个非常的世界不免冲撞了正常的学业。当时我正为"肃"字底下四扇窗户如何安排而专心致志，却被抓了个开小差的现行，被语文老师罚站了整整一节课。

我喜欢繁体字，也不讨厌简体字——当然，简得无理和无礼的除外。我承认简化的好处极大，使得学用便利，免去了不必要的重复。"齿"的下部就算再加三个人字，也不能囊括满口的牙，减为一齿并不损其本意。相似的有"虫"，类似的有"累""叠""垒"。"轰""聂"繁体三字相同，以双字代去下部两个，堪称允妥。不解的是，"焱""淼""磊""森"尤其是"蠹"，却不照此办理，有些莫名其妙。莫非简得手软，简到一半，竟不敢了？

至于简化的坏处，自然很多，但必须留意，坏处总是在得到了好处后才出现的。对已得到的便利，人们往往觉得再也正常不过，便没兴趣为便利的来由而去了解。不去了解，就不会感激，就不免怨恨，就不得不失去一颗平常心。汉字演变的历史，就是不断简化的历史，从书体看，隶书简化了篆书，楷书简化了隶书，行书简化了楷书，草书简化了行书……简体字的言字旁、绞丝旁之类，许多是从行草书来的。遍观历代，似乎都未重返前朝繁体，全民书篆读隶的光景怕是不会再有了。

几十年后，简体字写好了，繁体字倒忘记了。却也不是全忘，不全是忘，像"郁""蚌""盐"当年写得顺手，现在仍看得懂，却默写不出，我也不以为憾。简体常用而繁体不常用，既然无用，自会逐渐淡忘的。那个至今仍能默写的"爨"，几十年来从未正经用过一回。我没读过《说文解字》，也极少查《康熙字典》。我已成年，不再好奇也不再逆反，更不会去关心当孩子时所热心的事了。

外国有位学者叫作费瑟斯通的说，孩子一而再地发现了新的事物，成人则在其中再次发现似曾相识的东西。我早不再是个孩子，却在我孩子的书桌上，偶然见到他写的几个繁体字。孩子发现的"新的事物"，也就是成人经过的"旧的事物"。而发现和再次发现，恰恰指向人类及文明的过去和将来。

外国还有位哲人叫作康德的说，人类是通过审美经验才意识到自己普遍、自由的存在的。我以为仓颉造字就是这样，就是以审美出发，以审美归结的，因而最能意识到自身的存在。换句话说，繁体字凝结着中国人原始的普遍和自由，简体字代表着中国人现实的普遍和自由。这是一条不断变化、始终前行的河流。我以为人生识字，既是忧患之始，又是欣悦之初，两者并入了这一条文化的河流。同样道理，繁体为里，简体为表，懂前者，用后者，两者也并入了这一条文化的河流。

忧患岂无忧患，欢欣自有欢欣。人生识字两难禁。忧欢皆到底，举首向天吟。　　汇以一心万象，修成半画千金。经繁渐简至如今。眼前皆有圣，笔下仰君临。（调寄《临江仙》）

选《洞仙歌》来填，是因其本为一支歌咏洞府神仙的唐代教坊曲牌，乐声悠扬飘逸有仙人气；到了宋代成为词牌，苏东坡以其表达对美人"冰肌玉骨"的眷念、对时光"暗中偷换"的惋惜，意境空灵美妙似仙人语。

春光
如许

春光
如许

平生第一次看昆曲，是在十八年前。文庙广场的祭孔仪式刚刚结束，综合文艺表演便粉墨登场，其中就有昆曲《游园惊梦》。临时搭的露天舞台，四四方方、空空荡荡，年方二十的沈昳丽容貌姣好，身段窈窕，一上来便满台生光。巧的是正值初春响晴，和风随着她的举手投足、裙裾水袖，变得愈加温煦可人；而满园花草似乎在她的顾盼之间、身前身后次第显现，继而逐一消逝。如花美眷、似水流年，从此杜丽娘的形象便在心中定形，不但不能忘怀，而且不可不记，试填《洞仙歌》一阕——

春光如许。算春光如许，心下春光应如许。恰花前、半刻顷昀缠绵，斜钗钿，羞问檀郎何处。　　怕相思似水，欲断还流，流却韶华向谁语。但对镜梳妆，玉骨冰容，都托付、丹青记取。盼能有阴阳感通时，剩一缕幽魂，柳边梅树。

选《洞仙歌》来填，是因其本为一支歌咏洞府神仙的唐代教坊曲牌，乐声悠扬飘逸有仙人气；到了宋代成为词牌，苏东坡以其表达对美人"冰肌玉骨"的眷念，对时光"暗中偷换"的惋惜，意境空灵美妙似仙人语。后来听说昆曲也有同一曲牌，若是格律无误，可以直接唱的。因此，以《洞仙歌》咏"花花草草由人恋，生生死死随人愿，便酸酸楚楚无人怨"的杜丽娘，都是极妥帖的。

十多年前，在天蟾舞台的一个昆曲折子戏会演上，我看到了梁谷音的《寻梦》。杜丽娘惊梦醒转，相思成疾，为寻梦而重游花园，久等不得，怅然而归。年近花甲的梁谷音饰演二八少女，茕茕病体孑立，渺渺相思无凭，居然形神兼备。此番感受难以尽表，因而依韵复填一阕——

梦儿如许。甚梦儿如许，重觅梦儿真如许。最撩人、昨日云抹风侵，今朝却，飘去哪方远处。　伤蝶儿对舞，燕子双飞，飞过空亭无人语。奈春念心间，清泪眸边，茕茕立、何从追取。信梦短情长不相欺，但水满深池，月圆高树。

丽娘的魂魄飘飘荡荡来到地府，正遇判官。判官面恶心善，得知丽娘死因，顿生怜悯，慨然准其夜间出入阴阳两界，找寻梦中之人。在我心里，《冥判》一折的气氛应是在晦暗阴森中慢慢透出明净亮丽来的，但在传统的昆曲舞台上，哪怕是灯光稍变都不可得，未免感到几丝不足。直到2010年夏，在青浦课植园隔着一带小溪观赏"实景园林版"《牡丹亭》时,这几丝不足才得到弥补。戏是黄昏时分开场的,演到《冥判》恰好天色尽黑,但见草木深深、灯火烁烁,判官鬼卒颜色斑斓,丽娘则是通身雪白。配以谭盾、黄豆豆特制的音乐和舞蹈,令我恍如置身地府一般。时值初夏,蚊蚋频扰,身上燥热难当,心头却是清凉无汗。乘车返家,虽已子夜却兴犹未尽,提笔再步一阕——

痴情如许。念痴情如许,幽冥痴情竟如许。运神通、且教披月依星,任来去,穿越阴阳两处。 叹真心可悯,地撼天倾,倾动鬼神吐惊语。便摘却勾牌,脱却凡胎,安派下、死生随取。看旧苑新庵梦圆中,点一刹灵犀,再生花树。

柳梦梅因病暂住杜家废园,偶于假山之内拾得丽娘画像,张挂室内,整日对画相唤,每晚焚香祈祷。我曾多次观赏蔡正仁、岳美缇的《拾画叫画》,前者端方如山,于质朴稳重之中透露微微憨态;后者柔情似水,在儒雅灵动之中寄托拳拳真情。一个男小生,一个女小生,对柳梦梅心迹爱意的演绎异曲同工,如此绝妙不可无诗,于是又步一阕——

清容如许。觑清容如许,梦里清容也如许。料曾经、姹紫嫣红流连,忽消折,冷雨残垣深处。 记香肌胜雪,欲拒还迎,迎得温存共私语。念影幻情真,瑞脑银钰,初漏起、幽窗听取。待今夜重将玉人呼,有一抹冰轮,正倾芳树。

2010年正逢世博盛会,外国演艺名家纷来沪上,我得以在兰心大戏院观赏了坂东玉三郎的"中日版"《牡丹亭》,获得两重异样的美感:

一重是日本人饰演中国人，歌舞伎的精丽工致与昆曲的精妙婉约融二为一，出人意表；一重是男性饰演女性。坂东对少女心理的体察入微、传达出神，真不负了"日本梅兰芳"的美誉。最幸运的是我坐在最前排的正中间，这两重既美又异的感觉是如此之近、如此之真，竟觉得自己也成了杜丽娘，——经历惊梦的心慌、寻梦的怅惘、冥判的凄惶和叫画的柔肠。至于印象最深的一折，却都不是这些，而是《幽媾》——这也许是《幽媾》较适合淡静灵异的日本传统艺术来演绎的缘故吧。子夜时分，薄雾清风，她闻到了梦中情郎焚起的清香，听到了梦中情郎深情的呼唤，于是翩然而至，叩开他的房门，向他倾诉衷肠，并叮咛他次日清早一定要掘开梅树边的那座坟墓，她终于可以起死回生了。

杜丽娘不仅是一个怀春的少女，在经历了为情而死、为情而生之后终得善果。她更是一个美丽的愿望。这个愿望非关年龄，非关性别，也非关时空。为了这个愿望，人们不惜寻寻觅觅，不惜等待守望，不惜付出生命，只为将如许春光，尽情地收取。中国的昆曲家们如此，日本的坂东玉三郎也如此，所有的人都应如此。这就更应步上一阕——

> 柔声如许。感柔声如许，应以柔声正如许。那香魂、璨璨穿雾乘风，悄然立，旧院重门佳处。　　虽从来未识，梦谙心知，知是因缘不消语。释半晌温存，永世相思，凭今夜、尽情收取。愿似水流年自轮回，驻一种风光，牡丹花树。

人是热血的，蛇是冷血的。那么人蛇一体的女娲，她的血究竟是热的还是冷的？

缘何血冷偏多情

关于女娲的神迹，一般只知炼石补天和抟土造人两件。其实男女恋爱、结婚、生育，亦非人类本能，都是她老人家的发明。我想女娲之生此念，原因有二：一来人类很弱，即使保养得好，毕竟是泥和着水做的，寿算可怜；二来女娲很忙，哪有时间捏人，于是干脆授之以法，让人类自己去实现可持续发展。直到办完这第三件事，这位人首蛇身的神祇才松了口气，放心忙别的去了。

我猜，尽管女娲如此热心，但她的血恐怕还是冷的。因为骨髓、心脏之类造血供血器官，尽在蛇身；只凭一个人脑，任凭聪明绝顶，都无法决定血的温度。同理，也能判定龙为冷血——马的头、牛的眼、鹿的角和鹰的爪，无不长在一条披着鳞片的巨蟒上。所以无论女娲所造还是龙之嫡传，中国人与蛇的渊源，与蛇平等、亲密的程度，绝非所豢养的牛马猪羊可比。蛇既是女娲的另一半，就完全可以成为人的另一半，比如那条从峨眉山上蜿蜒来到杭州的白素贞。

我猜，在白素贞的血管里，很可能淌着女娲的基因，携着蛇与人的一段缘分，只是她并不知情。她与许仙在杨柳依依的岸边邂逅，在春雨霏霏的湖心攀谈，在明月溶溶的窗下定情，在喜气洋洋的帐中合欢。白娘子不是有情，而是多情，且被她的神通放大了好多倍——从官府盗来银子赠送他，从豪门偷得衣饰打扮他，从仙山求取灵芝搭救他……仅凭那种本能的亲近感，白素贞不但尽其所能，更是倾其所有，包括生命在内。婚后居家过日子，白素贞努力向人的美与善靠拢，外表的妩媚妖娆不够，还要内在的贤惠体贴，而模仿人的语言动作，更是不在话下。当然，尽管道行已深，毕竟蛇性难除。许多戏曲班子都要求演白蛇的艺人用形体拟出蛇形，比如游动的"蛇步"、摇摆的"蛇腰"、眯缝的"蛇目"。这些，白素贞都小心翼翼地掩饰着。评弹里说她在人前常做害羞状，用帕子去遮面，原因是蛇眼会生翳，不免常常要用芯子，闪电般地舔一下。

只是，白素贞终究无法使自己的血热起来。我猜到了冬天，她会变得十分慵懒，呵欠连天，瞌睡遍地，除了暖炉不离左右，就是盼着响晴好晒太阳，定是不能陪丈夫踏雪赏梅了。幸好许仙无此雅兴，一年四季出门跑买卖，进门做家务。反正，凭白素贞的机灵劲，肯定不会露馅儿。那次端午醉酒吓死丈夫，偌大事情不是都糊弄过去了吗？眼看夫妻就能和和美美地过上一辈子。

只可恨来了个法海。

白蛇和法海孰是孰非，人们的判断十分明确。鲁迅写过文章，劝人到吴越的山间海滨去探听民意，并担保说，除了几个脑髓里有点"贵恙"的之外，没有不为白蛇抱不平、不怪法海太多事的。据法海自己说，他镇压白蛇的理由，是"人妖殊途"；但我看来，是因为他对人与蛇的渊源并不知情，一如白素贞的懵懂。同样的无知和懵懂，会使不同的人物做出截然相反的行为，令人奇怪而又无奈。人们对白蛇的同情、对法海的埋怨，尽管同样出于懵懂和无知，却使这个故事从小说到了传奇，从纸面到了舞台，从不缺人唱和演，从不缺人听与看。白娘子在台上借伞还伞，观众在台下凝神注目；白娘子在台上水漫金山，观众在台下鼓掌叫好；白娘子在台上合钵托孤，观众在台下唏嘘嗟叹……无论是演的还是看的，血管里都有女娲的基因、人蛇的缘分，只是他们自己，并不知情。

> 疏雨烟轻，柳岸啼莺。扁舟近、画伞同行。樱唇妙目，素艳娉婷。甚身非人，血还冷，却多情。　断桥雾远，宝塔新晴。问当时、何以为凭。楼台歌榭，遥递银筝。正低声唱，凝眸看，会心听。（调寄《行香子》）

好在蛇与人的姻缘，也许不止这一对。白素贞虽遭厄运，但可能还有黑素贞、黄素贞、蓝素贞、绿素贞、花素贞……她们的体内照旧流着冷血，心里却依然涌着热情，她们与情郎、与丈夫，正在过着幸福美满的日子。

关于女娲自己的婚姻，广为人知，与人也极有关联。她与伏羲是一对兄妹，经天神许可结为夫妇，二尾相交而生人类。原来，人类就是蛇类，只是从一尾到了双腿，从冷血变了热血。女娲是有情的，但她生衍的人类却未必个个有情；蛇类是冷血的，但它的子孙却未必条条无情。原来，血液的冷热与情感的有无没有关系，这才有了冷血有情的蛇精，与热血无情的人类的纠葛与冲突。这种纠葛与冲突，延续了几千年。几千年里，是蛇负了人多一些，还是人负了蛇多一些？

无端
天与娉婷

一个冬雨阴湿的午后，我在天蟾看京剧《玉堂春》。台上是位不知名的年轻旦角，台下看客寥寥无几，有的交头接耳，有的索性打起了盹儿。那冷冷清清的场面，与苏三起解时的处境与心境，倒颇有几分暗合。

这么想着，便演到了《起解》。旦角打起精神，放出手段，却也只是平平。不过就在此时，我居然少有地入了戏。观赏传统京剧，尤其是名角的表演，观众是不该入戏的，这不仅因名角技艺夺目，也不仅因观众喝彩分神，更是因京剧艺术固有的出离感，能使观众的情感始终与剧中的人物保持距离。然而当时，在我的眼里，那张俏脸、那段玉体依然，那幅双鱼枷具、那条细银锁链却恍惚变成了厚厚的硬木枷锁、沉沉的生铁镣铐。

苏三不但确有其人，而且确有其事。她五岁时父母双亡，小小年纪就被卖到妓院，长大后虽出落得花容玉貌，却不得不操持起皮肉生意。我曾去过山西洪洞，参观过明代监狱博物馆，苏三起解的蜡像令我印象极深。蜡像的制作工艺当然不能与杜莎相比，却也一如草根戏曲那般，能于粗糙中亲切传神。她披头散发，衣衫不整，身戴重枷，双膝跪地，绝望溢于眼神，悲啼恍若可闻。苏三的蜡像与舞台上的旦角渐渐重叠起来，我不禁心头一酸，仿佛此时身在洪洞县衙之外，面对弱女凄惨哭诉。忽又想起一句"无端天与娉婷"，却一时忆不起是谁的句子。红颜薄命，永远是戏所表现的重要内容；薄命红颜又遇难解奇冤，怎不叫人唏嘘千回、感慨万端？

出了剧院，心绪稍缓，才想起"无端天与娉婷"的出处。当年秦观与一位歌姬两情相悦，却因故离别，再不见面。大词人凄楚怅惘之情难以排遣，非出一首卓尔不群的好词不可，那就是著名的《八六子》。此词绝妙之处，也是秦观真情出处，在于将愁苦心境与美丽景色对峙起来，从起句"倚危亭、恨如芳草"到结句"正销凝、黄鹂又啼数声"，通篇贯注。"无端天与娉婷"正处于下半阕的首句，位置极为关键，顺势承上复又提气贯下，接出"夜月一帘幽梦，春风十里柔情"，暗示词人恨之缘由，正在于爱之不得。秦观的词胜在"情景交炼"，所以每一句话往往包含两层含义。"无端天与娉婷"同样如此：一是老天无端设下如此良辰美景，又偏不让其久长；二是老天为何给她如此美貌，让我为她神颠魂倒。我想苏三若知后一层意思，定会拿来自况并埋怨老天作难："老天爷啊！你为何给我如此美貌，却让我幼年时蓬头垢面、苦挨饥饿，长大后浓妆艳抹、倚门卖笑？"

老天爷对苏三还是好的。她与王公子一见钟情，两情欢悦，初次见面时对饮香甜的美酒，依依惜别时互赠相思的红豆。她蒙受不白之冤，遭受严刑拷问，被屈打成招解往太原复审。她出得监狱，跪在长亭，祈求有好心人替她捎个口信，指望王公子得知，念及他俩当初的柔情蜜意，体恤她如今遭受的许多折磨，飞快前来搭救。苏三的好结局在起解时就有预兆，老解差崇公道怜其身世、哀其遭际，将苏三认作义女，催促起身赶路，一路照顾有加。王公子更没有辜负她的情意和期盼，不但为她洗清冤狱，而且与她结成眷属。

我思量着用"无端天与娉婷"这句做眼，为苏三填一阕词。既然采用原句，最好沿用词牌；既然沿用词牌，不妨步其原韵，于是成篇《八六子》——

> 跪长亭、影单枷重，凄凄欲告平生。甚已是深缠薄命，又遭难解奇冤，说来愈惊。　无端天与娉婷，素面苦熬饥馁，浓妆笑卖风情。幸遇得、良人秀欺金玉，见时香酒，别时红豆，应怜往昔诸般痛惜，迩来如许阴晴。正销凝、差公又催数声。

一阕填毕，又忆起"无端天与娉婷"的来处——缘何凭空想起此句，继而顺势成篇？思来想去，觉得看戏填词犹如相隔一纸，只一动念便可轻易通透。又想，宋词之后便是元曲，两者上传下承，极亲至密，故而清人尤侗在《倚声词话》里有"诗变为词，词变为曲"的说法。在昆剧现存的几百个曲牌中，有许多便是词牌，不但字数、格式，就连平仄都是一样的。又去问一位唱昆曲的朋友。他说的确，许多宋词可以直接用相同的昆曲曲牌来唱，不消任何修改，无不契合妥帖。

戏曲、诗词各具其美，各自来历分明，因此皆可称为"有端"；

而它们之间难以尽窥的牵连、只可偶得的奇妙，恰可称作"无端"。所以，此处"无端天与娉婷"之后，理当再接"相隔各依清韵，相牵自赖幽情"。

实告
郎君

戏看多了，便得了个毛病——爱替剧中的人儿说话。当演员在台上大段地唱时，我却往往在台下轻轻击节、念念有词，设法用同一种意思、另一种语言说出来。我喜欢得这个病。因为这时，我恍惚成了那个人物，或自言自语，或对人倾诉；又仿佛成了那个角儿，向着配角，不，是向着黑压压的观众唱、念、做、舞。

当京剧《白蛇传》演到《断桥》一折，我便成了那个因怀胎又加恶战而身心交瘁的白素贞，右手抵住小青高高举起的利剑，左手指着瑟瑟发抖的许仙。我一开口便告诉他，为妻实乃千年蛇仙所变，只因厌倦峨眉山修炼寂寞，贪恋西湖美景，眷爱人间温情，于是甘愿做一个相夫教子的家庭妇女。这番真切坦诚的表白，与其说是白素贞的善良诚恳，毋宁说是出于对许仙的爱。

否则，就无法解释她在不慎显形、吓死夫君后，居然甘冒奇险前往仙山，先是盗，后是抢，最后是跪求，口衔灵芝救活了丈夫。这种行为，岂止蛇类，就连绝大多数热血动物都断然不会去干的。这段唱念，于回忆中流出痛惜，于哀怨中透出伤感，于责备中显出祈望，却没有丝毫的绝情、仇恨与杀机，有的只是深深而又绵绵的爱意。蛇本无情，人才有情，所以不是蛇变化成人体，而是人寄托于蛇身。借用姜夔自度词牌《翠楼吟》，我将这个活生生的女人的心里话，向战兢兢的负心郎娓娓道来——

> 实告郎君，休惊莫惧，为妻确是蛇女。厌清修寂寥，愿当世间凡人妇。西湖佳处。爱翠笼春堤，红薰秋户。初相遇、眼前消抹，几重烟雨。　　记否？怜你家贫，助药材银两，减劳祛苦。救端阳失魄，舍身盗来灵芝哺。恩情如许。纵不念恩情，还看雏孺。今重聚、尽将心曲，和盘倾吐。

与老戏中的男性人物相比，我更愿为女性，尤其是年轻美丽、善良痴情的女性代诉心声。这并非全因我对女性心意的百转千回、情感的细腻缠绵，除倾慕之外更有一种模仿和探究的愿望；更重要的是，在老戏中，通常男性为尊、女性为卑，特别是对女性内心活动及外在言行之间的关系，要么寡淡如水，要么鳞羽皆无，令人不满之余平生代言的冲动——这恐也是不少现当代剧作家改编老戏的缘由和内容之一吧。白蛇故事成形于北宋初，便是一条专门魅惑和谋杀青年男子的美女蛇精，比狐狸精、蜘蛛精还要坏些。到了明代话本《白娘子永镇雷峰塔》里，它虽变得温柔良善起来，却仍是人味少而阴气多。现在我们看到的京戏版本，是田汉在解放后重新改编的。凭着对女性的尊重和熟稔，田汉让白素贞从冰冷的蛇类变成温热的女人，并在《断桥》一折中酣畅淋漓地表露出来。饶是如此，田汉却也无法改变老戏对白素贞弱小地位的确定、凄惨命运的安排。

老戏中的女性，一如古代的女性，多是弱小的。即便如白娘子般身处强势、手握主动，到头来还是为了感情、为了男性，从抱怨直到原谅，从迁就直到牺牲，直至主客换位，强弱易手……总之，最后吃亏的，总是她们。京剧《四郎探母》的开场戏《坐宫》，铁镜公主在动不动就哭天抹泪的汉人丈夫面前，看似始终强势主动，决定着丈夫的去留甚至生死，但仔细一看，她对他的询问、猜他的哑谜、索他的誓言、盗来他所要的令箭，无不跟着她对男人的爱意去转，随着男人的心意去办。结果自然是,四郎在扯了声"叫小番"的嘎调后扬长而去，留下一个在漫漫长夜里苦苦等待的少妇。

《坐宫》之后，便是《探母》。看着四郎向母亲大礼跪拜，与原配抱头痛哭，我的心思却早飞到了辽营，替在那里的无助少妇填上一阕《金人捧露盘》——

> 野沙扬，风渐紧，漏声长。烛帐里，苦待东床。飞梭快箭，自此番难信比时光。扪腮犹烫，盗金钗、未脱心慌。　　刀兵事，他乡陷，家国念，自神伤。助往敌阵探亲娘。一宵约定，十五年恩爱作承当。马蹄声近，莫不成、是我夫郎。

帐内烛火高烧，帐外马队频经。想必在她的耳中，每次马蹄声近都像是丈夫归来吧。北国女子虽然豪爽，但此事实在太大、太过心惊肉跳——当了十五年的丈夫居然是一员敌将，而自己竟然助其偷往敌营。连番惊悚，怎不令她脸上发烫? 作为妻子，她应以丈夫的悲喜为悲喜；作为公主，她须以国家的利害为利害。当前者很快压倒了后者，丈夫的承诺是否兑现，国家的惩罚是否降临？成堆忧虑，怎不令她心头鹿撞？而老戏视其浑若无物，可能是因为少了四郎的公主便"没戏"了，自不会为她考虑一丝半毫。传统戏曲的编法类似国画的画法，有时泼墨如水，把"有戏"的一瞬闪念拉成长长的唱；有时却惜墨如金，将"没戏"的万里长路缩成一个小小的圆场。

而她就连一个小小的圆场都没有。

当郎君离去，她在寻思什么？若郎君归来，她又要倾诉什么？

老戏没演。她也没说。

我只有替她费尽思量。

一般
良夜

元宵，从来是恋爱的吉日。古有大防，少男少女休说晚间，就连白天也无缘得见，唯此宵除外。他们应该感谢这一年初圆的月亮，感谢满世界遍放的花灯。今宵的夜与灯，会有默契，它们分头行事，共营爱氛——夜负责将双方的瑕疵遮掩起来，灯只管放大美丽。

便是在唐代的一个元宵灯节上，李益拾得被梅花枝梢刮落的紫金燕钗一枚。霍小玉赏灯回家，惊觉失钗，急循原路去找。她找到的，不仅是这枚钗儿。才子佳人，一个如玉树临风，一个似琼枝招展，初次相遇，什么皓月彩灯、金花银树，什么粉裘花马、红男绿女，一概成了浅浅的灰色。

后来李益上京赴考，高中状元，不料即被遣去随军戍边。夫妻新婚便要离别，此一去不知何日才能重见。那天灞桥雾气缥缈，柳色暗淡，望着初飞的燕雀，抚着金镶的车马，小玉不但没了欣赏的心情，反生出斑斑点点的怨恨。她折下一条柳枝，轻声说道："柳枝啊柳枝，你是想把人挽住的，但他若像飞絮一样，你又怎能挽得住呢？"像是想起了什么似的，小玉转头对丈夫说："李郎，以你的才貌名声，此后定有许多姻缘。我年方十八，你二十二岁。我想你是否可以等到三十壮年再择佳偶，到了那时，我就剪下头发，遁入空门。能与你共度八年光阴，我就心满意足了！"话未说完，便失声而泣。李益非常感动，当即宣誓海枯石烂，我心不变。口说无凭，他更提笔写下"生则同衾，死则同穴"八字，让小玉芳心大慰。

然而心慰只有片刻，苦等却是漫长。我想，小玉的别愁和离绪，可借婉曲缠绵的《满庭芳》做一番铺陈——

> 新插鸾钗，初飞娇燕，只今浑没心情。宝车名马，凭惹怨生憎。适是欢鱼胜水，乍翻作、铁甲如冰。阳关外，柳枝无觅，度不尽长亭。　　孤零。从此后，一般良夜，两下魂惊。料霜角吹寒，替了诗思。重叠锦书织就，终无语、独对清灯。长空晚，无穷雁影，算哪片能凭。

看昆剧《折柳》《阳关》，耳边除箫声笛声唱曲声，总似还有一个女高音在咏叹着，是普契尼的《啊！明朗的一天》："当晴朗的一天，在那遥远的海面，悠悠升起一缕黑烟。有一艘白色军舰，慢慢驶入港湾，我等待着和他幸福地相见……"这是蝴蝶夫人思念丈夫的歌，也是这部歌剧中最令人心醉和心碎的歌。巧巧桑嫁给美国海军军官平克尔顿时，比霍小玉小一岁。两人年龄相仿、境遇相似、心绪相同，只是小玉所伫立凝望的，不是蔚蓝的海面、白色的军舰，而是赭黄的官道、红艳的旌旗。

更不同的，是她们的丈夫。美国军官把这场婚姻看作一场游戏，一张随时可以结束的合同。但在《紫钗记》里，李益却将他的小玉视为终生不易的伴侣。权倾朝野的卢太尉先假皇谕令李益戍边，以折他的傲气；后又逼迫李益休妻另娶，以充自己党羽，然而机关算尽，都无法迫李益就范。小玉为托人打听丈夫下落倾家荡产，最后竟连紫钗也卖了出去。不料钗儿辗转落入卢太尉之手，卢太尉有了可乘之机，一边向李益谎称小玉卖钗改嫁他人，一边派人伪造李益休书送给小玉。小玉立即信以为真，悲痛之下将卖钗的金钱撒了一地，从此病卧床榻，不思茶饭，静待死神的降临。以《一剪梅》描绘小玉此刻心情，当是如此——

> 梦醒啼痕孤枕冰。头上云鬟，失了鲜明。离愁如此恨当时，梅忒多情，柳忒多情。　　惊悉宝钗别处横。心上郎君，毁了鸳盟。万钱乱撒向东风，恩断今生，爱断今生。

若非黄衫侠客路见不平，将李益从相府中劫出让夫妇相见，令误会冰释，只怕小玉难免落得与巧巧桑一样的悲惨结局。

但仍有不同。巧巧桑是亲眼见到丈夫有了新欢，才将一把匕首插入自己的心窝；而小玉只是闻听丈夫背誓负心，便要断药绝食，了结自己的生命。

论身份，她们都是艺妓；论姿容，她们都是绝代佳人。然而要论爱的纯度，巧巧桑则要超过霍小玉，因此她更值得令人一洒同情之泪。对中意又钟情的丈夫，巧巧桑只有欢喜，没有怀疑；而霍小玉既有欢喜，又有怀疑——喜的是得到了他，疑的是会失去他，所以她才会提出精心构思的八年之约，才会在假书谣言前顷刻崩溃。怀疑，不仅让欢喜的颜色褪得飞快，更让爱的成色减了一半。所以她们的同与不同，其他都不重要，只在各自的一颗芳心。对百分之百纯真的心，观众会报以百分之二百的痛惜；而对百分之五十的爱，观众只能应以百分之二十五的同情。

若是霍小玉换了巧巧桑，就好了。就让背叛与怀疑做伴去吧，至少还能成就另一个完美无缺的爱情。只可惜这非但不能成真，就连假戏都做不成。

戏，将两颗芳心都浸入美妙的歌声和曼丽的舞姿里。歌与舞，同时饰演着灯与夜，它们将人的美丽尽情地放大了开来，又将人的瑕疵自然地遮掩了起来。

《史记·项羽本纪》写项羽"力能扛鼎，才气过人"，吴中子弟"皆惮之"。或许在司马迁看来，力气和才气是同等厉害、同样重要的，仅有其一不行。唯有大力气与大才气,方能令人不仅"皆惮之"，并且"纷从之"。想必在最早追随项羽的八千江东子弟里，除了勇士，还有不少才子。至于项羽逐渐失了才子，那是后来的事，特别是到了垓下。

垓下残阳接飞血

垓下一仗，从清晨直打到黄昏，喷洒的残阳与飞溅的鲜血，接成了一片。项羽中伏，大败亏输，好不容易突围回营，正要休息，四面却又响起楚歌，本已极度低迷的士气，终告彻底崩溃。当失败已成定局，项羽胸中的五湖四海连同眼里的千军万马，尽皆消散，只剩乌骓一骑、虞姬一人。他披衣起身，在帐中借酒浇愁，作下千古名诗："力拔山兮气盖世,时不利兮骓不逝。骓不逝兮可奈何,虞兮虞兮奈若何！"

要出千古名诗,光有大才气还不够,更须有真性情,这点项羽同样具备。他肯当着人面说秦始皇可被"取而代也",肯在鸿门宴上赐敌将樊哙斗酒彘肩。蒋士铨谒乌江项王庙,举了"俎上肯贻天下笑,座中唯觉沛公亲。等闲割地分强敌,慷慨将头赠故人"四件事,得出"绝世英雄自有真"的评语。我曾想,若他听从乌江亭长的劝谏逃回江东,恐怕今后就再无好诗了;后来发现不然,因为他若逃回江东,此前就根本不会作这《垓下歌》。我也曾想,若他不是把全部才思都用在打仗上,或能写出更多更好的诗来;后来觉得不对,即使项羽在先前有诗,肯定也不会胜过这《垓下歌》,因为悲痛以至于绝望,是性情到达了极致,此刻的诗,是断不能被超越的。

乌骓马跟了项羽整五年。"不逝"有两解:一是精疲力竭、不能奋蹄;二是难舍主人、不忍分离。良马通人性,前者为身之感觉,后者为心之愿望,两解并存,正如身心同体。先道乌骓马,再说虞美人,犹如将惨淡的残阳与凄美的飞血,接成了一片。

虞美人跟了项羽十几年。《史记》虽无记载,却从京剧《霸王别姬》的唱词可知。项羽向着虞姬悲叹:"哎呀妃子！据孤看来,今日是你我分别之日了！"接唱,"十数载恩情爱相亲相依,今日里一旦间就要分离！"

对这场诀别,司马迁只用了"美人和之"四字,便将虞姬赴死的从容安详,写得令人肃然起敬,似乎再写她如何而死,已经毫无必要了。但在京剧里,虞姬不但高歌,而且起舞,舞起了两柄长剑。戏曲与文笔有别,同样难以言表,文笔可出之简约,而戏曲须出于形象。此时此境，恐也只有以一场长达八分钟的剑舞，才能将虞姬的真性情释放出来。

虞姬最后一次舞剑，不仅是让项羽聊以解忧，更希望使项羽重燃斗志、突围求生。因此她必会施展浑身解数，舞得清奇而又健美；然而身心的疲累与绝望，却在清奇健美的舞姿中不自禁地透露着、闪烁着。她只管将自己的大才气与真性情，尽皆注入那冰冷的剑与狂烈的舞中。在项羽眼中，虞姬舞得越好越美，自己只会越痛越苦；但他不得不面露喜色，舞前说声有劳，舞罢朗声大笑。两人一动一静，动作一表一里，无不是真性情的流露。而虞姬的真性情之强烈、之灼热、之令人震颤，丝毫不下项羽。我以为，只有虞姬的这场剑舞，才能与霸王的悲歌相配，犹如无限好的残阳与化不开的鲜血，接成了一片。至于虞姬自刎前的吟唱："汉军已略地，四面楚歌声。大王意气尽，贱妾何聊生？"只是剑舞的尾声罢了。

> 垓下残阳接飞血，楚歌里，三军裂。乌骓不逝力将竭，酒舞罢，人长诀。　霸王此战功基灭，又忍对，虞兮铗。雄心末路古今烈，举头是，乌江月。（调寄《望江东》）

如此演得至真至美的戏，这般痛得彻心彻肺的戏，却是如此少着言表，这般不露形迹，戏曲的写意和史书的简约，堪称绝配。如果《史记·项羽本纪》是一抹猩红的残阳，那么京剧《霸王别姬》便是一腔赤热的飞血，在人们的眼中和心下接成了一片。

眼中欣赏着，心下痛惜着，又平白地升起一丝庆幸——幸好当年败亡的是项羽和虞姬，若换作刘邦与吕雉，恐不会给后人以如此纯真的凄美感。刘邦当然也能作诗，但以他的性格、经历和行状，当时应该不会有诗，至少难有好诗。继而推断，今后恐怕很难出戏，起码难出好戏。

驱虎吞狼
是美人

男人、战争、美人。男人爱战争、爱美人，战争却不爱美人，岂止不爱，待其更如敌人一般。男人只得择一而为，否则二者皆失。这个道理勾践懂得，他以卧薪尝胆的毅力强忍住欲望，将西施献给了夫差。

西施别了越溪，别了那块浣纱的大石；来了吴国，来了夫差为她特造的水殿。此前此后，李白都赋过诗："未入吴王宫殿时，浣纱古石今犹在。""风动荷花水殿香，姑苏台上宴吴王。西施醉舞娇无力，笑倚东窗白玉床。"这边厢的大石从此落寞，那边厢的美人则很快活，她饮酒、起舞，累了就倚在镶着白玉的床边，微微地笑。据传西施跳舞脚蹬木屐，蹬在地板上或轻或重，时缓时急，富有节奏的脆响使她的姿容和身段魅力倍增。西施如此快活，想必夫差更加快活。他与美人春住姑苏台，夏

94

幸馆娃宫，秋季赏花月，冬天玩打猎……为了快活废了朝政，疏了战事，失了民心；为了快活杀了良将，丢了江山，丧了性命。

老话说得好，苍蝇不叮无缝的蛋。亡国的责任，自古都该由内而外来算。第一层是君王，第二层是奸臣，第三层才是敌人，这正是先秦儒家的历史观。孟子说过，如果"上无礼"，便会"丧无日"。至于西施，孟子只淡淡地说了句"西子蒙不洁"，一个"蒙"字，便道明了她的清白和无辜，甚或隐含着淡淡的同情。李白慕道，曾说西施之美能羞煞荷花。荷花至清至洁，可知他的评价之高。王维崇佛，也有一句："朝为越溪女，暮作吴宫妃。"喟叹西施身份转换之速，透露出不由自主的空无感。至于直接为西施鸣不平的，就更多了，崔道融诗云："宰嚭亡吴国，西施陷恶名。浣纱春水急，似有不平声。"崔道融只说了第二层，见地比孟子浅了一层。罗隐诗云："家国兴亡自有时，吴人何苦怨西施。西施若解倾吴国，越国亡来又是谁？"越国为楚所灭。罗隐虽只说了第三层，却似隐含着第一和第二层，令人吟味长思，久久不已。

其实不消读诗，有一种动物早就悄无声息地证明了西施的清白和无辜。那天她在溪边浣纱，有一条鱼看得呆了，竟忘了划水，以致沉了下去。西施什么都没有做，她甚至不知那条鱼的存在。后来她到吴国为妃，有一个人看得呆了，竟忘了打仗，以致沉了下去。鱼沉下去还可以游上来，人沉下去就再没有浮上来。

在勾践的计划里，倘西施不能使夫差沉下去，那就再换一个。还不能，再换一个……勾践并不想派个美丽的女刺客去行刺，这样虽然爽快，却无法动摇吴国的根基，反会激怒对方同仇敌忾。勾践更不想派个漂亮的女间谍去刺探军情，吴宫幽深森严，消息传递难度过大且极易败露，反会扯破自己的虚情假意。勾践不会交代西施任何事情，西施到了吴国，饭照吃觉照睡；见了夫差，酒照喝舞照跳。正谓"浣纱弄碧水，自与清波闲"，西施之本色，就如一溪清水。为此我填了一阕《水调歌头》，词中有清湛的溪水，还有淅沥的雨水，却都被男人、被战争、被计谋蒙上了不洁。

> 南国有佳丽，回面即生春。清波流盼凝睇，暗却万斛珍。玉质天然成就，粉黛难描难画，今古竟无伦。唯有水中影，差可拟伊人。　　倾君王，覆城郭，动千军。吴兵越戈，红颜何事惹烟尘。几度仇来恨往，几阵争成斗败，平白辱纯真。空有青山雨，长浣苎萝村。

要论间谍，四大美女之中仅有一位。她受命行事，长跪而发毒誓；她机巧过人，伤人匿于无形。只可惜写她的诗极少，名作更无。

不过，昆曲《连环计》和京剧《凤仪亭》却有声有色地补了这一阙如。《小宴》一折，貂蝉只消半餐工夫，便把三国第一猛将轻轻虏获。须知吕布少年英武，不会少了美人，所以单凭姿色是绝打不动他的。从吕布咬牙切齿地发誓"今生不得与你为夫妻，非盖世英雄也"，可见貂蝉超凡的魅惑能力。那董卓虽粗鄙，但他的那句赞语倒是极精准且极有诗意的："真神仙中人也！"恰是这位神仙中人，正欲取他的老命。如果说西施是一个虎狼之间的诱饵、一个可怜的猎物，那么貂蝉就是一名驱虎吞狼的强者、一名真正的猎手。

> 秀色在招魂，味失肥甘满席珍。彩袖笼香藏暗计，温存。堕入连环迷雾津。　　铁戟冠三军，竟也难当一笑颦。驰走冲冠咆哮处，纷纭。驱虎吞狼是美人。（调寄《南乡子》）

男人，哪怕英雄盖世，也只能在战争与美人之间选择其一，这个道理貂蝉懂得，还以她美妙绝伦的歌喉唱给了吕布："温侯你只图虎牢关上功绩高，顿忘了凤头簪恩爱好！"此时董卓上场，见状勃然大怒，手持铁戟把吕布撵得四处乱窜。就在一片声的虎啸狼嗥中，貂蝉早已隐身，在房中静待董卓的质问。高明的间谍，向是来无影、去无踪的——她不见于正史典章，不留下真实名姓，不让人知道最终的下落。时间一久，甚至连有没有她这个人，都成了谜。她还让大诗人们一概失了灵气，无从下笔，仅仅留下一段传说，让戏曲去演。传说貂蝉拜月，月为之闭。我料月为之闭的原因，一半是她的美丽，一半是她的神秘。

昭君到底有多美？纵然现实若史笔、浪漫如诗行，都略显疲态，而采取了迂回旁侧的写法。《后汉书》是以众人的反应和皇帝的心理写的。昭君金殿辞行，"丰容靓饰，光明汉宫，顾影徘徊，竦动左右"；"帝见大惊，意欲留之，而难于失信，遂与匈奴"。李太白没见过昭君，却见过胡人——他自己也是胡人，自以胡人的美女做比照："明妃一朝西入胡，胡中美女多羞死。乃知汉地多明姝，胡中无花可方比。"

朱颜何累
听羌笛

李白描物摹态，向来夸张；但他抒情托意，却有分寸，有时也很含蓄，比如"昭君拂玉鞍，上马啼红颊。今日汉宫人，明朝胡地妾"。这首诗后来被直接抄成了唱词。从"汉宫人"到"胡地妾"的因由与经过，李白一字未提，只以空间和身份的巨变、未来与命运的莫测，便将昭君的悲情写得厚重浑成，令人为她的无奈和无辜，黯然神伤。

昭君出塞和亲，看似自愿，其实不然。史书写她"入宫数岁，不得见御"，因"积悲怨"而"求行"。宫女几年不见皇帝，本来十分正常。后宫佳丽成千上万，每年还要更新换代，皇帝何止幸不过来，更是看不过来，只好让画工作图，看图识女。画图不及摄影真实，而画工的画技，又可根据利益的有无与多寡上下波动。可能家贫无钱，可能自信美貌，总之昭君未曾行贿，于是一代佳人就被丑化、被冷落了。昭君曾有"失意丹青"之语，便指此事。美色横遭歪曲，贤路硬被蔽塞，使她萌生了出塞和亲的意愿。然而三年过后，老单于死，昭君即上书向朝廷请求归汉。毕竟，任凭有多少冤枉和委屈，都盖不住无尽的思念与眷恋。

西汉建立后，便与匈奴战，遭到惨败。此后历经百役，胜绩虽著，败仗也吃了不少，千里黄沙湮没了无数"汉"字大纛。也许在昭君出塞的途中路侧，就埋着众多汉军将士的尸骸。自高祖刘邦始，汉室便以和亲之法与匈奴媾和，却从未嫁出真正的公主，而是先以宗亲之女，再以寻常宫女代之。概因普天之下，莫非王"女"，此理通透得很；只是对单于和汉帝而言，意味各不相同罢了。对单于，此"女"是汉帝的女儿，又是自己的阏氏；对汉帝，此"女"是享受的工具，也是政治的手段，当太平无事之时用以宣淫取乐，当国家有难之际则用以消灾弭祸。

但是昭君有所不同：一来不是被逼，而是自愿；二来不是因为当不成皇帝的玩物，便将自己当作了皇帝的礼物。否则，她便无法得到那么大的感戴，那么多的怜惜。

昭君令人感戴，是因她的牺牲换来的长期太平。从来兵燹战祸，平民百姓总是首当其冲、家破人亡；即便军官士兵，又有哪个不是血肉之躯、父生母养？所以，昭君不但为汉室，更为两国的人民谋得了极大的福祉。昆曲的昭君唱："朝中甲士千千万，不能庇护一妇人。"京剧的昭君也唱："文官济济全无用，就是那武将森森也枉然，却叫奴红粉去和番。"昭君怨得有理，但国人却也无奈，毕竟敌强我弱，当男子不敌，只得靠女子牺牲来换得举国的安稳、全族的安全。最令人感戴的是，当被封杀了见宠的前程，她宣泄怨恨的方式不是背叛，而是奉献。由此联想起那历代的名士和名将们，他们在遭冤受屈后的言行如何，便更能领悟昭君得到偌大感戴的原因。

昭君令人怜惜，是因她的离恨别愁和凄伤命运。昆曲京剧演到分关，昭君问："为何马不前行？"马夫答："南马不过北。"昭君全身大震，唱："漫说道人有思乡之意，这马呵岂无恋国之心，它就步懒移！"戏至尾声，昭君站在关上回望长安，拜别父母家乡，从此万里相隔，只怕万难相见。果不如此。老单于死后，她即请归，却不但被新皇冷酷拒绝，更要去忍受加倍的委屈——"依胡制"嫁给丈夫的长子。如果说出塞前，昭君不如畏北拒行的马儿；那么出塞后，昭君又不如循季南归的雁儿。最令人怜惜的是，据说她只活了三十余岁，留下青冢一座面南，终生未能重回故土。料那种人不如物的怅惘、无人与语的郁闷，是昭君青春早逝的主要原因。

杜甫诗云："千载琵琶作胡语，分明怨恨曲中论。"戏里的昭君，是怀抱琵琶出塞的，随着渐行渐北，这幽怨的琵琶声终于被那凄涩的羌笛声淹没了，留下的是半世纪的万民安乐、众生太平。

> 边塞漫霜雪，大漠朔风鸣。渐看翠意消减，宝马拒前行。四野无边萧索，卷起黄沙堆积，埋没汉军旌。唯有美人影，悒悒履征程。　再回眸，纵无语，怨丛生。朱颜何累，强听羌笛涩声声。雁自飞回南国，人永难归故土，此恨总难平。怀里琵琶在，弦上诉离情。（调寄《水调歌头》）

朱颜何累听羌笛？不是美貌，而是美貌遭到的歪曲；不是和亲，而是和亲纾解的战争；不是帝王，而是帝王统领的百姓。

昭君到底有多美？有美貌更有委屈，有奉献更有感戴，有离情更有怜惜。

京剧《贵妃醉酒》名气之响，远超剧情相类的昆曲折子，尽管有许多人认为前者实为后者脱化、衍变而来。昆曲固是百戏之祖，但京剧的影响却后来居上。原因之一是京剧既讲角儿，又逞流派，用的是名角名派两者的合力；昆曲虽有名角，却无流派，于是热闹减了一半也不止。不过我倒觉得，这对两个剧种而言，都是好的。就拿《贵妃醉酒》来说，京剧爽朗坦白，胜在富贵华丽中透孤独；昆剧缠绵婉曲，惯于清幽寂寥中含凄怨，各擅胜场，俱达妙境。京昆各演贵妃醉酒，将同工化作了异曲，实是观众之幸。

戏的故事极简单。唐玄宗与杨贵妃约于傍晚在百花亭共饮，杨妃心中欢喜，早早梳妆打扮而往，却久侯不至。正在惶惑，忽报皇帝驾幸别宫去也。杨妃听了，怨望难排，于是借酒浇愁，

君恩怎及琼浆好

不觉喝得大醉，怅然回宫。

但戏的意味，却甚复杂。杨妃虽以千娇百媚之身快速得宠，毕竟始承恩泽，尚未到令"六宫粉黛无颜色"的境界。比如那位江采萍，虽比她长九岁之多，却仍让皇帝眷恋难舍，尽管这种眷恋带有很浓的歉疚在。当年，玄宗知江采萍酷爱梅花，不仅为她栽梅树、建梅亭，更封她为"梅妃"。梅妃体态轻灵，舞技出众，一场"惊鸿舞"跳得玄宗目不转睛、赞不绝口。可怜年岁不饶人，如今的"惊鸿"是再也舞不过"霓裳"的了。不过梅妃腹怀锦绣、口吐珠玑，是杨妃不能望其项背的。这不，梅妃婉拒玄宗所赐的一斛珠，还赠以《一斛珠》，只消"长门尽日无梳洗，何必珍珠慰寂寥"两句，便把皇帝的魂儿、身儿整个儿勾了去。

我料此时的百花亭，必是红情芳菲，绿意婆娑，风吹碧池，水纹渐兴，腾起丝丝细浪，在夕阳的映照下，与酒杯一道泛出粼粼的金光。春已深了，天已暖了，由于等得太久，杨妃出浴的丰腴身体已从最初的清凉转为燥热，微微沁出的汗水将香粉濡湿，黏答答的很不舒服。想到皇帝正与别的女人欢会，她头上的金簪不由得低垂下来，忽地，看见银盘中满盛的红荔，这平素最喜之物，此刻竟连一丝食欲都激不起来。

曾几何时，她在玉盘之上舞起霓裳羽衣，皇帝神气清爽，满面春风，亲自为她击鼓伴奏，如今却是一点声息也无。冰轮从碧海上冉冉升起，茕茕玉兔儿，冷冷广寒宫，她那么喜欢李白的诗，自会想起那首"花间一壶酒，独酌无相亲。举杯邀明月，对影成三人"；而今即使起舞，也只有天上的月亮、自己的影子零乱地跟随了。又想起司马相如，想起他的《长门赋》，她可不想做那个伫立玉阶苦等、听凭露水沾衣的陈皇后，非要靠才子代笔，才侥幸重获君恩。其实杨妃该知道，对玄宗来说，丰杨瘦梅，一手一枝，不但是他的自由，更是他的权力；她更该知道，还有成千上万失去自由的白头宫女，只是这个权力边缘的尘埃而已。还是什么都不要想，不如畅饮美酒，它至少能在腮间栽下一抹嫣红的昙花，纵然短暂，却比君王的恩宠和情谊长得多。

> 花满幽亭，池吹细浪，夕霞倦漫龙檐。新浴初凉，已凭粉汗侵黏。忽传春水寻芳去，失意间、低落金簪。纵银盘、南荔鲜莹，亦失娇甜。　　霓裳奏鼓声何在，只当头月色，对影成三。怕望长门，玉阶湿却罗衫。君恩怎及琼浆好，尚能留、一抹红昙。莫相扶，无力归时，且倚珠帘。

《高阳台》这支词牌，出自宋玉《高唐赋》。楚王游高唐，倦而昼寝，梦有巫山神女并自荐枕席。临别时，神女说："妾在巫山之阳，高丘之阻，旦为朝云，暮为行雨，朝朝暮暮，阳台之下。"杨妃虽是美艳绝伦，却非巫山神女，不仅来得艰难，更无法去得潇洒。所以她此刻只能是在高高的阳台下，用一双迷离的醉眼，仰望着台上的朝云暮雨。

渔阳鼙鼓动地而来，玄宗被三千御林军卷裹着逃出宫门。仓皇之间，他只带上了杨妃，未及或是根本没有想到梅妃。但二妃都难免一死，梅妃丧于长安乱兵之中，杨妃则死于马嵬梨树之下。死期前后有差，凶手敌我有别，却都是玄宗无力保全的。昆曲《长生殿》"哭像"一折演玄宗避难成都时，渴念杨妃，命人以檀木制杨妃造像一尊，抚着造像哭道："是寡人全无主张，不合呵将她轻放。我当时若肯将身去抵挡，未必他直犯君王。纵然犯了又何妨，泉台上倒博得永成双。"老泪纵横，深情浩荡，却只止于长长的悔恨。昆曲演他哀杨妃，而京剧则演他悼梅妃，都是好的。在京剧《梅妃》尾声，玄宗重回长安宫中，举目断壁残垣，到处残花败草，他倚着梅亭，伤着往事，也一样噙着泪水，一样唱着哀歌。玄宗先弃梅妃，再舍杨妃，也就是说梅妃应死于杨妃之前；然而玄宗长安"哭梅"，却是在成都"哭杨"之后。看来君恩虽然寡淡，仍有厚薄之分，一如劣酒也分档次。正是——

君王初宠爱梅女，遍植名花在后宫。

又恋霓裳起舞踊，忍看珠玉堕兵戎。

重回故地宁无泪，追忆旧人原是空。

向使华清池水暖，梅亭犹自怅春风。

初观《击鼓骂曹》，震撼之余，有个疑问——祢衡年方二十有四，为何是由老生应工，而非小生？不久即知，原来京戏的扮相大可以无关乎人的年纪。诸葛亮比周瑜小六岁，戴黑髯口，而后者倒是下巴光洁的小生。小生当然足以演得出祢衡的狂傲怪诞，却很难演得出祢衡的郁结愤懑，如果看戏的印象仅停留于前者，则很可能无法真正体验戏的深意，反而会加重祢衡是个狂人的误解。

遗恨
问为谁啼

祢衡是不是失心的狂人，可从他最初拒绝曹操邀请的托词得知。据《后汉书》载，他"自称狂病，不肯往"。一个真正的狂人，是不会自称患了狂病的。读《鹦鹉赋》，章法规整而缜密，词句华丽而允当，全搭不上一个狂字。确有不少狂人记性很强，但他们所忆极少且极重复，而祢衡不但强记更是博闻，照孔融的话说，是"目所一见，辄诵于口，耳所瞥闻，不忘于心"。像孔融这样的大儒，出言不会过于虚妄，就算因爱煞而言过其实，那将此话打个七折，祢衡亦足以当得起人中翘楚。孔融又称祢衡"见善若惊，疾恶如仇"，我想对祢衡来说，善者极鲜而恶者太多，以至于不见其"惊"而只见其"疾"了。比较而言，《后汉书》"少有才辩，而尚气刚傲，好矫时慢物"的话，更为平实。这种情形既为昏暗的时代造成，更是闪耀的年华使然。从少年到青年，正是人生中最目空一切的时段。只是绝大多数人，很快会在或明或暗、时明时暗的生存环境下改变自己，收拾起少年心性，打叠起成人仪表，如同以老生的扮相来演小生。祢衡不然，他始终没戴上那副黑髯口。换句话说，他是一个拒绝长大的孩子，难怪他将自己的知交孔融、杨修唤作"大儿""小儿"了——原来是"比我大的孩子""比我小的孩子"的意思。

在这个孩子眼里，曹操的宏勋伟绩根本不值得一提。李白诗云："魏帝营八极，蚁观一祢衡。"此句掉个头说，也是一样。祢衡不仅蚁观曹公，还把他手下尽数骂了一通，说荀彧可使吊丧问疾，荀攸可使看坟守墓，程昱可使关门闭户，郭嘉可使白词念赋，张辽可使击鼓鸣金，许褚可使牧牛放马……难得每句刻薄言语，都与各人出身有关，可见祢衡本事。他更专找人的痛处下口，比如称损了一目的夏侯惇为"完体将军"，呼生性吝啬的曹子孝为"要钱太守"。曹操怒问"汝有何能"，祢衡泰然作答："天文地理无一不通，三教九流无所不晓，上可以致君为尧舜，下可以配德于孔颜。岂与俗子共论乎？"

曹操若能通过这场嘴仗了解祢衡的厉害，也就不会命他在省厅宴上当众击鼓了，本意是借机羞辱、扳回一城，不料是提供平台、讨骂两番。《后汉书》写祢衡"渔阳掺挝"，"声节悲壮，听者莫不感慨"，又蹀躞而行至曹操跟前，裸身缓缓更衣，虽无言语，已是轻慢至极。

《三国演义》嫌不过瘾，写他大骂曹贼，京戏又将他的骂声谱成了唱腔。正是——

> 森森曹相府，省厅宴侧，有鼓吏扬眉。起渔阳激越，奋臂掺挝，四座尽嘘唏。名儒猛将，睥睨处、顿作顽泥。嗤汉贼、谁清谁浊，唯道破方知。

不过，说到祢衡的出身与家世，不但史书语焉不详，就连《世说新语》《三国演义》之类也未明言。当某人被认为是个狂人时，他的来历往往会模糊不清，比如鲁迅的小说《狂人日记》。又如德国人君特·格拉斯的小说《铁皮鼓》，书中那位拒绝长大的孩子奥斯卡，同样来得莫名其妙。有人研究，这暗示着作家对知识分子出身的正当与否、纯净与否的怀疑。巧的是，祢衡和奥斯卡都极敏锐，祢衡言语似刀，能剖开他人无法启齿的心思；奥斯卡眼目如电，能察到大人极力掩饰的行为。更巧的是，祢衡和奥斯卡都击鼓，祢衡一边击鼓，一边高声痛骂；奥斯卡或是击鼓，或是厉声尖叫。有人判断，《铁皮鼓》是一部纯然的象征小说，其人其物概有所指，比如奥斯卡是知识分子的象征，而他的铁皮鼓则是正义、道德和尊严的化身。当有人试图夺走他的铁皮鼓，他就会用尖叫去震碎他们的眼镜、酒杯和窗玻璃，迫使他们还回鼓来……不过奥斯卡无法抵挡女色的诱惑与表演的欲望，因此招来了更多的痛苦。祢衡虽先推脱，终于还是去了丞相府上，然后去了刘表幕下，最后去了黄祖帐中，落了个悲惨的结局。正是——

悲兮。如刀利舌，似玉天肌，甚飘零如纸。江夏口、凄清一叶，跌落丹墀。当春还发萋萋草，又见得、鹦鹉飞回。遗恨处，嘤嘤问为谁啼。（调寄《渡江云》）

最巧的是，祢衡和奥斯卡都身处道德堕落、人性沦丧之时。此时的知识分子，若不戴上大大小小、黑黑白白的髯口，恐都会遇到一样的境遇与命运，还是李白那首诗中所说："才高竟何施，寡识冒天刑。"李白作此诗时，正在遇赦之后从流放地夜郎回家的路上。

可惜，若祢衡也像奥斯卡那样实无其人，就再巧也没有的了。

祢衡死后，凭吊他的诗文不计其数，犹如鹦鹉翩翩，来寻芳草萋萋。比如李商隐"欲问渔阳掺，时无祢正平"，又如皮日休"如何更是忘形者，不是渔阳掺一场"。让诗人如此用情逞才的，除对祢衡的崇仰与惋惜外，更有类似观赏《击鼓骂曹》的心态。京戏让祢衡戴上了髯口，却让祢衡道尽了所有。

人们爱戏子，但他们多不愿当个戏子。

人们爱狂人，但他们绝不愿当个狂人。

李白为杨贵妃做的三首《清平乐》，让后人为其到底是明捧还是暗讽，争议不休。的确，这三首词虽浪漫恣肆一贯李诗

此心独醒
纵云归

始终，但遣词之闪烁、用意之婉曲，与平素的率性洒脱大不相同。据我的经验，诗风的变化源于心态的变化，而心态的变化首先因为身份的变化——"蓬蒿"成了"翰林"，拘谨难免，至少不敢冲着皇帝仰天大笑了。而身份变化必带来欲望的变化——李

白指望凭着这个小小的虚职，再谋个大大的实职，或策马率军御敌千里，或凭栏扬手造福万民。他自感无所不能。这回当着皇帝的面为他的爱妃唱赞歌，正是个绝佳的机会，更何况他是真为贵妃的美艳所折服、所倾倒，"云想衣裳花想容"那句，

忠心未必，真情昭然。

不过，一个纯粹的诗人毕竟不同于一个普通人。原初好好的想头，会因一件事情和一种心情，临时发生大大的改变。当时，他是在酒肆喝得微醉，被人生拉硬拽来到沉香亭的。原来皇帝贵妃看牡丹、赏歌舞，因听那些陈词滥调厌了，就随口召他来作新的。李白心中不爽，今人是可以换位想见的。蓬蒿就是蓬蒿，尽管头上顶了朵兰花，喜滋滋地，飘飘然地，但风儿一来，就会被吹回原形。此刻李白忽然明白，皇帝眼中的自己，就是一杆蓬蒿，尽管很高很帅很美丽，仍是一杆蓬蒿。心念电闪，加上酒能壮胆，李白口张手挥，便在奉上的三具腴美的精神肉食里，一一嵌进了自己的傲骨。后来的事证明这三首词确有骨头，李白不但没有因此得官，反被"赐金放还"，彻底失去了混迹官场的可能。

关于李白仕途断崖的原因，新旧唐书都有记载，说是李白经常陪驾饮宴，一日喝得大醉，居然翘起脚来，唤大太监高力士为他脱靴。高力士引为奇耻大辱，事后便向杨妃指摘李诗"有问题"。至于有什么问题，唐人章睿的《松窗录》写得明白："力士曰，以飞燕指妃子，是贱之甚矣。太真妃深然之。上尝三欲命李白官，卒为宫中所捍而止。""以飞燕指妃子"，说的正是《清平乐》第二首的那句"可怜飞燕倚新妆"。赵飞燕出身微贱，恃宠而骄，是汉朝出了名的红颜祸水，最后落得凄惨结局，班固的《汉书》中更有"赵氏乱内"的定评。我猜，按这个大太监的行事逻辑，高力士定会把第一首的"若非群玉山头见"、第三首的"解释春风无限恨"也各批一通，比如前一句"是说娘娘你和皇上本不该走到一起"啊，后一句"是说娘娘你到头来也会失宠而怅恨无限"啊，诸如此类，以使这位太真妃不仅"深然之"，而且"深恨之"，更在"帝欲官之"的节骨眼上"辄阻之"。爱一个人或恨一个人，在某一点上有着惊人的类同，就是对这个人的关切和了解。出于恨的关切和了解，甚至要比爱更深刻，例如司马懿逢人便要打听诸葛亮一日吃喝多少、睡眠几何。就这三首《清平乐》而言，高力士对李白的了解程度，要超过唐玄宗。

逼得一个不读诗、不懂诗的太监拼命读诗、费劲解诗，李白也实在把人得罪得狠了。他在长安三年，诗没多作，酒却不少喝。对一般人，酒能乱性；对李太白，酒却能显形。他一定在有意和无意中得罪了许多人，岂止高力士和杨贵妃？以显形为常态的李白，休说要绵里藏针，就算是绵里无针，针尖也会煞有介事地露出来，扎伤人。而他自己呢，也早就将软肋露了出来，被唾沫星子扎成了筛子。这些李白后来也明白了，写诗抱怨："我本不弃世，世人自弃我。"

三首《清平乐》的暗讽意味，不仅被野史确定下来，更被戏文放大和夸张了。在戏里，李白作诗和力士脱靴两回事不但被放在了一块，而且两人的恩怨居然有了前因——说是李白早年自恃才华，不愿贿赂主试官杨国忠、大太监高力士，因而被黜。此次沉香亭上，李白借酒使气，请旨命杨国忠为他溶墨、令高力士为他脱靴。此剧在明人传奇里叫作《学士醉挥》，后来成了昆曲《太白醉写》。在史上，李白是受了皇帝憋屈、奴才讪谤的大文豪；而在戏里，李白却成了替所有失意文人出恶气、放豪情的大英雄。他有风骨，只会直抒胸臆，不会献媚帝妃；他是谪仙，应该凌驾青云，不该混迹浊世。戏里的李白，要比史上的李白喝得更醉，却更清醒。看来，在戏里、在艺术中，所有的前人往事，无不充盈着后人的牢骚和意愿。作诗一首，为戏中的李白叫声好，也为像我一样觉得《清平乐》有"骨头"的人们作个揖。

谪仙诗笔惊天地，竟被呼来娱帝妃。

乔醉御前免跪拜，狂书锦上露锋机。

直差力士为奴婢，暗借燕飞托讽讥。

堪笑当今皆酩酊，此心独醒纵云归。

忽如今夜
春风与

冯延巳《谒金门》以"风乍起，吹皱一池春水"起兴，言发于微而情动于深。此句之妙，就连同为此道高手的皇帝也由羡成妒了。据说李璟曾问冯延巳："风乍起吹皱一池春水，干卿底事？"冯延巳无奈，只好动用为臣和填词的双料功夫回答："莫如陛下'小楼吹彻玉笙寒'。"用浓浓的马屁，压住了酸酸的醋意。看来，拍马并非都是主动，也有迫于无奈而为之的。只可惜才情的高下与地位的尊卑全无干系，南唐的词风，恰是姓冯的臣子熏陶了姓李的主子，而非相反。同为摹写闺中思妇心绪，"风乍起"无论是构思的巧妙还是意境的空灵，我以为均胜"小楼"一筹，"干卿底事"之问正可反诘皇上本人，只是冯他不敢。

中华地广，要男人去戍边；历史战多，要男人去征战。所以思妇题材，自古诗词众多且不乏佳构。而在那些佳构的背后，大多淌着男人的血水和女人的泪水。因此，李璟君臣的对话，在酸酸的调侃中不免透出丝丝的冷酷。词要婉曲，贵在含蓄；诗可直陈，胜在真切，像唐人陈陶《陇西行》"可怜无定河边骨，犹是春闺梦里人"。诗已惨极，而据此诗意编的一出京剧，更将平面的文字变成了立体的人物，悲情也更真切地逼人而来。

这出京剧便是《春闺梦》，演的是东汉末年奋威将军公孙瓒攻伐幽州牧刘虞，同乡四人赵克奴、王恢、曹襄、李信被迫从军。赵克奴老母在堂，王恢新婚不久，曹襄家有幼子，李信之妻体弱多病。一场恶战后，赵克奴、王恢阵亡，曹襄失踪，只有李信侥幸逃生。王恢之妻张氏渴思成梦，一夜居然梦见丈夫归来，心中欢喜无限，正要重叙别情，却见丈夫和衣沉沉睡去。张氏正要搀扶丈夫休息，忽然传来一片杀声，丈夫惊醒，急出门外。张氏赶忙追出，却见无定河边尸骨遍地，冰冷血腥，蓦地吓醒，又增无尽的伤感。

天下思妇情状虽异，所思却似，所梦也应似。我想，新婚只是三日，苦守却有年余的张氏，肯定会有"风乍起"的念头，只不是所见，而是在梦里。在梦里，那阵春风不仅吹皱了冰结的池水，更拂暖了久未着花的孤枝，面对衣衫褴褛的丈夫，她顾不得装扮自己，在因狂喜而生出的几丝慌乱中，她忙不迭地安排酒饭，更要把一年多来的牵挂和思绪向他倾诉，就像这样——

忽如今夜春风与，拂暖孤枝，吹皱冰池。良人归来，征衣褴褛。端正酒饭杯盘，狂喜生惶遽。别来长未梳妆，但把牵肠愁绪倾诉。

但她的丈夫却面容呆滞，举止木讷，少言寡语。

每次看《春闺梦》时，都会忆起一部叫作《小岛惊魂》的电影。演的是"二战"期间，一个少妇在浓雾笼罩的小岛上独自抚养一双儿女，苦待出征的丈夫归来。一天出门，由于雾气太重，她竟迷了路。就在此时，丈夫的影子从无到有、由浅到深，终于站在她的面前。她和他紧紧地拥在了一起。接着，她就如张氏一样为丈夫准备饭菜，为丈夫整理床榻。她见他容色苍白，虚弱无比，想是兵荒马乱、身心俱疲，一时难以恢复。一番忙碌过后，她正要与他叙话，回头看时，丈夫竟自顾自地沉沉睡去了。翌日凌晨，睁开双眼，她一摸身边空空，丈夫早就没了踪迹。

电影到了结尾，真相揭开，原来她难抵孤寂，早已在歇斯底里中先闷死一双儿女，后饮弹自尽了。而她的魂魄在雾中遇到的丈夫，也早已是沙场的一缕游魂——犹如张氏梦中的王恢。在艺术中，魂与梦是同一种东西，是绝望与渴念的混合体。所以，尽管一个是鬼，一个是人，但她们所遇到的都是同一种东西；尽管一个是 1931 年的中国戏曲，一个是 2001 年的西方电影，但它们演绎的都是同一种东西。她们遇见的丈夫的模样，是一样的；她们的疑惑和猜测，是一样的；就连她们的行动和结局，也是一样的——

> 何故。憔悴不开颜，直是寡言语。烽烟兵燹，遭损含伤，依然此心难主。才待鸳枕重排，回首自贪睡。迫晓惊响寒鸡，梦已萧然去。

《黄莺儿》这支词牌相传是柳永所创，他借咏黄莺自况，含有"似把芳心深意低诉"的无限怅惘。于是我猜它的曲，大致是先略喜而后长悲的吧。更想，柳永创制此曲，难免会受唐人《春怨》的影响。诗云：

"打起黄莺儿，莫教枝上啼。啼时惊妾梦，不得到辽西。"黄莺儿脆甜的啼鸣，不仅压不住苦涩的心绪，反而加重无法对人言说的凄惶，实在是个恨别而愈惊心的怨灵啊。至于那位"打起黄莺儿"的少妇，尽管性格行为与前两个不同，但她所做的梦，想必也是一样的。

幸有歌诗
托优伶

昆曲《长生殿》演到《哭像》一折，时值官军收复长安，玄宗起驾还都，照理应该欣喜才是。恰恰相反，《哭像》正处于悲剧的顶点。玄宗"幸蜀"后，即命人为杨妃修建祠庙一座，再依她的芳容，以檀木制成雕像一尊。临行前，玄宗再度来到祠庙，面对木像焚香祭拜。就在香烟缭绕中，马嵬惨事再度涌上心底，顿时化作老泪纵横，一年多来郁积的痛与悔，此刻就如火山岩浆般地喷将出来。

玄宗哭祭未罢，木像居然流下清泪两行。如果你不信人死有灵，那也该信草木有情。古今中外，昏君与情圣的合体大有人在，但玄宗是最可怜的一个——既失了美人，又失了江山，更只剩风烛残年，在煎熬中慢慢耗尽。

杨妃之死，当时的状况究竟如何？《旧唐书》和《资治通鉴》写她被"缢杀于佛堂"，凛凛几字，大致相似。可到了白居易的诗中，就不一样："宛转娥眉马前死。"白居易把地点从"佛堂"移到"马前"不算，更用了"宛转"二字，香消玉殒的死之凄美，仿佛他当场亲见似的。《长恨歌》影响之巨，不仅令人传诵，更能令人相信，甚至令此后修史的人相信。李肇在《国史补》里写玄宗"命高力士缢贵妃于佛堂前、梨树下"，有人便猜梨树的出现，恐是"梨花一枝春带雨"的作用。在《长生殿》里，杨妃便死在了这株梨花树下，洪昇更配以一段《红绣鞋》给玄宗和高力士合唱："当年貌比桃花、桃花，今朝命绝梨花、梨花……长生殿，恁欢洽；马嵬驿，恁收煞！"

玄宗之痛，当时的情态又是如何？《旧唐书》和《资治通鉴》写他"不得已，与妃诀"，也是冷冷数言，相差无几。可到了白居易的笔下，就不同了："君王掩面救不得。"陈鸿的《长恨传》写得更详："上知不免，而不忍见其死，反袂掩面，使牵之而去。"这厢"掩面"，那边"宛转"，寥寥四字便可看出诗思比诸史笔，自由得多。

诗之自由，远不止此，除了还原看得见的动作，还能探视看不见的梦境。白居易确定玄宗虽日有所思，却夜无所梦——从未在梦中与杨妃相见："悠悠生死别经年，魂魄不曾来入梦。"其实，这并不是他的发现，杜甫诗里就说杨妃"血污游魂归不得"，两人"去住彼此无消息"。不但梦境难寻，而且遗骸无觅。据说玄宗回朝路过马嵬，欲将杨妃尸骨迁葬长安，却遍寻不着当初那个坟冢，只得握着两人定情的钗钿，顿足捶胸地长叹。

对于这场生死挚爱，杜甫虽也痛惜，程度却远不如白居易。可能杜甫觉得玄宗该痛悼的，绝不止杨妃一人，而是三千余万的死难民众、多年经营的长安繁华、来之不易的开元盛世。因为亲历安史之乱，杜甫只会写出国破家亡的《哀江头》，不会去写生情死恋的《长恨歌》。所以我猜，杜甫若看到昆曲《长生殿》，要比白居易更首肯这阕《钗头凤》——

> 绫抛处，梨花树，寡人掩面吞声去。香檀供，究何用。好寻钗钿，难觅孤家。痛、痛、痛。　　长安误，开元故，望穿碧落黄泉路。寒宵永，伤无梦。残生长恨，有谁能共。重、重、重！

《哭像》之后，还有一折《弹词》。李龟年逃出长安，流落江南，这位昔日深受皇恩的宫廷供奉，如今只能靠沿街卖唱为生，他唱的是帝王妃子的绝恋、安史之乱的惨祸，唱的是自繁盛到萧索的速朽、从天堂到地狱的飞堕。杜甫遇见过他，也写了诗：“岐王宅里寻常见，崔九堂前几度闻。正是江南好风景，落花时节又逢君。”在长安，岐王的府邸和崔九的豪宅虽存，却早已破败荒废、难觅人迹；在江南，天生的歌喉与精妙的琴艺虽在，却变得酸楚凄凉、断续哽咽。聆听者中，有一位叫作李暮的年轻人，他向李龟年习得《霓裳羽衣曲》的全谱，使这支杨妃生前的舞曲流传至今。

白居易性喜赏乐听曲，蓄了许多歌伎吹拉弹唱，即使在最落魄时也不忘了听琵琶，为此湿了青衫。所以我猜，白居易定会同意把他的《长恨歌》编成戏来演。他若看到昆曲《长生殿》，要比杜甫更认同这阕《锦堂春慢》——

岐宅空荒，崔堂肃杀，江南除却谁听。天上人间，非是故地心情。宝殿锦弦华柱，陌巷苍嗓寒声。待自头唱起，裳曲调谐，鼙鼓狰狞。　　贪欢催成长恨，正太平醉眼，国破城倾。一霎风流凋尽、何止华清。望断繁花逐水，俱逝也、梦岂能凭。幸有歌诗不舍，将那兴亡，托予优伶。

史书只留下了历史的一角。而诗人们先用诗歌将这一角还原成全部，再衍成了戏曲，托予了优伶。也许史书更确凿可信，但戏曲更丰满可亲。若既要可信，又要可亲，大可以一边读史、一边看戏。这很简单，不像江山美人，难以兼得。

夭桃岂干
胭脂事

明末的秦淮河两岸，一边是江南贡院，文气静穆；一边是教坊旧院，香粉温柔。孔尚任是才子，观罢两岸声色，才华横溢地写曲："梨花似雪草如烟，春在秦淮两岸边。"孔尚任是男子，对彼岸自然关注多些："一带妆楼临水盖，家家粉影照婵娟。"在租界时期的上海四马路上，也有类此景象，既有书社报馆鳞次、才子作堆，又有青楼妓院栉比、佳人成群，只是由隔河相望变成了同街共处，交往的方式则是由"渡"而"踱"。看来才子和佳人是天生一对的邻居，而当他们互生爱慕，并结连理之时，又岂是邻居二字所能了得？

才子与佳人确有共通处——同样天生丽质，只是一个蕴锦绣于胸臆，一个附美丽于躯体。难怪才子放言非佳人不娶，佳人立誓非才子不嫁，这种互相倾慕与生俱来，表面看是爱上了别人，其实是爱上了自己——爱上了缺失并渴望着的自己，这又岂是简单的男女二字所能了得？明末的秦淮河两岸，有名有姓的恋人就达几十对之多，若非这个缘故，断无如许盛况。

其中，年方十六的李香君将终身许给了侯方域。她倾慕的是他的才气，期许的是他的正气，前者她固有不及，但后者则远超之。阮大铖为脱"阉党"干系，托人送金资助他们成婚，香君当即看破，退回财物。若非她的决然，这位复社四公子之一早就成了手短嘴软的受贿者了。后来田仰乘人之危，欲以重金纳香君为妾，香君又是严词拒绝，不负自己的眷爱，更不辱自己的气节。

一出好戏，总少不得一个好物件贯穿始终，如《长生殿》的钗盒、《紫钗记》的紫钗，又如十五贯或锁麟囊。孔尚任选得极巧极妥，他造了一柄扇子让侯方域送给香君，当阮大铖逼香君嫁与田仰时，香君撞柱以死相抗，血染扇面。画家杨龙友用笔点染，朵朵桃花成就了"借离合之情，写兴亡之感"的主旨。对此神来之笔、绝佳之物，有诗赞道："凭空杜撰桃花扇，一段风流也自佳。"

《桃花扇》的大结局是，南明亡后，侯方域与李香君都在栖霞山避难，两人在白云庵相遇，一同出家。这是孔尚任为侯方域设计的归宿，侯方域想必是极愿意的，可惜不能成真。他在官府的威逼下前去应试，以其才学，中举本应易如反掌，不想结果名落孙山。侯方域遭此重创，懊恼抑郁三年而终。香君可能逝于侯方域前，因为据说侯方域曾到她的墓前吊唁，撰联刻碑："卿含恨而死，夫惭愧终生。"此事虽未必实，但他的惭愧是肯定有的，尤其是在那一考之后，惭愧更成了锥心夺命的毒药。

与侯方域的惭愧相似的，还有吴梅村。他被强征入京，当了清廷国子监祭酒，后以丁忧得免。从此吴梅村就怕被人唤作"祭酒"，作诗"浮生所欠只一死"，又填词以"脱屣妻孥非易事，竟一钱不值何须说"释怀。梅村虽然懦弱，但与龚鼎孳"我原欲死，奈小妾不肯何"的虚伪相比，与钱谦益非但因"水太冷、不能下"拒绝自溺，更以"头皮痒甚"为由剃发留辫的猥琐相比，还算坦诚恳切。都说男子铁骨松风，妇人水性杨花，而侯方域等大才子们，却让追慕他们的佳人李香君、卞玉京、顾横波、柳如是深深地失望了。

唐代以前的建康，就是六朝古都，浮华奢靡已渗透在城市的基因里。杜牧夜泊建康，见烟水迷离中一带灯红酒绿，月色朦胧下到处笑语欢歌，吟出《泊秦淮》："商女不知亡国恨，隔江犹唱后庭花。"因这首诗，秦淮愈发糜烂，商女尤为可恨。其实商女所唱，俱是主人所命；商女为的是谋生，主人为的是取乐。商女队中必有佳人，而主人群里，想也不乏才子。

> 恋流红薄翠满江南，丝弦透香街。奈秋风已紧，物华渐减，雾笼烟霾。可叹花容憔悴，早误了妆台。空守凄寒月，谁解冰怀。　　点染夭桃数朵，岂干胭脂事，诗扇新裁。却惊重逢处，不是旧蓬莱。恨当时、激扬词笔，竟消磨、惆怅逐尘埃。从今后，忘情如水，休顾秦淮。（调寄《甘州》）

秦淮河的两岸风流，渐渐延至四马路的一路烟尘。有人考证上海开埠不久，就有画舫载着姝丽，由秦淮河慢慢驶入吴淞江了。四马路上，自然不乏才子佳人的交往，却极少见侯李那般的情事。只有那桃花扇上的血迹，在西头的戏台上孤零地闪着晶亮。

才子佳人终会互相倾慕下去、彼此相爱下去。更有一点可以确定，依旧会是才子气短、佳人情长。

"树上的鸟儿成双对，绿水青山带笑颜。随后摘下花一朵，我与娘子戴发间。从今不再受那奴役苦，夫妻双双把家还……"

天涯何处
是仙乡

能全宫满调唱这支曲的，不少；但从头至尾看过这台戏的，不多。此事总寻常，像沪剧的名曲《志超读信》《金丝鸟》《为你打开一扇窗》，电台里请人听歌说剧名，就难倒好多人。

歌与戏、艺术与生活，原都是可合亦可分的。好比夫妻，配得和美、合得圆满，却也很会被时间与记忆这把两面开口的钝剑，慢慢割开。歌为戏而作，最终远离了戏；艺术因生活而生，最终远离了生活，好似涟漪浮出湖面，渐升渐离，最后只见涟漪，不见湖面。其间人们虽仍快乐，或更快乐，却变得单薄，或更单薄。

七仙女拉着董永与老爷打赌，说自己若在一夜间织出十匹锦绢，便将丈夫的三年长工减至百日。当夜，七仙女邀来姐姐们合力赶工，并借得织女天梭助阵，织成锦绢十匹，令老爷目瞪口呆。百日满工，天朗气清，夫妻俩如倦鸟归林，似流水出山，双双踏上回家之路。为这于抗争中赢得的自由所感，为这在苦难里生出的欢喜所动，我极爱这支曲，还从唱词引申，涂了首打油诗——

> 裁锦织云抵稻粱，夫妻做伴好还乡。
> 水流山外行千里，鸟在枝头成一双。
> 残壁破窑能避雨，粗茶淡饭亦生香。
> 若非仙女从天降，凡界知谁嫁董郎。

七仙女下凡，找了个失去自由的穷汉当丈夫，不是怜悯，而是欣悦，得佳偶的欣悦。因在董永身上，七仙女看见了与自身同样的东西——比如孝顺，它是亲情的根部与高枝；比如知足，它是善良的底色与光泽；比如厚道和勤劳，它是幸福的内核与外壳……上界的男仙们，一个个冷漠、自私、尖刻和慵懒，有的患有洁癖，有的则很不讲卫生。他们怕热不怕冷，喜散不喜聚，被李商隐猜了个准——"恐是仙家好别离"。何谓佳偶？就是生理相对而心理相通，就是郎才女貌又情投意合。既然佳偶上界难求，只好下凡去寻，不料一下便寻到了，怎不让七仙女欣悦呢。

不过与传说比，《天仙配》也只是一层涟漪。涟漪只浮现了几十载，湖水却摇漾了上千年。在涟漪上，仙女和董永只做了百日夫妻；在湖水中，织女与牛郎不但过了几年好日子，还生下一对乖儿女。在涟漪上，董永恨无双翅，只能眼巴巴望着仙女乘风归去；在湖水中，牛郎情急之下把脚一跺，挑着孩子去追，却被王母玉簪画下一道银河，被永远阻在了对岸。

好在这层涟漪，还未离开这汪湖面太远。

每逢农历七月初七，只要夜空晴好，牛女双星必是最明。传说那晚所有喜鹊都会飞去搭桥，帮助他们相会。仙界因了这对夫妻，成了仙乡，寂寞冷清由此变得温馨可亲。而在人间，"坐看牵牛织女星"的习俗传了上千年，女娘们更要沐浴焚香、献果拜首，祈祷心灵手巧、婚姻美满，此谓"乞巧"。所乞之事，大致对应仙女所寻——孝顺、知足、厚道和勤劳……如今，女孩们一样宝奁琼鉴、淡匀轻扫，一样罗花列果、拈针弄线，只是所乞之事，有收受却未必有回报，有富足却未必有知足，有智慧却未必有厚道，有美丽却未必有勤劳。只见单薄的涟漪在熠熠生光，却不见了深沉的湖面。于是，便有的是富贵同享的情侣，少的是患难相交的佳偶；便有的是如胶似漆的新人，少的是生死契阔的夫妻。

古人多有艳羡天上七夕，以为人间不及。陈师道说，牛郎织女虽"离愁千载上，相远长相望"，却"终不似人间，回头万里山"。李商隐说："争将世上无期别，换得年年一度来。"前者说的是空间之隔，后者说的是时间之隔。杜甫写诗质疑："牵牛出河西，织女处其东。万古永相望，七夕谁见同？"说的是时间与空间之隔。杜甫后半生妻离子散，料是相见无望，所以会发出不信的气话来，但毕竟是人间长别在先，仙界传说为其所累罢了。

我也艳羡牛女鹊桥相会，以为人间不及。因为如今人间，虽是万里山好越，时刻能相见，却是一颗心难通，犹似不见面。婚姻因爱情而成，最终却远离了爱情。婚姻的涟漪浮上了爱情的湖面，渐升渐离，单薄的纹理中，没有一滴湖水。婚姻与爱情，还有歌与戏、艺术与生活，怕是都会隔得越来越远。若此事难以挽回，则哪怕一年中只相聚一次便好。这时的凡人，就是仙人；那处的天涯，就是仙乡。

毕竟凡人谋稻粱，天涯何处是仙乡。

夜深何事贪玩月，性起随时愿作双。

老戏传歌当有自，名花离土岂能香。

古来七夕为何事，地上人间儿女郎。

曹操作为大文豪，若按其子曹丕"文人相轻"的论断，能看得上的文人应该极少；但作为政治家，曹操要团结一切可以团结的力量，所以对即使打心眼里瞧不起的文人，也须做出礼贤下士的表面功夫，尤其当他兵败赤壁之后，欲图东山再起之时。这本身就是一种痛苦。看得上或瞧不起，其实都不关紧，关紧的是能否助他达到政治目标，因此如果"文"与"政"不可兼得，那么必择"政"而舍"文"。曹操哭郭嘉、用蒋干、辱祢衡、杀孔融……概莫如此。曹操不但这样对文人，而且也这样待儿子——让政治第一文才第二的丕儿上位，让文才第一政治第二的植儿下课。曹操猜忌一生、犹豫半世，心力大多花在这上面，而几乎每次的决定及结果，都证明他首先是政治家，然后才是大文豪。

甚伤人梦疾

太沉沦

在这个过程中，曹操要忍受巨大的痛苦。京剧《曹操与杨修》用三分史实加七分虚构，表露了这种痛苦。当遇上真正的贤才，曹操的文化自觉犹如初生小鹿，会冲撞政治标准的藩篱，好比弗洛伊德的本我，不住地试图突破自我；但与此同时，当面对真正的高人，曹操的文化自恋好比发怒蛮牛，会将赏识变成忌妒、将热爱化作仇恨，最终用自己的本我，击杀他人的本我。

杨修聪明绝顶，才华旷代，唯一而又致命的缺陷便是恃才傲物，且在任何时候都锋芒毕露，不知收敛，不会伪装。见曹操在点心盒上手书"一合酥"，杨修就敢让大家分而食之，说是丞相请客，让大家"一人一口酥"；见曹操在门上书个"活"字，杨修就敢命人拆了门框，说是丞相嫌"门太阔"，要改做个窄的。曹操的才华和心思，被杨修如同小把戏般一一拆穿。杨修更试图揭穿曹操的大把戏"梦中杀人之症"——这个大把戏，也只有文人政治家才想得出来、做得出来。杨修先是迫曹操为其"梦中误杀"的贤士守灵，再是请曹操的爱妾倩娘深夜为其添衣，弄得曹操为了圆谎，不，是"圆梦"，只得忍痛失去倩娘。从此，这位被曹操请来的助手，被曹操彻底当成了对手。

大悲剧出现在曹操伐蜀受挫、进退两难之时。曹操随口将"鸡肋"作为军中口令，杨修以鸡肋"食之无味、弃之可惜"预判曹操已生退兵之意，飞马劝说前方军队撤离险地。此举罪名，叫作假传军令、惑乱军心，与擅分点心、擅拆门框状貌相似，性质决然不同。断头台下，曹操望着杨修的背影绝望地喊道："可惜你不明白、不明白呵！"此时他将要看到的，不仅是身首分离的杨修，更是三分天下的定局。他说杨修不明白，其实是他自己不明白。在他的脑中，文才在这头，政治在那头，要么不相见，相见必相残；要么不相拥，相拥必相攻。通常情况是政治高奏凯歌，但也有例外，这次曹操当场失控，还亲手杀了人。《三国演义》写他赤壁酒酣，在船头横槊赋诗"月明星稀，乌鹊南飞。绕树三匝，无枝可依"，当即有人提醒两军相持之际、将士用命之时，此乃"不吉之言"。这下惹得曹操大怒："汝安敢败吾兴！"手起一槊毙之。这唯一一场文才的胜利、本我的突破，事后让他"懊恨不已"，尽管这种懊恨，比误斩蔡瑁、张允轻得多。所以当政治家难，当文人政治家更难，当一个文豪政治家最难。曹操患有头风之疾，最后死于此症。大医华佗说此病须用利斧开颅，取出"风涎"方可治愈。这下又惹得曹操大怒："汝要杀孤耶！"我想这个"风涎"，与其说是脑瘤，不如说是文才与政治互相残杀所积的残骸，越积越多，越来越毒。

> 甚伤人梦疾太沉沦，梦醒亦伤人。甫无辜喋血，爱妻剑底，又作冤魂。算有千愁万悔，只索掩悲痕。唯教天之下，独我为尊。　　大榜招贤宛在，奈中原渐作，鼎足三分。诗谜拂一意，鸡肋劝三军。断头台、相残何急，误几回、宏愿化烟尘。空南望，半江墟烬，犹有余温。

《甘州》是东汉时从西域传入中原的一支曲子，后来成为唐代的曲牌、宋代的词牌。班勇《西域风土记》载"龟兹国土制曲，《伊州》《甘州》《梁州》等曲翻入中国"，据说其调慷慨悲壮。宋词中以柳永"对潇潇暮雨洒江天"一阕，流传最广。我想，《甘州》不但能为柳永承载寒士失意者的那一声悲叹，更能为曹操抒发文豪政治家的这一腔哀鸣。

与其他戏曲剧种不同，京剧与生俱来带有浓郁的政治色彩。它是因乾隆的寿诞而出道的，又是因慈禧的赏识而发达的。为政者读文赏艺，通常不止于娱己，多会延而治世，比如慈禧最爱《四郎探母》，原因绝不只是喜欢谭鑫培。京剧的这种特质，虽历两百年而不改，并深深地积淀在京剧家们的脑中。对《曹操与杨修》，平头老百姓看的是唱与做的热闹，文人和官员看的是文与政的撕咬。在场中大呼杰作的，在台下摇头垂泪的，多是文人和官员，尤其是兼两者于一身的文人官员。

也许他们也患头风之疾。

也许在他们的脑中，或多或少，都有一点"风涎"。

东边日出
西雷雨

　　看沪剧，最爱看《雷雨》和《日出》。巧的是，这两出均改编自曹禺的话剧。沪剧改编名剧极多，多是好的，但没有比这两出更好的了。据说曹禺本人看了，也极欣赏，说在据他的话剧本改编的所有戏曲里，沪剧是最好的了。我猜测，曹禺之所以极情愿话剧变成沪剧、天津变成上海、繁漪陈白露变成上海人，原因有三：一是沪剧的都市气息与天津岂止相似，更有过之，诸如世相的浮华与淫靡、生命的苦难与感伤、人际的亲密与残忍、世道的沧桑与炎凉；二是在戏曲中，沪剧离话剧最近，除了唱，其余从穿着、言行到布景与话剧没什么两样。何况沪剧对话剧本的改编，基本按原来的形制，甚至许多唱词照抄台词，只押了韵脚而已。这对作家来说，还能有什么不满的？

三是上海的宗教气氛与曹禺的信仰不仅相契，更是亲近。曹禺说他接触《圣经》较早，小时候也常到教堂去。我想上海的教堂，不会少于天津吧。《雷雨》剧本有个楔子，写那场雷雨过后第十年的除夕，周朴园拖着朽迈之躯来到老宅。此时的老宅已成了教会医院，而周朴园探望的繁漪和侍萍，十年前就疯了。如今的老宅，衰朽不堪，只多了一个耶稣的十字架悬挂于空中，一曲巴赫的弥撒曲回荡在耳边。

所以说，曹禺说不来沪语、听不惯申曲，这些全无关系，只要能感到都市气息与宗教气氛，便足矣。对一位才思卓绝的作家而言，气息气氛之重要，远超过视听。

那楔子极为要紧，既是全剧之始，更是曹禺写戏之源。《雷雨》问世三年后，曹禺为单行本的出版写了篇长达万言的序。忆起写作动机，他先说"不应该用欺骗来炫耀自己的见地"，后说当时"并没有明显意识着自己是要做匡正、讽刺或攻击什么"。激起他创作兴趣的，"只是一两段情节、几个人物，一种复杂而又原始的情绪"。盛名之下，曹禺依然保持着足够的理性，试图甩脱别人强加上来的观念，这是很难得的。

照此说，曹禺的"创作兴趣"有二：一是手中现有某些情节、几个人物。《雷雨》单行本序出版十七年后，他曾说自己是"把一些离奇的亲子关系纠结在一起"，指的便是这些情节和人物；二是心中萌发的某种情绪、一些念头。对此，曹禺在序中说他"始终不能给它以适当的命名，也没有能力来形容它的真实相。因为它太大太复杂"。于是退而求其次，笼统地说"只是对宇宙这一方面的憧憬"。同样是十七年后，他又说自己将这些情节和人物"纠结在一起"，再"串上从书本得来的命运观念"。紧接着补一句："这里没有阶级观点。"

这个"命运观念"既然来自书本，我猜测，那就是他从小就接触的《圣经》。宗教教义不但伴他少年，而且逐渐衍化为他青年的"宇宙憧憬"，一种复杂而又原始、说不清道不明的情绪。至于他否认剧中没有阶级观点，也正是为了维护这种情绪的纯度。换言之，周朴园和鲁侍萍、周萍和四凤，尤其是周朴园和鲁大海之间的关系，无一例外是宿命的轮回、孽缘的报应。

> 暗淡孤灯，游移鬼影，又嘤嘤泣。永昼闷沉，窗门愈岑密。争情逐爱，终错乱、真缘无觅。幽宅，金网玉笼，把春心长抑。　　华居若昔，白发重逢，无情更悲怀。轮回神矢作逆，在今夕。只是青春何罪，直教魄销形息。甚可怜人世，雷逼雨摧声急。（调寄《惜红衣》）

我猜测，在写《雷雨》时，二十三岁的曹禺就像上帝那样创造着剧中人，爱惜着他们、怜悯着他们，尤其是那三个当晚殒命的年轻人。但他毕竟不是上帝，不能拯救他们。就算他是上帝，也不会干预他们的选择和悲剧，因为在青春中向往、在懵懂中爱慕、在悔恨中恐惧、在黑暗中消逝，正是人类，也即所有年轻的和曾年轻的人们的原罪与宿命。

而在《日出》，上帝隐去，魔鬼显现。虽然剧名叫作"日出"，但那些惨事都发生在深夜，因为深夜正是魔鬼的时间。那个魔鬼，便是金八。金八始终没有露面，但他无处不在，随时要吞噬弱者的生命。说到弱者，其实"小东西"就是陈白露，陈白露就是"小东西"，就是所有的弱女子。所以陈白露对"小东西"的保护，注定是无望的。她们都是无望的。在魔鬼的都市里，在黑暗的地狱里，即使日出也是无望的，正像陈白露最后的台词："太阳升起来了，黑暗留在后面。

但是太阳不是我们的，我们要睡了。"

> 陪狎笑，枉悲啼，夜深时。香艳女，苦孩儿。有尊卑，同运命，任人摧。　芳草地，也思归，竟难追。污浊世，玉成灰。日将升，非为我，露熹微。（调寄《三字令》）

　　据人说，曹禺是出了名的好好先生，对所有改编他的剧作，只有点头称善，从未摇头说不。我猜测，这种心态和表态，说不定正是他悲天悯人的宗教观念的流露。若如此，这位好好先生就非同一般了，他的好是有档次的，不但包括了喜欢的程度，还有厌恶——谁说表达厌恶一定是回避或咒骂？逢场作戏、轻描淡写地说句好话，不行吗？

　　看《雷雨》和《日出》，最该看话剧和沪剧，感觉天津和上海、北方与南方这两股面上迥异、底子仿佛的气息与气氛。两出戏、两种剧，犹如春兰秋菊，一手一枝，方称完满。我顺口将刘禹锡的那一句竹枝词，改了一个字："东边日出西雷雨。"下一句，自然是"话剧沪剧最有情"。

书桌玻璃板下，特意压了几幅京戏剧照，为的是当倦意袭来、又不甘就睡时，凝神细看。看着看着，画中人就唱念做打地动起来，耳边厢就西皮二黄地响起来，口里面就抑扬顿挫地哼起来……只消片刻，这位浑身有戏、精力无限的戏神，就会向我的每一根毛孔中注满能量，令我重新神完气足，犹似翌晨苏醒。

以戏鸣不平

第一幅，《追韩信》。周信芳七岁开始唱戏，初时音色宽亮，后因嗓子沙哑无法复原，于是愈重做工、唱做并举。萧何丞相之尊，性情沉稳，论理不该大呼小叫、手舞足蹈；然而为追韩信，萧何不顾年老饥疲，不顾孤身一人，不顾山高水深，又怎顾得官位行仪之事？此时唯有唱得亢奋、做得扬厉，才能引爆萧何为韩信鸣不平、求韩信转回头的心情。

138

萧萧白发逐征尘，饥寒怎及忧焚。挥鞭戴月独飞奔，且住韩将军。　何不三思而转，最难知遇轻分。英雄岂可问前身，大业信能真。（调寄《画堂春》）

第二幅，《打渔杀家》。周信芳工老生，戏路极广，从帝王将相到隐士草莽均擅胜场。萧恩英雄迟暮，只望河下打鱼,清贫自在了此余生,不想仍难摆脱恶霸的勒索、赃官的欺凌。当挨了四十板子，被迫向恶霸赔罪时,萧恩的忍耐已冲破极限,决意拔刀杀人。此时唯有唱得苍凉，方可尽吐一腔不平浊气；唯有做得劲健，才能凸显昔年勃然煞气。

十里烟波空寂寥,难容一笠和孤棹。渔霸无端蛮逼讨。抬拳脚,便听乏犬哀哀告。　可恨赃官如虎豹,欺良助虐施颠倒。再压心头焉得了。刀出鞘,朱门血泊横群小。（调寄《渔家傲》）

第三幅，《四进士》。周信芳的做工，不但放大了京剧身段，而且加入了话剧演法，故而夸张却不乏细腻，写意却显得逼真。宋士杰为弱女子打抱不平，苦于缺乏证据，偏巧遇上官差送信。宋士杰试探之下判得真切，半夜偷拆公函，果见官员昔时双塔盟约、今日贿赂铁证，当即抄录衣襟之上，冒死当堂抖出。一介草民，就这样将高高在上的官场、官官相护的铁幕，一举揭穿。此时周信芳的表演使人前如临暗室，为其惊悚怵惕；后似在明堂，听其咆哮呐喊。

铁证录衣襟,襟上书双塔。义胆若非凭慧谋,只恐命来搭。　混迹在公门,透晓无公法。除却衙前白石狮,样样皆邋遢。（调寄《卜算子》）

第四幅，《徐策跑城》。周信芳多演历代仁人志士，彰显高德义举。徐策不忍薛家满门遇害，在法场以亲生子换得忠良一条血脉。十八年后孤儿长大成人，徐策告以原委，令其搬兵复仇，自己则不顾年迈体衰，步履上朝申冤，要求皇帝惩治奸臣。此时周信芳一边慷慨悲歌，一边颠沛疾行，浩浩正气如江河之不可遏，耿耿决心似日月之不可移。

　　　　颠颠扑扑，颤颤摇摇，匆匆急急促促。城外雄兵成阵，义旗翻覆。悲欢伤恨俱集，白发冲、峨冠朝服。十八载，盼今朝，慷慨痛陈冤曲。　　犹记西郊屠戮。争忍对、忠良后人哀哭。刀下施援，割舍自家血肉。苍天朝迟有报，正朝纲、伐贼惩恶。怎惜得、此一副衰骨朽足。（调寄《声声慢》）

第五幅，《清风亭》。周信芳的戏善恶分明，是非分明，爱憎同样分明，道德教义自古而来，直指当今。张元秀在清风亭中偶得一个弃儿，与老妻辛苦将其养大，直至耗尽心力，只得沿门乞讨。弃儿得中状元，不但反目不认，更对他们羞辱斥骂。张元秀夫妇悲愤至极，在亭前双双触栏而死。此时周信芳的唱声声泣血，做步步惊魂，令人咬牙切齿，目眦欲裂。

　　　　亭前，相看，团圆。竟何堪，残年，双双血红喷阑干。娇儿乘马而旋，擎状元。孰料是今番，不认贫病二老颜。　　亭前那晚，襁褓孤单。慈心一念，牵累千回万转。几度扇凉驱寒，几度催眠谋餐，到头皆枉然。豺狼披衣冠，岂可在人间，迅雷来谴裂晴天。（调寄《醉翁操》）

周信芳毕生演戏数百出，一言以蔽之，均出于不平之气。韩愈说凡物不平则鸣，人之于言也亦然；又说其中有以文鸣、以歌鸣者，也有以道鸣、以术鸣者。据此推来，周信芳便是一位以戏鸣者。戏中有文，是为戏文；戏中有歌，是为戏曲；戏中有道，即天地良心、古今通理；戏中有术，即四功五法、唱念做打。周信芳一生以戏鸣不平，不平愈甚愈沉痛，其鸣愈强愈壮观。周信芳毕生为古人鸣不平，为今人鸣不平，为所有的人鸣不平，而他的一生亦始终不平——因世道不平、时空不平、人事不平，于是时而卑贱，时而高贵；时而寂寥，时而喧阗；时而遭践踏如尘土，时而被瞻仰若星辰……如此上下起伏了八十年，纵使去世亦未休止。

　　几幅看罢，难以入眠，于是分别填词并工楷抄录于剧照之下。心想，对这八十年的不平命运，他可曾为自己而鸣，又可曾为自己而喜，为自己而悲？

　　我不得而知。我所知者，亦如韩愈所说，凡善鸣者总是假借他物而鸣，又总是不因地位的高低、时人的摇摆、命运的起伏而摇动心旌。原文如下——其在上也奚以喜，其在下也奚以悲？

据说人离世后的去向，无非两种——不是成仙，就是做鬼。成仙须要修炼，直至得道方可；做鬼无须准备，死了自然成为。所谓仙去、仙逝之类，说得好听，其实修也好，不修也罢，能有几个成仙的呢？所以人与鬼的关联，是最多和最近的。

原不是
他乡

原不是
他乡

我在郊外的公路上疾行。时交子夜，月晦星沉，只觉耳边生风，两侧的行道树唰唰倒退。眼前有一束光，但极有限，仅可照亮三尺开外的路面。我的视觉很好，却无法看到自己的全身，能见的只有自己的双手，各按一条长凳，好似我携长凳飞奔，又像长凳载我滑行。下了公路，进入一个村镇，道路变得狭仄，但我的速度丝毫未减。一路行去，家家门户紧闭。只有一户像是听到响动，有头探了出来张望，不等我看清面目，就缩了回去，慌张中带着畏惧，似还有失望。

长凳停在一户门前。天哪，是外婆家！房门自启，八仙桌上摆着红烧肉、油焖笋、干煎带鱼、家常豆腐，都是我小时候常吃、爱吃的，唯独不见两条长凳。视线转向床头，外婆戴着眼镜，正在补我的破裤子，那情形与几十年前一模一样。我直趋上前，用仅有的两条手臂裹住她的腰，号啕大哭。外婆只顾穿针引线，不为所动，突然地板无缝自裂，发出咯吱一声惊叫，一切顿消，只有我的泪水，已透湿了枕巾。

母亲问我有没有见到外公，我说没有。母亲掐指一算，说这就对了，外公百岁已过，转世去了。外婆今年九十九，还得等上一年。大后天就是中元，全家去坟上拜一拜。

中元那天，全家在外婆坟前摆开祭品，焚香烧纸。我在向墓碑鞠躬时，忆起那梦，不禁再度泪下如雨。转瞬一年过了，正如母亲所说，我此后再没有梦见外婆。

据说人离世后的去向，无非两种——不是成仙，就是做鬼。成仙须要修炼，直至得道方可；做鬼无须准备，死了自然成为。所谓仙去、仙逝之类，说得好听，其实修也好，不修也罢，能有几个成仙的呢？所以人与鬼的关联，是最多和最近的。有人说鬼不过是人类幼稚期的臆想物，但怪的是从来未曾消去，若非号称成熟，实则不然，当可证明"心里有鬼"代代如此，"心怀鬼胎"人人皆然。至于对鬼的态度，大不一样，对已逝的亲人，是思念，心底里对亲情的思念；对陌生的死者，是恐惧，骨子里对死亡的恐惧。思念与恐惧，是不按人类的成熟或幼稚而消长的。对亲情的思念，有时会战胜对死亡的恐惧，虽然如此，防鬼之心必须有，大大甚于防人之心不可无。

关于防鬼，外婆曾对我说起母亲当姑娘时的一次险遇。那天母亲厂里加班，回家很晚。路灯坏了，弄堂里黑魆魆、长悠悠、空荡荡的。母亲拐过个弯，劈面见那水泥砌的垃圾箱铁盖上，站着一个老头。老头瘦而矮，穿白袍，通身发亮，手里有串钥匙之类的东西，抛了接，接了抛，发出嚓啷、嚓啷的响声。定睛看他的脸，细眼朝天，下巴尖翘，在极诡异地笑！母亲浑身寒毛直竖，手脚冰冷，却从心底里腾起一种上前的冲动。就在此时，她感觉肩上被拍了一下，大惊回头，身后不知何时站着一位大叔。大叔厉声喝道，小姑娘看啥看，还不快回去！母亲如梦方醒，逃命也似奔回家里。次日早上就发高烧，挨去医院看了，说是得了风寒，大半个月方愈。

外婆去世当夜，我和母亲守灵，又问此事是真是假。母亲微微一笑，说你太皮，成天价在弄堂里野，脏兮兮的，天全黑了都不回家。外婆年纪大了，管不住你了。

我释然。对于孩子，讲正理说人话不行，讲歪理说鬼话才能听。后来读《阅微草堂笔记》，得知鬼爱在茅厕出没，联想起有用之物为阳，无用之物为阴，而鬼素喜极阴之所，难怪垃圾箱与茅厕一样容易见鬼。又重读《聊斋志异》，说是僵尸害人，专向人的脚底吹气。联想起有个独角戏里说，男人夜行须先在脑门猛拍几掌，拍旺额头阳火，可令厉鬼不敢近身。女人小孩没有此火，必须昼出夕归。一说脚底，一说额头，实在殊途同归。防鬼之法暗合养生之道，比如尽量回避污秽麋集之地，又如睡时遮盖脚底以免寒气入侵。妇孺抵抗力弱，自须小心；男性火力旺盛，虽能抵挡一阵，却也不可大意。至于深夜，阳极衰而阴极盛，最宜居家安睡，保养身心。若长期熬夜不眠，则等于慢性自杀。人之死亡，除器官自然衰竭外，大抵是由自身疏漏、被外疾侵入所致。原来鬼就是病，防鬼就是防疾避灾，就是养身延年。再推下去，什么防河鬼、防山鬼、防路鬼、防烟鬼、防色鬼、防贪食鬼，都是劝人小心行事，顺人体天性和自然规律而为。人与鬼的关联，太多太近，有的要敬，有的要畏；有的须亲近，有的须疏远。正是——

梦里阴阳路，归来泪几行。

> 有生应有死，无变亦无常。
>
> 人去还思切，鬼来因病凉。
>
> 黄泉无隔阻，原不是他乡。

我在上班的路上缓步慢行。天刚放亮，空气清新。一路行去，家家门户紧闭，只有那所夜总会的大门，总是开的，常见男女三五结伴，出来等车。他们衣冠高档却穿戴不整，年纪很轻却神情委顿，显是彻夜未眠，一个个眼眶乌青、面色煞白、目光呆滞，有一个猛地抱住树干呕吐起来，顿时秽物飞溅，臭气熏天。

我想，他们昨夜恐怕是遇见了鬼。

我想，他们可能尚不知何为思念、何为恐惧。

我又想，对于成人，讲歪理说鬼话已经不行，讲正理说人话也未必听。

忧心
是母心

上初三时，因我功课太差，让母亲为我的生路忧心忡忡。

母亲在街道办事处工作，正巧摊上个介绍待业青年就业的差使，负责联系用工单位，诸如工厂、商店、公司之类的人事部门。每一个用工单位，都好比一扇窗。母亲用极详细的描述，让我透过一扇扇的窗，望我的生路。我最向往的一扇，就是与我家后弄堂相通的商业街上，那家鼎鼎大名的食品店。

母亲便去探路。她为我打的广告是，孩子的成绩是差了些，但人品是极好的，老实，肯卖力，最要紧的是听话，会感恩。人事经理是个女性，据说也有个很乖的儿子。女人之间讲话方便，经理爽快地说，你的儿子我哪能不放心，只要小伙子考进职业学校，毕业后进店没问题。

母亲十分高兴，因为那家店生意好，待遇高。我更高兴，不是为此，而是因为那家店，是我零花钱的主要去向——从童年到少年再到青少年，也不知过了多少年，花了多少钱。有三分钱，买盐金枣或奶油桃板；有五分钱，可选半话李或拷扁橄榄；有一角钱就吃得上奶油话梅或牛肉干了；再加一倍，是龙虾片一大袋，那绝不是两包牛肉干可以替代的。我爱极了那家店，又恨极了那家店，爱恨两极的转变，全然取决于口袋的丰瘪。我更羡慕那些营业员，他们占据柜台，谈笑中称量、包装，举手间收钱、发货，俨然菩萨，笑纳我的供奉，主宰我的口福。

当夜睡不着，我干脆垫高枕头盘算，若让我挑，我会选哪个柜台来站。南货腌腊柜不好，不但腥膻油腻，还须挥刀动斧；烟酒茶叶柜也不好，虽然干净但过于冷清，没什么趣味；点心柜和熟食柜实在不错，缺点是饱着肚子干才行，否则……思来想去，还是糖果零食柜最佳，若有机会去炸龙虾片，就再好也没有了。

未成年的考虑，即使再周全，也不会顾及长远。多年后陪女朋友买冰糖花生，我认真地说，你老公我要当了营业员，保证会给你多抓一把。女朋友眼一白、嘴一撇，说怎么会，真要那样你怎么会认识我呢？

填志愿了。表格到手，我毫不犹豫地填下职业学校，发愤复习备考。没料到这次拦我生路的，不是成绩，而是视力。职校体检的那张视力表是新版的，与我事先背妥的旧版头四排，简直牛头不对马嘴。瞎指一气的结果还不错，零点三，但离及格线就差了那么零点一。

母亲非常失望。女经理也很遗憾，对母亲说，眼看就要放假，小伙子可以勤工俭学。店里生意忙，需要临时工，不过临时工是不能站柜台的，只能在后面帮厨打小工，切切配配，洗洗涮涮……不知小伙子愿不愿意？

我断然拒绝了女经理的好意。我咬牙发狠地对母亲说，我不当临时工，我只当营业员！

当夜睡不着，我索性睁开眼睛起誓，从此再不去那家店了，不去买东西，不去看热闹，甚至，不再路过。

不过誓言只维持了一个星期。前三日绕道而行，后三日过门不入，第七日昂首阔步、持币而进，大肆采买而归。再过一日，我特意绕到店后，爱恨交织地打探厨房的动静。小门紧闭，我在外伫立了良久，直到饭菜香从门缝溢出，顿时舌底生津、腹内轰鸣，才像一匹受了轻伤的小马，撒腿奔回家去。

十几年后结婚生子，搬得远了。然而只要路过，我总会进店去，不是为购物，只是兜几圈，瞧瞧柜台里的各色食品，望望柜台后的营业员们。这是我所爱的商店，所爱的工作，只差那么零点一就成了我的职业、终身的职业。

又十几年后，有一次陪母亲闲聊，聊起当年，恍如昨天。问起那位女经理，前些年已故去，母亲送了她最后一程。说来也怪，女经理的乖儿子竟然不在，母亲不知何故，也不敢问。

母亲舒了口气，说你高度近视，不想这反而帮了你。本来要收钱发货的两只手，后来却敲起了键盘。早知现在，那时我就不管你啦。我头一摇、嘴一咧，说怎么会，真要那样您怎么能安心得下呢？母亲叹了口气，说其实也没什么，不过打打电话、托托朋友、走走人家罢了。可惜没有一次是成的……哦！不可惜、不可惜的。

我也已是一个初三男生的家长，对母亲这轻描淡写的几句话，早已透晓其中分量。我只失眠了两夜，母亲为了我不知难眠了几夜；我只伤心了几天，母亲为了我不知忧心了几年。至于她求了多少人情、费了多少口舌、经了多少奔波，我不清楚。母亲应该也不清楚，因为对一个母亲而言，为了孩子，即使想得再多、做得再多，唉！都是不足道、不足道的。正是——

生涯犹不定，运命亦难寻。

任性乃儿性，忧心是母心。

原期因事改，未悔为时侵。

小草终难报，寸晖抵万金。

今知俺否

儿时最大的口福，是吃龙虾片；最大的眼福，是看动画片。眼福中的极品，是《大闹天宫》。从小长到大，从大活到老，我曾多次做到边吃龙虾片、边看《大闹天宫》的美梦。

我爱孙猴子，爱看他把一根金箍棒舞得车轮也似，直捣黄龙；爱看他把几根毫毛吹成无数化身，痛宰对手；爱看他自称"老孙""孙爷爷"，仰天一口一个"玉帝老儿"时的狂态。每当他洗劫蟠桃会、狂啖老君丹、大战二郎神、打塌凌霄殿，我总会心头欣欣、身上跃跃，直至呼吸急促、青筋暴出。我是一个文静腼腆的男孩，为此经常得到大人的夸赞；而本能的桀骜和暴烈，居然在青春抵抗期来临之前、在自己都不知情的状况下，因看《大闹天宫》而做着一次次没有行为的预演。孙猴子恶斗天将的配器，同样让我血脉贲张。那是京剧的锣鼓点儿，响亮而密集，震耳且摄魄。儿时的我对京戏毫无兴趣，对紧锣密鼓却不反感，以至于三十多年过去，每次看京剧《闹天宫》，我的眼中看着演员打斗，脑内全是每秒二十四帧的图片。

我读的第一部古典小说，自然是《西游记》。在街道图书馆的一隅，一个四年级小学生曾一连坐了七八个下午，每次都望着太白金星回家，一路想着这老倌儿哄孙猴子上天当弼马温的情形。大闹天宫后，大圣成了悟空，猴子成了行者，保着唐僧带着师弟赴西天取经去了。虽然故事仍然精彩，我却隐隐感到有些怅然。因为悟空有些怕了，有些担忧了，有一回居然还哭了。他的法力小了，从前真正的对手只有二郎神一个，如今随便哪个畜生，只消有些来历有件法宝，都能狠狠折腾他一下子。我想悟空变弱的原因，是因为他没了自由，却有了牵挂——有德但无趣的唐三藏，有趣但无行的猪八戒，有行但无用的沙和尚，都是他要关心，要照顾，要保护的。

我读的第一句古体诗词，便是"金猴奋起千钧棒，玉宇澄清万里埃"。我读的第一篇学术文章，题目作者记不得了，但肯定是论《西游记》主题思想的。写孙猴子的诗词少，谈《西游记》的言论多，不但多，而且经常会变。十几岁时讲阶级斗争，我被告知石猴是农民起义的首领，《西游记》写的是封建王朝残酷镇压革命；二十几岁时兴个性解放，我被告知老孙是一位追求自由的青年，《西游记》通篇说的是他如何排除万难最终实现理想；三十几岁时流行性心理，原来大圣干脆就是一股勃勃的情欲，那条金箍棒实际上是男性生殖器……我每次都曾五体服膺，每次都曾深信不疑，但每次都像电脑硬盘一般被后来的文件覆盖、重写。结了婚，有了孩子，我又被告知《西游记》本质上是部家庭戏，悟空从单身汉到拖家带口，从此失去了自由。他的妻子不是别人，正是唐僧。我猛悟到，原来孙猴子一路都在伴着我，伴着我从无知到有知，从无畏到有畏，从无家到有家，从有气力到有气没力……我又悟到，若干年后，这个想法必将为别的观点覆盖和重写，它可能是旧的，比如佛；也可能是新的，尚未知。我更悟到，岂止是我，每个人的心中都活着一个孙猴子，它强大而又多变，不停地做动作，时刻要改主意，总觉得什么也把握不住，因而永远都心神不定。

还是最爱前七回，最爱《大闹天宫》。

> 傲来异石诞妖猴，毛脸又金睛。神力世无俦。棒起处、灵霄也愁。　蟠桃零落，丹壶空寂，高会失觥筹。战退众貔貅。指天笑、今知俺否？

老孙大败十万天兵天将，指着混沌的苍天高叫道："今知俺否？"而我呢，我知俺否？

《太常引》这支词谱，调子轻悠闲适，虽有些许波澜，但无惊涛骇浪。猴子本非万兽之王，更非天下之主，本该吃果果、挠痒痒，小打小闹、太太平平地过一生。这个另类，天宫闹了，西天去了，真经得了，佛也成了，还有什么不能平和下来的？

学术让人不再单纯，艺术则让人回归单纯。为此我抛下书刊，走进剧院。我情愿看京戏，情愿堕入艺术这一虽然繁复却不纠结的时空。台上的武丑，打着；台边的锣鼓，敲着；台下的我，看着……我忽觉得自己变回了孩子，那个大嚼龙虾片、大看动画片的孩子。

泪水顺着我的脸颊淌下来。

我感到非常幸福。

这个神话，早已一步步变成了现实。

那个美梦，则成了我一个人的神话。

隔墙曾共
少年游

那年高二寒假，隔壁来了新邻居，是一位姓林的先生。林先生很客气，特意送来不少糕点，却不进门，只在门口与父母攀谈。林先生身后，站着一个女孩，女孩正念初三，圆脸，微胖，眉宇间有她父亲的气息。母亲夸张地赞她既好看又文静，并断定她的功课优秀。我注意到她圆圆的脸子，微微这么一红。

听母亲说，林先生离异了，一双儿女由夫妻分头抚养。林先生是上海人，但户口不在本地，没有房权，只得租房。租在此地，是因为离女儿上的中学很近。

弄堂房子隔音很差，说话嗓门大些，邻家便声声入耳，这是邻里之间传言多的客观原因。但好几个月了，几乎听不到隔壁的响动。听母亲说，林先生工作很忙，早出晚归，加上近来忙着谈对象，有时甚至彻夜不回。母亲说得不错，我家的门口正对着楼梯，大门敞开，会看到女孩上楼下楼，多是独自一人。

期末考试，因为押宝押了个正着，成绩反弹，就央着母亲给买了台游戏机。一台游戏机三百五十元，一盒游戏卡一百五十元，够全家吃整整一个月的了。母亲顶着压力，对父亲只说是从工会借的，让儿子在暑假里开开心，过几天就还回去。

一台八位的游戏机，一盒五十项的集成卡，成了我当年暑假的全部。魂斗罗、双截龙、坦克大战、金牌玛丽，还有兵蜂、吃豆、忍者、野狼、俄罗斯方块，我两手握定手柄，双眼盯住荧屏，手指交替飞动，不知疲倦究为何物。游戏机与电视机之间，不用电线，而用天线。天线的缺点是视频受损、图像不稳，但好处是移动方便，方便在父亲下班回家前及时隐蔽——这是我权衡利弊后的选择。

那天吃罢中饭，照例开启机器。这阵子我正猛攻一款叫作《空手道》的游戏，主角赤手空拳只身赴险，打败歹徒围攻，击落恶鹰纷袭，最后勇斗劫匪老大。游戏只给一条命，这也罢了，最要命的是没有存盘点，一旦失败必须从头再来。我攻了无数次，倒了无数次，先被歹徒揍趴，后被恶鹰啄瞎，再后被老大一次次地踩在脚下……时间飞快，转眼五点将近，而我的恶战正酣。我把音量调得微乎其微，以便腾出耳朵照应楼梯的动静。终于，老父没来之前，老大被我击倒，机器自动播出奖励画面。暗室的门开了，一束白光横贯黑屏，主角从左侧冲向中央的女孩。他们紧紧拥吻，一颗白心冉冉升起，正中打出大字"I Love You"。

就在此刻，我听见隔壁发出"哦"的一声欢呼，是女孩的声音。我恍然而悟，隔墙既然能听音波，必然能收电波。老话说隔墙有耳，到如今除了有耳，还有眼呢！从欢呼的激动程度判断，她很可能观战了无数次,失望了无数次。这声欢呼,是郁积已久的、不能自禁的爆发。

第二天下午,隔壁叽叽喳喳腾起来,来了好几个女孩。我仍在玩空手道,这类游戏一旦通关,便难度顿消、手到擒来了。我将音量彻底关闭,因为隔墙听得一清二楚,更有她的解说和预告——接着是老鹰,后来是老大,最后是两个人冒出一颗白心,I Love You。我存心卖弄,发挥完美,竟没让对手伤到分毫,满血通关。当白心再一次升起,我又听到了欢呼声,不只是她,还有三个。

又到五点,四个女孩鱼贯下楼,她在最后。天气闷热,我家的门大敞着。临下楼前,她转头向我望了一眼,似还带着微微的一笑。

我顿感一种从未经历的害羞,从头顶直到脚心。我打着赤膊,只穿了一条裤衩。

几个月后,隔壁的安静再一次被打破。时值深夜,我被林先生高一声低一句的叱骂声惊醒,睡意朦胧间,骂什么全没听清,听得最清的,是一记耳光。女孩始终没有吭声,仿佛根本不在房内。不久,一切重归静寂。

几天后,林家父女搬走了。林先生来我家门口道别,但这次只他一个人。后来听母亲说,林家女儿早恋,下课后与男生在教室里亲热,被老师撞了个正着,如今她成了全校的新闻人物。林先生被校长叫了去,听从建议,决定转学。

我感到无尽的怅然。我失去了唯一的观众,失去了她为我带来的成就感。不,不止于此。因为她,那幅画面不再是苦战的回报、通关的奖励,而是化作了我心中最初的浪漫经历、良久的温馨记忆。上了大学,习得格律,我很快填成一词——

初浮心字，重逢爱侣，相隔正凝眸。声渡轻微，画传浅淡，最可了闲愁。　　凭谁解、岁华如水，未语已休休。楼上低眉，门边回首，曾共少年游。

《少年游》这支词牌，来自晏殊"长似少年时"的心愿。古今人情类同，游出去越远，就越想游回，游回那时看似简单而短暂，实则奥妙而悠长的心事，因为它发自人的起点，也指向人的终点。本想拿它对付考试，恐遭"为赋新词强说愁"的批评，就另填了一阕《满江红》。词的最后一句"游宦太荒唐、毋思量"博得老师激赏，不但得了满分，更在全班朗读。

这回押宝，又被我押了个正着。

谁道好花
不长开

月季艳不过牡丹，清不过莲荷。就算与同科的姐妹们比，香不过玫瑰，繁不过蔷薇。然而，月季却从后两者的夹缝中穿出苞来，与前两者同列为中国十大名花。原因恐怕只有一个，也即其名所示——月月盛放，季季长开。若逢闰月，月季毫不怠懒，照样多开一回。吴昌硕见了，做一幅山石月季图，径以"今年闰月，开了十三回"为题。

花卉概有别名，月季居多，但大致未脱此意，不是明示，就是暗喻。"月月红""四季花""长春花"不用多说，"斗雪红""艳雪红"极言月季斗艳冰雪，其他气候情形可知。"胜春"尤妙，一年四季以春最美，既是胜春，便喻赢了所有香色。宋代的宋祁道得恰好："花亘四时，月一披秀。寒暑不改，似固常守。"在没有暖棚温室的古代，植物均按自然规律盛衰荣枯，月季于是出类拔萃，甚至超越了花魁——牡丹和芍药。苏轼有诗："牡丹最贵为春晚，芍药虽繁只夏初。唯有此花开不厌，一年长占四时春。"

月季诗词以宋居多且佳，但一如其别名，大致未脱此意，不是直述，就是曲笔。宋祁诗中，有"群芳各分荣，此花冠时序。聊披浅深艳，不易冬春虑"两联，一直一曲，先直后曲。后一联为全诗最运巧思处。上联起手一个"聊"字，点出月季淡妆浓抹毫不费力，倒也罢了；下联一个"虑"字，却置于全句的最末，与句首"不"字生拆遥映，岂独为合韵那么简单。若将此句还原为"不虑冬春易"，那么上句就成了"聊艳浅深披"；若做对联看，则将上下句颠倒即可——真有异想天开之趣。

不过巧思实非人人可得。张臬将月季比作下了凡的仙，老老实实地说："月季只应天上物，四时荣谢色常同。"相比之下，徐积更高一筹："谁言造物无偏处，独遣春光住此中。"徐积认为月季本是凡花，只是受了造物点化。他另有一句，更妙："一从春色入花来，便把阳春不放回。"这次的主角从造物变作了月季，月季成了仙。

杨万里则将主角从月季变作了人，变作了自己。腊月前的一日清晨，他见园中月季盛开，脱口便说："只道花无十日红，此花无日不春风。"又想新年将至，于是"折来喜作新年看，忘却今晨是季冬"。折得一枝美丽月季，心情好得忘了节气，杨万里也成了仙。

我小时候住在老式里弄，常与玩伴去偷折邻居老头的月季花，不为成仙，只为恶作剧。老头姓许，相貌凶狠，更不讲理，用盆花把公用的晒台占了一小半。有一次我俩又摸了上去，不巧正遇老头修枝换盆。隐在门后，我可以看到他的侧脸。令我惊愕的是，他微微地笑着，脸上满是温柔和欣悦；更令我惊愕的是，他竟高声说起话来："月季不怕折，就怕你乱折。你一定要折得好，它就会开得更好！"

我俩吓得一步步倒退下楼，一溜烟跑回了家。

第二天放学，发现自家窗台多了一盆盛开的月季。父亲喜滋滋地说，许老头变天女了，给弄堂的每户人家都"散"了一盆花。

从今往后，直到我家搬走，我再没摸上过许老头的晒台。

有一首歌唱道："好花不长开，好景不长在。"情绪是极细和极微之物，若是无限放大、延伸，不但变意，更会无理。我觉得，只怕没人会说月季不是一朵好花；我还觉得，月季慷慨大方，不像昙花铁树太过小气，却也不像桃李杏梨不知收敛，而是在平易中显从容，于随意中见美好，一如生活——绝大多数人所愿的生活。所以，古人愿夫妻美满、祝老人长寿、祈家庭和睦，往往赠送月季。我更觉得，"月月开花"与"年年有鱼"是一对，后者是物质丰裕，是衣食住行的舒适；前者是精神慰藉，是喜怒哀乐的调谐。

到了清代，李渔为月季起了个别名——断续花。《闲情偶寄》有载："花之断而能续，续而复能断者，只有此种。"李渔发现，月季并非一朵花儿始终开放，而是开了谢，谢了开，前断后续，此断彼续，因而得葆鲜艳长久。其他花儿，则没这个本事："其余一切之不能续者，非不能续，正以其不能断耳。"

可能过于直白，可能不够优美，这个别名未见流传。至于第一发现月季"断续"之能的，并非李渔，也是宋人。有朱淑真的词为证："一枝才谢一枝殷，自是春工不与闲。"花儿长开如此，人生欲得长久，亦当如此。

几年后，偶遇那位玩伴，聊起许老头，说是早已谢世。"不过老头送的那盆月季，还开着呢，开得满好！"玩伴微微地笑着，脸上满是温柔和欣悦。

道别回家，我一路满脑地想着咏月季之事，只是枯肠搜遍，全无宋人巧思。陈与义也曾咏过月季，饶他才力横空，勉成其作，也在诗里叹息："园中如许多，独觉赋诗难。"

我如陈与义一般无奈，也如陈与义一样不甘。面对好花如此，纵无巧思，也不可无诗词。当夜倾我所能，填成一阕——

断续相牵连，长开得自然。若寻常、漫放庭园。百媚千娇无限是，着意让、好生怜。　　炎暑态犹鲜，岁寒香未残。万花中、最恋人间。纵使四时容易赏，却未许、等闲看。（调寄《唐多令》）

节假过后上班，往往收获喜糖，两盒或四盒，多的时候，竟有六盒。

循味
回故乡

这几年新来了不少大学生，随便问着"啥时结婚""啥时请吃喜糖"之类，喜糖便成双作对地来了。喜糖纸盒，各不相同，颜色有洋红压花的，有橘黄镏金的，也有深蓝镶银的；造型有二心交合的，有八角牵线的，更有双门对开呈石库门状的……不过拆开一看，通常有些失望，照例是巧克力两小块，观感好于口感，形式大于内涵。

不能说两小块巧克力是简慢的，它们代表着两颗年轻的心，在人们的品味中合二为一，小而浓郁，少而纯粹。只能说喜糖的物质意味正在越来越淡，象征意味则越来越浓。

不由得想起儿时的喜糖来。儿时的喜糖，可真是好东西！

大红的长方形塑料袋上，居中多是烫金的"双喜"，两边饰以龙凤图案，瑞气扑面，喜意耀眼。也有烫一对童子的，明喻早生贵子，暗谐永结同心；还有印百合莲藕的，分别指向百年好合、佳偶天成。稍简单些的，一幅勾边"双喜"也足以表意了。袋中定有喜糖八粒，大致是大白兔奶糖一粒、百花奶糖一粒、薄荷奶糖一粒、花生牛轧一粒、橘瓣和松子软糖各一粒、话梅和椰子硬糖各一粒，几乎囊括了市面上最好的品种，尤以"大白兔"和"百花"为糖中极品。

记得父母收获喜糖，每次都是我第一个撕开，觅宝似的把最好的奶糖据为己有。父亲不吃零食，不来过问；母亲忙于家务，无暇理会。最讨厌的是妹妹，她的口味居然与我如出一辙。争夺和冲突的程序是这样的——初占上风的都是我，笑到最后的总是她。因为我总少不得在大人的斥责声中，从口袋里挖出大白兔或百花来，去抚平那尖锐的哭声。当然要先与她说好，那张糖纸，还是归我。

儿时的糖纸，可真是好东西！到了女孩手里，转眼就成了蝴蝶、花朵、星星或女舞者，要不抹平压在玻璃板下，好当书签来用。到了男孩手里，一概成了蟋蟀，三五个人各出一枚，摞成叠朝地上一摔，噼噼啪啪地拍起来。常常一玩，就到天黑，直到看不见糖纸上的花样为止，这才想起还有成堆作业，于是背起重重的书包，悬着空空的心回家。

后来得知，那些喜糖并不是食品商店事先配好的，而是新郎新娘一样样地称来的，然后分糖、检查、装袋、封口，忙上好几天，才在喜宴上分给宾客。可能，我手里的这包就是新娘亲自装好的，不知装着她多少欣悦、多少憧憬呢。

后来得知，喜糖袋子也只有在老城隍庙边的几个货摊上买得到，要办喜事，少不得去一趟，两只一分钱。从此我便不再撕喜糖袋，而是小心地挑去订书针，抹平针孔，整整齐齐地叠好、存起。几年下来，攒了厚厚一叠。我想着自己结婚那天，就用这些袋子装糖，分给邻居、分给同学。对了，最漂亮的那一袋，要给妹妹……自然，这一大叠喜糖袋，最后没有派上用场。

大婚前夕，我也曾提出送八粒装的喜糖，即遭父母和妹妹的反对——这都什么年代了，太老土了！妻子嘴上不说，不乐意明明写在了脸上。岁月如水，它无所不在、无孔不入，所改变的，绝不仅是人的外貌。就算它未能影响你的内心，却早已改变了周围的人，合力阻你回到你愿去的地方。岁月如风，它无远弗届、无微不至，所拂掉的，绝不仅是人的心情。就算它未能影响你的行为，却早已吹去了你周围的氛围。我和妻子去了老城隍庙，原先摆货摊的地方，早已盖起了大楼，楼内虽有婚庆礼品店，但一分钱两只的塑料喜糖袋，早已绝迹，而是各类纸盒，有洋红压花的、橘黄镏金的、深蓝镶银的，有二心交合的、八角牵线的、双门对开呈石库门状的……我和妻子要做的，只是选好品种、付清货款、定下时间并签下大名，其余均由商家全程包办。

我选了一种圆形的巧克力薄片，围棋子儿大小，一盒能容二十枚之多。我心下的愿望，是让大家尽可能多尝一点。童年既是成人的起始，也是成人的归宿，所以童年的记忆，就是成人的故乡。我坚执地认为，只要吃喜糖的时间长一些，那么回到故乡的时间，就会长一些，长一些。

儿时获喜糖，直是喜如狂。

吮齿犹含蜜，贪玩胜咀香。

生涯枉惜短，记忆不言长。

但得循滋味，迢遥回故乡。

来回才罢
复来回

上班只一月，就接到美差。主任给我一封公函，让我按公函上规定的日期，去指定的地点，买一本书。

打开公函，眼前就是一亮，竟是足本《金瓶梅》的购书通知，上面除了时间、地点和购书办法，还特别注明，此书仅限全国各大图书馆、重点文化研究单位及大学中文系、历史系副教授以上的专业人员认购。

按规定日期，我一大早就去了指定的书店。取书处不在店堂，而是在二楼的办公室。一位五十上下的老先生，先要通知，后看介绍信，最后在验支票时，他摇头说，你们单位额度有两套，只买一套，太可惜啦。我按主任的话，说单位经费紧张，实在没办法。他叹气说，机会难得，政策总要用足的啊。他边说，边打量我，问我学的哪门专业。听得是中文系，他点头说，剩下的一套，你可以自己买，只能在今天买。

我苦笑说，谢谢您，我何尝不想，可是一天不够，要等两个月，等两个月的工资。

老先生听了，再不说话，开票发书。

老先生其实不知，我早已成算在心。我手中是他递来的《新刻绣像批评金瓶梅》，心里是我床底的《张竹坡批评第一奇书金瓶梅》，尤其是那些个"下删……字"的字样。这套节本，是老师在我毕业那天匀给我的，作为他个人对我学业优秀的褒奖。老师还提示我，这个版本极好，今后万一遇见足本，只消补齐，就是"足本"。

我抱着书出了书店，恍如抱着金砖出了金库，按事先的计划径直回家。同是一家书社，同样上下两册，节本才二十五元，足本却要一百七十五元，字数只少了一万零三百七十字。如果补齐，至少能拉近百元。剩下五十元是铜版纸和两百帧木刻绣像，无伤大局。回到家里，我把节本足本双双摊开，即取纸笔来抄。本想很快解决问题，不料抄了一个下午，才不过四分之一。原来节本简体横排，足本繁体竖排，即使按图索骥也是大费周折。另外，当抄到稀罕物事如"勉铃"之类，不免辍笔想象，更不时被精美的绣像吸引，流连一番，不慢才怪。转眼天色尽墨，我暗呼不妙，情知明早交差，这套足本很可能无缘再见，绝不可存侥幸之念。于是抖擞精神，集中注意力挑灯再战。当一万零三百七十个字全部找到、尽数抄下，已是东方发白。我倦意全消，索性不睡，再检视一遍足本，发现还有一篇序文为节本所无，连忙抄下，与节本叠在一起，塞回床底。

后来因嫌字迹潦草，我又花了几天工楷抄录一遍。节本印数一万，足本只印八千，少了整整两千套。我猜像我这样抄的人，应有不少；但像我这样连抄两遍的人，怕也不多。过了近三十年，我无意间在网上点到有人卖足本的，看了报价，悲欣交集，因为两万元，正好是我现在的两个月工资。

《金瓶梅》是最著名的禁书。虽说四大名著都曾被禁，却都不如《金瓶梅》被禁得如此严厉。禁抑多大，放纵就有多大，我读《金瓶梅》的次数，肯定高于读四大名著的总和。我将四大名著高置于书架，却把《金瓶梅》低藏在床底，年轻时是不想让父母看见，免遭斥责；年长后是不想让孩子发现，免生事端。直到最近，我才惊异地发现自己既是一位破禁者，又是一位禁书者；我还是不如我的大学老师，也不如书店里的那位老先生。

直到最近，我才惊叹着发现，原来文学对人的好处，就是考验。这种考验有正向的，更多却是反向的，即以非常遮盖正常，以虚构掩护真实，以荒唐包含严肃，以此来考验人的正与反、真与假、美与丑。小说家言，最擅反向，西游写修身之不易，红楼说齐家之不得，水浒写治国之不可能，三国说平天下之不可为，看似处处与儒家道统反向而行。这与书法"欲左先右""欲上先下"的道理，有些相似。而极端如《金瓶梅》，仅写了"右"与"下"，全不顾"左"与"上"，还包括不具作者的真名。比起其他小说家来，兰陵笑笑生对人的考验最大，而他自己得的好处最多——当人们禁绝书中的荒唐，他警醒了他们；当人们纵行书中的放荡，他预见了他们；当人们一边禁绝荒唐、一边纵行放荡，他嘲弄了他们。历来学者，都热衷于考证他究为何人，而我只认定，尽管他肆意描写色情、通篇宣扬佛道，仍是一介严肃无比的儒生。

子曰食色性也。人之大欲，与动物同；但恰在这同中，最能见到不同，包括进化或退化、超越或不如。相比于食，人们对色显然更敏感，包括更怵惕、更想往、更忌讳，我猜其故，概是人类对待自己上下半身的态度全然不同。上半身纵欲，即为美食，大抵被视为正常的进步；下半身纵欲，即为淫乱，一定被视为异常的堕落。所以，色比食更会被探人幽微的小说家所选择，自古中外文学杰作言色的甚多，谈食的极少，也就不奇怪了。

听人说《金瓶梅》只有到中年方可读、才能懂。回头看来，果然如此——二十岁上读，只读到情与色；三十岁上读，能读得生与死；四十岁上读，才读出有与空。不知五十岁上读，还能读出些什么来。可是，若没有青年的好奇，哪来中年的领悟？若没有中年的领悟，又哪来老年的旷达？读出来的内容在变，而我读的书没有变，还是这近四百年前问世、近三十年前抄的"足本"。

> 为知大欲是何哉，愿掷华年入纸堆。
>
> 立地可求儒佛道，塌天只补金瓶梅。
>
> 生涯所失寻常易，字迹犹存或可追。
>
> 人性难离禁与纵，来回才罢复来回。

下班打的回家。司机拧开电台，正是直播热线，线上嘉宾是个女孩。主持人夸张地叹道："呵，收到九十九朵玫瑰呀！此时此刻想对他说些什么？"伴着柔情似水的旋律，女孩的声音也成了一条清澈见底的小河："此时此刻，我要说，谢谢你对我的好、对我的爱。我愿用一生的时间珍惜它、珍爱你。"司机边笑边摇头，说听听，现在的小姑娘真不得了，啥都敢讲。

当春
赠秀枝

我问今天几号？司机说，几号？情人节呀！没见马路两边都成双结对的，今天不光花店，大家的生意都好啊。

这才留意窗外。天已向黑，空中洒着绵白的冷雨。严重堵车，车灯把湿湿的马路映得闪闪发光。然而已有当春的气息了。

必胜客和哈根达斯的门前排起了长龙，女孩们对着小镜子补妆，男孩们用劲地嚼口香糖。潮湿的空气里似乎到处听得到手机的铃声，闻得到淡淡的香水、咖啡或烟草味。似乎看得到艳红的甜酒汩汩流出来了，精美的小菜款款摆上来了，影院的幕布缓缓拉开来了，卡拉 OK 的话筒也纷纷举起来了……更不消说玫瑰。情人节的玫瑰，贵冠群芳，连牡丹也要退避三舍的。

晚饭吃罢，妻子洗了碗筷，抹完桌子，忽然板起脸问："我的玫瑰花呢？"

尽管已是一位三岁孩子的母亲，但妻子的孩子气未曾稍退。这既是我喜她的地方，但也是有时恼她的地方。我淡淡地说："我们不该过情人节，应该过亲人节。"

直到临睡之前，妻子还在嘟囔，我真可怜，情人节连玫瑰花都没有，一朵都没有……记得吗？那天可不是这样的。

我记得。那天傍晚，陪怀着三个月身孕的妻子散步，一个小女孩手捧玫瑰迎面走来："先生，明天是情人节呀，买束花送给这位小姐吧！"我说："你还看不出来吗，我们已结婚啦！"小姑娘连眼都不眨，顺口便来："那就买一枝吧，表示爱你的妻子一生一世啊！"我知这句话，早被这两片飞薄的小嘴唇重复了不止万次，但一瞥妻子的眼神，仍买了下来。

我还记得。那天傍晚，与刚刚结识三个月的姑娘通话，不知是谁拍了我一下，老兄，明天是情人节呀，买束玫瑰送送吧！

不巧明天出差。我拨通一家礼仪公司的电话，对方问九十九朵可以吗，表示你的爱已近沸点。我说哪有，十二朵足矣，颜色也不要太艳。

那十二朵玫瑰的颜色怎样，我不知道。我只知道，这个节俭朴实的姑娘收到花儿，为了不伤花瓣，捧着花儿打的回家，用了四十多元。我还知道，我俩从此亲近了不少，不久便论起了婚嫁。婚后她对我说，你知道吗，使我不再犹豫的，就是那十二朵玫瑰！

我难以入眠。黑暗中听妻子轻匀的呼吸，想是否在七夕——中国的情人节上弥补一下。但我知道，中国人自古是以芍药示爱的。《诗经·郑风》有篇《溱洧》："维士与女，伊其相谑，赠之以芍药。"溱与洧是河南的两条河，当年岸边满是青年男女，他们互邀而来，有说有笑，观眼下涣涣的清波，赠手中艳艳的芍药。河南是中华民族发源之地，中华文明发祥之基，看来中国的情人节不是开春，也非七夕，而在芍药盛开的初夏。这一风俗想必既盛又长，以至于一千多年后的柳宗元在赏芍药时，仍念着"愿致溱洧赠，悠悠南国人"。历代诗词以芍药咏爱情者众，就连清人小说《镜花缘》里那个魅惑壮男的妖女，也是手持芍药、自芍药丛里闪出来的。再看玫瑰诗词，不但极少，且与爱情全然无干。杨万里曾赞玫瑰"别有国香收不得，诗人熏入水沉中"，闻香沉水的只他一位，并无旁人。

然而还是担心。虽然仰仗温室栽培，花儿都能四季常开，但要真到七夕，恐也只能买到玫瑰，难觅芍药。风移俗易，可奈之何？白居易是河南人，一千多年前就在河边慨叹："郑风变已尽，溱洧至今清。不见士与女，亦无芍药名。"一千多年后，我想岂止是"亦无芍药名"，更怕是"溱洧也难清"。物变人非，可奈之何？再一千多年后，溱河洧河又将如何，情人七夕又将如何，芍药玫瑰又将如何？

次日没去上班。我直奔花市，买了十二朵玫瑰。花瓣似丝绒，花香如昨夜，花价却不同——老板说这一打的钱，昨天只够三朵。飞奔回家，置于瓶中，愿今晚能给妻子一个惊喜，更愿这个短暂的惊喜能融入恒久的幸福。瓶中的花儿，无论哪种花儿，总会凋谢；唯愿心中的花儿，无论哪种花儿，永葆香艳。

示爱难言达，当春赠秀枝。

玫瑰称节令，缱绻灼情思。

贵贱岂花事，身心从己知。

色香几夜好，当惜有穷时。

家住
低层

但凡初次来客，或是预约叫车，当被询问鄙舍方位时，我总不假思索，让他看附近哪幢楼最高的便是，倒也省了不少指点工夫。我家高楼，危乎高哉，令人太息仰止。虽说周边华厦成林、玉宇连片，却没有一幢堪与比肩，它尽可以称孤道寡，挺立如鹤，眨着无数细小的窗眼，睥睨鸡群。

然而鄙舍只在高楼的第五层，除了指引便利，实在无法沾光它的傲气。若把全部三十三楼均分为高中低三层，那么鄙舍所在，就是低层，低层的下半部分，充其量只及这羽水泥巨鹤的小腿弯处，渺不足道的。有人说，高楼是城里的怪物，似大实小，似小实大，既用高如山峰的巨态显摆都市的气派，又从密如蜂巢的窗格里泄漏人居的窘迫，看得透彻，说得精辟。

嘻嘻，高楼是个大景观，也是个矛盾体。

人往高处住的好处，与人往高处走的古训一样通透，既然人同此心，那就看谁捷足先登，只可惜迟到的是我们。当我和妻子刚踏进售楼处，售楼小姐一句"五层以上全部售完"，就像咒语一般把我们镇在了小腿之下，就算你会筋斗云，也翻不上那峭拔的大腿。

"买吧！要不，连五层都没了！"小姐在一旁挤眼，妻子在另一旁撬边。

她们是对的。现在不是住高住低的问题，而是有房没房的问题。忽如一夜而起，全城都像疯了似的掘地造楼，人们都像疯了似的购房置业，房价飙涨，却仍供不应求。若再不下决心，恐怕今天买两室的钱，明天连半室都不够付。再说买房如看人，缺点难免，须得放宽肚量，多看好处少看坏处。好容易碰上地段满意、房型合适、价格可以承受，再想得陇望蜀，未免贪心不足。

可是家住低层，委实恼人。乔迁不久，种种预料和未料的烦恼，接踵而来。

先是阳光。因与前楼距离过近，鄙舍又实在太低，所以即使将肚皮紧靠阳台的栏杆，也须仰面七十度以上，方见半片天空。若在春夏，太阳会像一位疏远的友人，顺道问候一声，便即告辞，任你千邀万唤也不肯越阳台一步，怕是要踩脏地板、弄乱客厅。若在秋冬，太阳则成了一位有隙的仇家，对别人笑脸相向，却成天给你一条冰冷的脊梁。

想请的请不到，不请的却自来。五楼之高，正是蚊蝇蟑蚁翅力所及，每到暮春初夏，便有飞仙倩影，翩翩斜斜登堂入室，嗡嗡嘤嘤寒暄问候，任你挥拍弹压累到手酸，仍是成群结伴前赴后继。其中更有过分之徒，即使入冬仍赖着不走，别有用心地隐居暗隅，做着来年当个新移民的美梦。

还有电梯。上班下楼进电梯，满厢的白领男女，衣着鲜亮，面目阴沉，似在怪我搅扰行程，耽误时间，迫你夹起尾巴，仄身而进，再赔几条皱皱的歉意；下班上楼出电梯，感觉更糟，不是自己迈腿而出，而是被先生小姐的灼灼目光推了出去，空中响起无数个无声的数落——层次那么低，还要坐电梯，短腿的懒鬼！

高空抛物不是指飞机空投物资，而是说高楼居士为图方便，直接从窗口抛下垃圾。我家天棚，除遮风挡雨外，更多的差使是承接垃圾，外加响声。久而久之，我竟练就一套听声辨形之绝技——响声叮然，啤酒拉环；响声嗵然，可乐塑瓶；响声嗒然，必是香烟空盒或用过的月经棉条无疑，屡验屡证，十不失一。

也有难猜之物。一日饭毕，闭目小睡，懵懂之中，訇然大响，好似雷神动怒、骤降天谴，几乎把耳膜震破、心脏击穿。惶惶然奔上阳台，只见棚顶洞穿，钢架弯曲，有机玻璃残片飞溅四处。张望云霄，肆虐的雷神早已遁迹，杳然无踪。

追查？我又不是悟空。顶上二十八层，每层两户，五十六家，从何寻起？就算找对，雷神只需摇头，便无下文。万一雷婆撒泼动怒，那更自取其辱。最可怕的是，贸然上门不但打扰无辜、徒劳往返，而且容易暴露自己、反遭报复，极可能再遭五雷轰顶之灾。千不应，万不该，谁让我家住低层？

去物业管理处缴费，爱闲聊的管理员一边开票一边讲故事。原来这幢高楼开工时，楼市尚未发飙，房价与水泥预制板一样平。到了竣工，预制板竖了起来，房价也涨了几倍。房子从高处往下卖，房价却从低处向上升，所以住得越高，花钱越少；住得越低，所费越大。管理员说罢，投来一双怜悯的眼神。

呜呼，高楼是个大景观，也是个矛盾体。

一日偶翻报纸，发现一篇楼须住低的奇文，精神一振。捧而细读，说是现下汽车剧增，尾气暴溢，对高层居民最为不利。因为尾气之中，有百分之九十以上的毒素轻于空气，会凝聚、飘浮在相当于十楼及以上的高度，所以住得越高，空气越坏，害处越深。古有高处不胜寒之说，现有高处不胜毒之诫。阳光稀缺、蚊蝇滋扰、电梯受气、抛物受惊，虽恼人却无性命之忧，而家住高层看似潇洒，却往往于无色无味无形中受害而不自知。猛然想起祸兮怎样、福兮又怎样怎样的老话，一高兴，记不太全了。

　　噢耶，高楼是个大景观，也是个矛盾体。

我上班的所在，是一座老宅。据说老宅有八十年高龄，与人的寿命相齐。只是妊娠期长，从动土到竣工，用了整整三年。

为有忆
丛生

天长日久，老宅不免稍显疲旧，但风骨和韵味皆存，意式的屋顶和观景阳台挺秀依然，中式的雕花门廊和楼梯扶手润泽如昔，尤其是一到初春，园中有大片的芳草萋萋，郁郁乎盛哉。最醒目的，是两株高硕的广玉兰，据说是宅子竣工时所栽，犹似一对年逾八旬的老姐妹，与后来的冬青、黄杨、红枫、银桂、腊梅以及月季、丁香、蔷薇、紫藤，把老宅的四季安排得有序而又鲜活。爬山虎是几个顽童，从正门前四根罗马圆柱的底座攀起，从细条到连片，直到把整幢宅子都涂成墨绿，才肯罢休。暮色低垂，周遭静谧，我常会打开窗子，走上阳台，此时仿佛能听见老爷车闷沉而有力的嗞嗞声，接着是主人上楼时皮鞋发出的铎铎声。

这样的感觉，第一天上班时就出现了。虽是夏日白天，但走进园中，走入宅内，也都是冷冷的、静静的。我沿着回旋扶梯拾级而上，所有的房门紧闭。我想，也许主人就在其中的一间安坐，西装革履，点起一支雪茄，神定气闲地等着我。当我叩开三楼的一间房门，幻觉顿消，开门的显然不是主人，而是主任。

从那天起，每天晨昏，我都在三楼自己的办公室里读书报、理材料、写文稿。我常会打开窗子，走上阳台，去望那两株老树和园中芳草，清风徐来，清氛漫度，浑浊的胸臆与倦怠的眼神，都会慢慢地清亮起来。

过了一年，有客人来访。老先生年过七旬，西装革履，举止斯文。他先是谦卑地向主任寒暄，随后委婉地表明来意——在老宅里转一转、看一看。这里是他的出生地，并且伴他度过了童年。

主任命我陪这位昔日的小主人参观，从三楼到一楼，从辅楼到花园。边行边看，老先生的脸庞逐渐泛出光晕，他脚步的折返多了起来，口中的话儿也多了起来。

“这是饭厅，全家人三餐都在这里吃的……啊，现在是会议室了。”“厨房在辅楼，有走廊通过来……啊，没有了。”他转过身说：“三楼东面第二间，就是我出生的房间，门关着……不要麻烦，不用进去，现在肯定是办公室了。”

老先生还说，当时的这幢宅子颇不安宁，男女主人没几位，却经常吵架。有大小老婆角力的，有嫡出庶出争锋的，还有主人责下人、下人斗下人的……现在做了办公楼，冷冷的、静静的，只有我皮鞋发出的铎铎声。我听了，忽然想问这幢宅子当年是否闹鬼，旋即想起那是话剧里母子不伦的垫场，话到口边，屏住不问。

老先生走得累了，在花园的石凳坐下，点起一支雪茄，安详满足地看着我。他上次来时，是十几年前。记忆仿佛园中的芳草丛生，驱使他的双腿，来访这座老宅，来寻自己孩提，那清淡的愁绪与温柔的欣喜，交替交织，像是得了一种妙不可言的病，医好了，复发；再医好了，再复发……下次来时，不知是否还要十几年。

望着老先生的背影，我想老宅若是有灵，一定会有相似的感慨。那个小顽童曾在香软如茵的草坪上狂奔，曾顺着光洁如镜的扶手滑下，说不定还曾敲碎过美丽如画的瓷砖、割开过细腻如肤的镶板……我确发现底层大厅，好几片瓷砖有老旧的裂纹；二楼走廊，好几块镶板有很长的刀痕。不过我信老宅若是有灵，定会像慈母般安然和欣然地原谅他的。因为他拖着高龄来了，来看望她来了。

过了几年，市政在此建造高架道路。老宅的楼房虽被保留，但花园不能幸免。我不知道被割去了花园，对老宅意味着什么，若仍以慈母作比，那就是有人硬生生地夺去了她绣满花草的丝绒长裙。那些冬青、黄杨、红枫、银桂、腊梅，那些月季、丁香、紫藤还有爬山虎……啊，没有了，都没有了；听说两株姐妹树被迁到了附近的公园，不多久便凋敝、枯萎了。园中的萋萋芳草，更是划尽不能还生。我不是秦观，面对绿色变作灰色，清气变作废气，鸟音变作噪音，是绝高兴不起来的。我更怕那位老先生再来，他的那场妙不可言的病，怕是再难医好了。

过了十几年，老先生仍没有来。他再也没有来。

而我心中，渐渐有了清淡的愁绪，有了温柔的慰藉。每天沿着回旋扶梯拾级而上，不知从什么时候起，我越来越清晰地听到了自己皮鞋发出的铎铎声。所有的房门紧闭，只有三楼我的办公室除外。我已很少打开窗子，更不走上阳台。我偶尔会西装革履，泡起一壶清茶，悠闲自得地坐在办公室里，不等别人，只等着自己离开的时间越来越近，越来越近……

再过几十年，我想自己也会像老先生那样，被记忆驱使而来，拖着高龄，来看望这座老宅。记忆好比心中的芳草丛生，在愁绪与欣喜的交替交织中，我像是得了一种妙不可言的病，医好了，复发；再医好了，再复发……

　　　　岁月终无语，风华非有情。

　　　　行年移少老，添病转阴晴。

　　　　欣处方堪喜，愁时深可惊。

　　　　问医何不止，为有忆丛生。

答曰
岂知哉

春节长假，原想结结实实睡他几个自然醒，谁想头天凌晨，就被妻子推醒："快起来，出怪事了！"我披衣跣足、直奔阳台，扑面西风瑞雪，见与碎琼同转、共乱玉齐飞的，居然是一张张粉红色的钞票，红红白白，纷纷扬扬，被暗灰色的天幕一衬，鲜艳而又诡异。高者挂罥在树梢，低者飘转于步道，至于车顶、灌木之间，也不知有几百几千片。几个保安在大呼小叫地捡拾，有的用竹竿去挑树上的钞票。我家阳台也落了不少，仔细一看，原来大小颜色虽同，实有真假之分——既有印着财神老爷的冥币，也有如假包换的真钞。

午后天晴，我把几张真钞送到物业管理处。一进门，见桌上湿糟糟、糊塌塌的一大堆，都是保安捡来、邻居交来的真钞。经理说她管了小区几十年，这情况还是头一回碰上。可惜当时只顾捡钱，没想到去楼顶查勘一番。经理还说，这么多钱，肯定不是无心失落，而是故意撒落。至于那位"财神"是不是本小区居民，也说不定。

说来也巧，节后头天上班，便有友人来访。友人姓孙，据说上晓天文下知地理，虽无宋玉潘安之貌，却有经天纬地之才、通鬼达神之能，尤精阴阳五行之道，人送其号"大仙"。闲谈之间，我不免提起此桩奇事来。大仙听了，付诸一笑，说此乃散财消灾或散财挡灾之法，古来久矣，不足为奇。现在的人富起来了，信这个的也多起来了。

大仙解释，在五行里，钱财貌似属金，实在属水——花钱如流水嘛。钱只有如水般流通，才能发挥作用。但花钱不等于散财，花钱人人花得，散财却非人人都能散得。一般而言，唯有命里属金、属水者方可，这是因为五行相生、金生水，散财顺己利人。得财的人，也不一定都得利，而是因人而异——命里属木者最吉，因五行相生，水生木；命里属火者主凶，因五行相克，水克火。当然，五行只是基本原则，还有其他因素如生辰八字、阴阳卦象、前生修为、后世果报等，情况极其复杂，综合起来，每人的结果就各不相同了。大仙还说，阴阳两币混撒，也不新鲜，古人也是既撒纸钱、又撒铜钱，为的是求人鬼同时护佑。至于真钞如此之多、面额如此之大，很可能是此人灾难不小，而且不少。

大仙解释越多，我的疑问也就越多。

我问，一样散财，何不舍与乞丐？马路上乞丐可多的是啊。大仙竖起食指，连摇几摇，说没用，乞丐是职业收钱者，好比你坐班拿工资，区别只在室外和室内而已。你给也行，等于白给，消灾就别指望了吧。

我问，一样散财，何不捐给慈善？他们能替我行善积德啊。大仙伸出手掌，连摇几摇，说未必，慈善只为受捐者造福，没义务为施捨人消灾。再说个人祸事再大，放在灾民群里就不足道，更顾不上了。还有风险，比如遇上贪腐之徒，你不但消不了灾、行不了好，不知不觉还造了孽呢。

我再问，一样散财，何不赠予亲友？既帮了忙又结了人缘啊。大仙抬起脑袋，连摇几摇，说非也，你的亲友未必人人属木，即使属木也要辩证对待、具体分析。亲友得利固然是好，万一消受不起反遭其殃，你又于心何忍？总之，既是破财消灾，必要散给除乞丐之外的陌生人，散得越多越好——你以为你家楼上那位是傻瓜吗？

听到这里，我不由得心中一凛。那天我从物管处送钱回来，妻子说阳台下沿的落水槽里，又发现好几张。我将半身探出阳台，一看果然，其中还有一张真钞，只是臂长莫及。回头见儿子正大嚼泡泡糖，顿时心生一计，一手取过叉衣杆，一手从儿子嘴里抠出泡泡糖，粘在杆头，杆到钱来。钱是到手了，儿子却哇哇大哭。妻子不忍，一把抓过钱去，朝儿子兜里一塞。

下班回家，我不免把大仙的话说给妻子听了。不出所料，她也立即想起儿子昨天在花园玩滑板跌了个嘴啃泥的事来。"这么说，有祸事了⋯⋯"我不理，只问那张钱在哪里。妻子愈发紧张，支吾着说，全花了，买泡泡糖了。

次日出门，妻子表情凝重，催我去找孙大仙问问。我怕大仙要我散财，就推说他云游去也，两三个月里联系不上。原想此事就这么过去了，谁想三月过后，妻子又催，非要我去问个究竟。我只得说，早就打了电话，大仙说啦，钱少无碍，最妙的是儿子命里属木，主得外财，何止无灾，更是有福。

妻子听了，如释重负，呵呵笑了起来。

我忙转身，去望墙上的画，怕她发现我的笑容。

见说欲消灾，古今皆散财。

腾挪福与祸，扭转喜和哀。

手撒黄金去，心期紫气来。

问君如意否，答曰岂知哉。

原性
是天然

我家养过一只猫儿，雌性，通身墨黑。夏衍按猫的毛色定等级，依次为黄黑花白，所以他养黄猫。冰心不以为然，觉得恰好相反，所以她养白猫。黑猫两头不靠，虽非上品却也不落末流。至于周作人说黑猫不吉，那是他引西方人的见解，恐怕中国人连他在内，都不信的。我给猫儿起名黑客，因当时正迷着一部电影《黑客帝国》。巧的是片中也有黑猫出现，表示程序出了问题、危机即将来临。我迷的不是那只猫，而是一个叫崔妮蒂的女黑客，一袭黑色劲装，目光如电，清瘦矫健。猫儿颇类其风，眼神不怒自威，身手更是了得，适才还在脚边蜷缩酣睡，忽焉已在阁楼高高望你了。黑客有否猎杀老鼠，我没亲见，但自它君临鄙舍后，从此家中清平，非但鼠迹无觅，连蟑螂都难寻半只。

黑客爱看电视。看着全家吃罢晚饭，它必先行一步，蹲在大荧屏前，瞪着一双大眼等着开机。全家坐成半圆，它在圆心，背对着人，一条长尾摇来晃去，扰人视听。初时正襟危坐，似乎颇为认真；惜乎好景不长，很快瞌睡上脑，只见身体渐渐倒向一侧，就在将倒未倒之际，猛然一凛复原，不久又慢慢倒向另一侧……徐家的猫，比它专心得多，只一个火炉就全神地看，欣赏着，惊奇着，不舍得就此闭上了眼睡。徐志摩赞它就如一个诗人，在静观秋林的晚照。

　　老舍说得极是，猫实际上倔强得很，黑客尤甚。轻抚其背尚可，但若搂它入怀，就会马上挣脱，为此不惜给你几条血痕。至于给它洗澡，那是想都别想。好在黑客从来不钻被窝。据说猫生腊月，不畏寒冷，难怪它不安于暖巢，而是随地即眠，蜷成一顶黑裘皮帽。丰子恺的猫会讨好来宾，往往在冷场时出面，顿化岑寂为热闹、变枯燥为生趣、转懊恼为欢笑。黑客没这雅好，只蜷在宾主间睡它的大觉。来客起身告辞，误认它做黑呢围巾，俯身去抓，猛听哇嗷一声大吼，围巾长出四腿飞蹿而去，把人骇得呆在当场，几秒钟也缓不过来。

　　老舍还说，猫的性格实在有些古怪。说它老实，的确有时很乖；但要不高兴起来，谁都不听。我以为猫的乖与不乖，是因人而异的。母亲不喜它，它谨小慎微，敬而远之；我戏弄它，它横须张目，爪牙以对；父亲喂养它，它俯首帖耳，亦步亦趋。黑客能辨出父亲的脚步声，竖耳听得略亲，便似神明附体，三蹿两纵去到门口相迎。对它察言观色、趋利避害的智能，父亲扬扬得意，母亲和我只有啧啧称奇。

　　但也有翻脸的时候。一次父亲外出晚归，忘了准备猫食。黑客缠着父亲双脚讨吃，父亲不耐烦，就取绳子将它拴在桌边。黑客跳踉咆哮了大半个小时，直折腾到精疲力竭都没挣脱，等父亲把绳子一松，瞬间逃得无影无踪。

次日下午，父亲特地盛了几条大梅子鱼，让腥味漫了一屋子，都不见它现身。我们担心起来，站高趴低搜遍全家每个角落，俱无所获。两个星期过去，一天傍晚，全家正闷闷地吃饭，我的筷子不慎坠地，俯身去拾，见黑客正用一双大眼瞪着我呢！这下大家都欢腾起来了。父亲脸上阴云尽扫，挟了一大块红烧肉递到它的嘴边。见黑客若无其事的吃相，我猜它的回来，是将怨恨压制下去的结果，不像季羡林的那只，对得罪过它的人永世不忘。我极想得知黑客这十几天究竟去了哪里，如何生存，只恨它不会说话。梁实秋说过，猫不会说话似乎是一大缺陷。似乎二字，可以删去。

不久，黑客发情，愈发留意门外动静。显然，门外料有公猫出没。我怕黑客吃亏，有意效钱钟书执杖保驾，只是未等公猫现身，早已呵欠连天，上床睡觉去了。老舍说，猫一恋爱，就闹得人不能安睡。鲁迅定被作得苦了，不但难眠，更是无法写作，因而生恨。老舍又说，当猫生下两三个棉花团似的小猫，你就不会恨它了。鲁迅此恨入骨，必定不会参观猫的生产。黑客叫春我没听见，自然无从恨起；黑客怀孕却是好事，岂止不恨而已。眼看它的肚腹渐大，行动也渐迟缓，开始安于那个暖巢，我们猜它会生几胎，议来论去没有结果，只等分娩揭晓谜底。

但是情形变得不妙。一天深夜，黑客发出难听的哇嗷声，开灯一看，它吐出了几团秽物。次日愈发委顿，像郑振铎的花猫一样久久躺卧，不肯进食，原本锃亮的皮毛也污涩了。特别是躺姿，从一贯的蜷曲变成直挺挺的横躺，一摸身子，硬硬的，像尸体。

再过一日，黑客双目紧闭，已无力叫唤。我人在上班，心却在家里，又不敢打电话去问。勉强挨到五点，匆匆赶回。消息与郑振铎回家得到的一样，黑客中午死去，父亲已将它埋在附近公园的一棵树下，点了三炷返魂香。我心中酸辛，更有一种异感，感觉黑客就像上次那样失踪了，不定什么时候，它还会用一双大眼瞪着我呢。

照梁实秋的算法，猫的一岁折合人的五岁。黑客活了三年多，相当于人十七八岁，正是青春妙龄。季羡林认为猫能知大限，届时不添别人麻烦，独自安然赴死，值得人类学习。看来依他之见，仿生岂止于科学，更须推广于人文。可怜我家黑客，脑中未及出现死的预示，就连一步也走不动了。《黑客帝国》公映了大结局，那个叫崔妮蒂的女黑客也死得很惨。我原以为黑客难产而死，直到母亲告诉我真正的原因。那晚父亲回家，进门一脚踩上个软软的东西，跟着是哇嗷一声撕心裂肺的惨叫。黑客死于因身孕而迟钝的身体，死于对父亲的殷勤迎候，死于它墨黑的毛色和父亲昏花的视力。

我爱猫，虽不至于爱到像丰子恺那样将猫顶在头上，但也是很爱的了。我还从黑客的身上，猜到了文人大多爱猫的原因。猫喜爱热闹，也喜欢孤独。猫需要被豢养，也须要去捕猎。猫可以亲昵甚至献媚，也可以疏离直至永别。总之，猫接近人，但又随时能离开人。猫有猫的世界，在它自己的世界里，从没有好与不好、对或不对，只有愿与不愿。所以猫既能爱，又能恨；既能当家奴，又能做浪子；既能当别人的宾，又能做自己的主。这就是自由，文人欲得却难得的自由。因此，与其说"猫通人性"，倒不如说"人通猫性"更确实。我还觉得猫的叫声，屡屡挠中文人痒处，因为妙悟，正是文人欲得却难得的境界。

家有猫儿在，教人爱复怜。

神形藏喜怒，行止现柔坚。

密密方为友，遥遥忽作仙。

一生称妙悟，原性是天然。

无那
素发

年齿渐长，外貌的变化似乎远远大于内脏。我说似乎，实则未必，只因为内脏轻易看不见而已。血管变窄、心室加厚、骨质增生，特别是腰椎间盘突出，不可不谓大矣，但因深藏体内，既不见诸体形，更难现诸想象。有道是口说无凭，唯有触目，方可惊心。

最惊心的，是头发。

我的头发，从青年时的直硬，硬挺挺地竖立，趋于绵软，软绵绵地耷拉。耷拉下来的结果影响脸形，整个儿慢慢地变圆。我原以为性格不止决定命运，随着年龄的增长、生活的安逸，性情逐渐平和，头发也会见贤思齐。我说以为，实则不然，真正原因是气血不足，导致头皮提供的养分衰减，好比土地贫瘠，再也无力栽培劲松，只好降格，改植弱柳。

最揪心的，是长速。我的头发，从青年时的疯长，疯杂杂地狂长，变得缓慢，慢吞吞地蠕延。去理发店的频率，由原先一个多月拉长了不止一倍，理发师的手脚好像也加快了不止一倍，不消片时，连剪带洗加吹风，全部搞定。我说好像，实则非也，奈何收成下滑，以至收无可收、割无可割，纵有全副手艺在身、全套家伙在手，也只能一声叹息，收工了事。

最伤心的，是密度。我的头发，从青年时的茂密，密层层地丛生，逐渐稀疏，疏落落地散落。稀疏的原因，就是脱发。脱发原是新陈代谢，再也正常不过，但如今的问题是陈的谢了，新的未能代之，甚至再也不能代之。剩下的头发因间隙加大，彼此失了依傍，只有接受倒伏的命运——这才是头发耷拉下来的根本原因。

我说耷拉，有些啰唆，古人仅以一个垂字，便已穷形尽相。当然，仅一个垂字，不足以言老。古时童子不束发，头发长了听其下垂，故名垂髫。陶渊明进了桃花源，就见有垂髫怡然自乐。谈及年纪，古人多以发型代指，由童年入少年，就把头发盘成两个左右对称的髻，名为总角；由少年入成年，女子谓及笄，男子称弱冠。插笄也好，戴冠也罢，头发的形状都是可以想见的。

同样是垂，须观其色。陶渊明所见的垂髫，是乌黑且发亮的；所见的黄发，则是由白而泛黄的。谈及少长，古人常以发色代指，最常用的是青丝白发，青对白，丝对发，对得工整。若不加前缀，则自动默认为白色，鲁迅就有"挈妇将雏鬓有丝"的诗句。其他如素发、华发、霜发之谓，皆为白色之意。白而发亮，可称银发，好听却不值一钱。总之，垂与白连用，就是一个完整的老人了。韦应物为山耕叟作歌，头一句便是"萧萧垂白发"，杜甫《秋兴》八首寄情天地、放怀古今，末句以"白头吟望苦低垂"作结，回归自身的形貌与心情。那年杜甫五十五岁，离去世仅三年之遥，不可不谓老矣。杜甫另有一诗，干脆叫作《垂白》，说的则是年高九旬、志高体乏的冯唐。

我的头发，从青年时的乌黑，黑漆漆地发亮，逐渐生出白发，白丝丝地亮眼，数年下来，而今已黑白参半。白发初萌，自己浑然不知，乍被点醒，急取镜子来照，只感觉那根白丝并不是自己的，而是别人的，便念起秦观那句"白发无端镜上来"。直到伸手去拔，一丝痛感过后，一缕素发在手，这才信了。不解的是，黑发易落，白发非但难脱，且轻易拔不下来。韦庄起床梳洗，每次都拿镊子去拔，还作诗云："白发太无情，朝朝镊又生。始因丝一缕，渐至雪千茎。"我不用镊子，只靠手指，其结果与韦庄无二，拔一生十，颇有一道生万物的况味。这才晓得那些个毛孔，其实大多并未休眠，而是约好了时间反戈，齐齐地抽出白发来，就如它们往年抽出黑发一般。

至于黑发转白的原因，古人不知，却也道中了一些符合科学研究成果的结论。王安石说"世事栽培白发生"，的确如此。劳逸无度、起居无常、饮食失调、心态失衡等等，无不源于世事纷扰，可令白发早生多生。不过世事只事栽培，仅是外因；衰老实为种子，方为内因。辛弃疾问"白发宁有种"，白发定是有种的，就是衰老。还是杜牧说得简洁通透："青春留不住，白发自然生。"

我已不再去拔白发。拔不胜拔，固然无奈，但更觉得既然世事难免，白发自是难免；既是自然并且无害，理应与黑发同等对待。只是希望"空悲切"的时候能少些，再少些；"白首放歌须纵酒"的机会能多些，再多些。对于头发，不论黑白，三教的态度各有不同。儒家讲忠孝仁义，身体发肤受之于父母，须整理修饰但不可毁伤；佛家求四大皆空，皈依佛门的第一件事，便是除尽一切烦恼丝；道家要清静无为，连头发带胡子均任其生长，不事修剪。我崇儒家重义理，却也不过于进取；尊佛家修善心，却也不急于出世；信道家顺自然，却也不耽于无为。

所以我对自己的头发，也介于三教之间、近于三教之末——无论黑白任其生长，此时近于道；适时酌情清洁打理，此时近于儒。若得延年，岂止"白头搔更短"，料必谢顶甚至纤毫无存，那时近于佛，最好心镜空明，伺机涅槃。

> 生来即若上高楼，究竟几回秋。无那素发，有容彩翼，此境复何求。　清风岂为催人老，且以一樽酬。起舞行吟，迎朝送暮，总是少年游。（调寄《少年游》）

俯拾
当琼佩

在小区里住了十几年，直到最近，我才发现小区的后院，有几株白玉兰。

这不怪我缺乏观察力，而是买了车的缘故。那几株白玉兰，就在后院车库的入口边，没开车前，我从未去过那儿。

却也不是立即就发现，而是直到花开之后。买车是在初冬，虽是每天驾驶进出，也没怎么留意两旁的树。要知道树在开花前，多是不起眼的。转过年来，那天凌晨，风依然凛冽，于我而言与隆冬没有任何差别。我的感觉自然是错的，错的原因，在于迟钝。岂止于我，大凡城里住的人皆如此。有一支关于冬去春来的歌，其中有句"城里不知季节已变换"，原因就在钢筋水泥、空调和羽绒衣，还有帽子、围巾和口罩，重重叠叠，密密层层，人们用所需的和不那么所需的，把自己的感觉埋没了起来。

不会埋没自己的，是其他的生物。苏东坡说"春江水暖鸭先知"，岂止于鸭，而是所有的动物和植物。它们的感觉完全维系着生长，完全忠实于生命，完全属了了大自然。它们本身便是大自然。那天凌晨，我照例把自己厚厚地裹起来，走向后院。忽见车道两旁，有几株树像是落了雪籽儿，虽极细微，却极醒目。王安石说"遥知不是雪"，我却未闻有暗香来，走近细看，不是梅花，而是白玉兰。

白玉兰品种名贵，性情随和，冲寒而喜温暖，忍旱也亲湿润，江南江北随处生长。在上海，白玉兰的花期最早，不免令人遐想春风虽然有心，却还无力催醒众芳，只好先把残留的细雪，堆上了它的枝头。

春风无力催新叶，且来枝上堆香雪。光洁似娇颜，丰盈如月圆。

当夜没有云朵，月亮分外地圆。我选了《菩萨蛮》来填，填了上阕，一时无力填出下阕，只得作罢。

次日凌晨，又去看花。风依然凛冽，但我居然从中感到了一丝暖意。只是一夜，花瓣已微微张开，花朵纷纷向上，成了一只只精雕工琢的玉杯儿。我不禁抬起头，去凑最近的那枝花朵，为的是闻那花香。周遭无人，我却含着怯意，就像是去吻一位陌生的姑娘。唇吻相触，一瞬时寒意袭人，但很快转得温润可人。我才发现花瓣并非看去那么娇软，而是柔中带韧；花香也并非想的那么甜美，而是淡雅且有清刚之气的。

每个凌晨，再加上每度黄昏，我都在这几株白玉兰间流连片时。春风愈来愈暖，春雨愈来愈细，花儿在日月光影和风雨中微微地摇曳，仿佛含着微微的笑意。

当夜没有月亮，星光特别地暗。我选了《朝中措》来填，填了上阕，一气贯注填完下阕，心中欢喜。

> 新妆如约正当春，恰是好芳辰。秀骨泠泠有致，雪肌皎皎无痕。
>
> 风吟千曲，雨生万字，沉醉黄昏。不点半窗红烛，贪看一树冰轮。

来看花的人多起来了，凌晨有，黄昏有，晚上也有。孟浩然说"草木本无意，荣枯自有时"，此话不错，然而入了人眼，尤其入了人心，就不同了。除了人，生物都不会埋没自己的感觉；但只有人，才不会埋没自己的感情。

感情便是选择。李商隐说："春风虽自好，春物自昌昌。若教春有意，唯遣一枝芳。"春本无意，人却有情，非要春神从万千春物中，选一种来做代表。春若不为，人代为之。花儿通常是最常选的，也是最难选的——迎春、水仙、山茶、杜鹃、海棠，还有樱、桃、李、梨、杏，不下百种，到底择哪一枝，众口纷纭，莫衷一是。诗人多推梅花，苏东坡说"雪里开花却是迟，何如独占上春时"，语言虽然模糊，意思却很明了。而我觉得，纵有冬梅春梅、早梅晚梅，追其初绽，毕竟在冬而非在春。若由我挑，必是白玉兰无疑，因其望春而放，得好春之初意；应春而谢，启百花之盛开，整个花期，尽在春中。这二三十日，我与白玉兰每天相见、长相厮守，亲见其形由点点香雪，变为支支玉杯，再变为朵朵银盘；其色由幼时的嫩白，转为清新的莹白，再转为成熟的乳白，然后泛出斑斑点点的褐色，渐至染遍了整个花瓣——那是泥土的颜色，它们要回归泥土之中了。

待到花瓣尽数落尽，嫩芽随即抽出，不消几日，花树便褪去了素妆，着上了翠衫。此时小区的后院已是桃红李白、蜂飞蝶舞，白玉兰却已回归绿意，重又变得不起眼了。不过，每天凌晨，我仍会在这几株白玉兰间逗留几分，也不禁低下头，去凑最近的那片叶儿，为的是闻那叶香。附近有人，我却毫不在意，就像是去吻那位熟悉的姑娘的孩子。果然，从叶儿里，我闻到了花儿柔韧而清刚的气息。

犹记得花落时，黄褐遍地，却也有不少花瓣白洁如初，被泥土一衬，格外皎丽。更想起花开时，我就有心采折一片，作为佩饰。古人云"玉之美有如君子之德"，古书载"古之君子必佩玉"，我无玉可佩，想着代以玉兰一瓣，因其形无有不及，其香则犹胜之，却又怕冲撞春神、冒犯花仙，动念而未动手。而今，我从容俯身选了一瓣，正思量怎生佩在身上，忽见有位老者，正远远地望着我。他的脸上，仿佛含着微微的笑意。

当夜没有星光，玉瓣出奇地白。我填出了《菩萨蛮》的下阕。

> 心怜其皎丽，俯拾当琼佩。顾盼自怡然，有谁含笑看。

一片落英，居然扑在了我的唇上，湿湿的，重重的。急睁眼看，自己早已为彤云重重包裹，被红霞层层缠绕，原来我本就是一片极细、极美的花瓣！无怪先前，我曾几次试图伸手挽住几片，每次却都从我的指尖前、指缝间轻轻滑过。作为花瓣一片，我就连自己也无法稍事流连，又有何力留住同伴？

带笑望穿
芳迹

初访东瀛，希望亲赏的物事很多，奈良的城楼、札幌的枫叶、箱根的温泉……这些，都在行程的安排下一一如愿了。

带笑望穿芳迹

但就在离开那天，黄昏阵雨时分，当我拖着行李穿过上野公园，见成林樱树有致，却半个花瓣也无，本来的圆满感霎时被遗憾濡湿了一大片。雨水打在步道上，溅起密密的雨花，真的好一个"园中春色转秋色，不植樱花植雨花"。

奇妙的是，我虽从未得见樱花开放，但此景仿佛早就在脑中生成。花儿如海如潮、似烟似雾，每一片花瓣，都将初春的烂漫与微妙凝在了自己的身上，散进了人们的眼中，渗入了人们的心里，所以白居易会说"小园新种红樱树，闲绕花枝便当游"，意为哪怕小园一方、花树一株，照样占尽春色，只消绕着花枝信步闲游，便能沐浴在整个温煦馨香的一季里了。

但与春比，樱更匆匆。日本有句谚语，叫作"樱花七日"；又有俳句一首，大意如下："樱花，在晨曦璨璨绽放，到黄昏寂寂凋零。"为极言其花期短暂，俳人将七天七夜缩为了一朝一夕。事实是，但凡与樱花有关的诗词，多半不似白乐天那般地乐天，大都是对至纯至洁的不舍，对聚短离长的伤感，对年华易逝的叹息。苏曼殊诗《樱花落》起句"十日樱花作意开，绕花岂惜日千回"，惜花之情要比白居易更切，不料最后竟以"多情漫向他年忆，一寸春心早已灰"作结。更知名的是另一首："芒鞋破钵无人识，踏过樱花第几桥？"与其是淡淡的禅意，不如是郁郁的失意。苏曼殊的诗上承李商隐，李也曾有诗咏樱："樱花烂漫几多时，柳绿桃红两未知。"诗中有色彩，有时空，有自己，更有所爱之人，但这一切全都转瞬即逝，只存一片凄清的回忆。将这种念想推到极致的，是李煜，他把樱花七日的怒放和飞散尽数撇去，开头便是"樱花落尽阶前月，象床愁倚熏笼"，如此结果，除了"远似去年今日，恨还同"，还会有什么呢？

吟味这些诗句，感觉如同观赏风中樱花一般，漂浮不定。思量原因，是我既无李后主那般锥心刺骨的愁恨，也未必有白乐天那样随遇而安的达观。因此相比前者，我没有足够的痛感；相比后者，我又缺乏充沛的快感。欣赏诗词，须将自己的心尽量地靠近作者，却永远无法与作者的心完全重合。这其中的空隙，或大或小，都要用自己的经历、知识、情感去填补。诗词，就是这样由作者与读者协同作成，于是纯美而又鲜活，却又片片不同，就像樱花一样。

从东京回到上海的当晚，我做了个梦，梦见自己站在一株硕大的樱花树前。花开已过七日，此刻那层层叠叠的花瓣，一改前宵的安详宁静，俱都变成了小小的精灵，随着风向旋舞，顺着风速飞动。红的，粉的，白的，有的密密地卷裹在一起，有的纷纷地抛撒开去，间或是浓浓郁郁的大片，间或是疏疏淡淡的小粒，更有卓尔不群的单瓣，有的疾疾坠落，有的斜斜飞行，更有的冉冉扬升……我闭目神驰，此景依然，忽地产生一个错觉，似乎它们来到世上，并不是为了开放，而正是为了飞扬。

一片落英，居然扑在了我的唇上，湿湿的，重重的。急睁眼看，自己早已为彤云重重包裹，被红霞层层缠绕，原来我本就是一片极细、极美的花瓣！无怪先前，我曾几次试图伸手挽住几片，每次却都从我的指尖前、指缝间轻轻滑过。作为花瓣一片，我就连自己也无法稍事流连，又有何力留住同伴？

前宵倦寂。霎暗香一吻，唇印犹湿。目眩彤云，身染嫣霞，风旋万片千粒。迷茫试挽凋零住，指隙透、翩然无觅。算有心、底事无情，惹落泪沾身只。　　闻道超凡绝代，俱生艳死丽，哪管朝夕。爱煞人间，恨煞红尘，恰作青春狂客。清容洁质凭人美，却半点、不教人惜。又暖晴、山水连天，带笑望穿芳迹。

从樱花回到人身，我用这阕《疏影》将梦记了下来。樱花是下凡的仙子，她们珍爱人间的美好，鄙视人间的丑恶；樱花是青春的狂客，她们只愿接受人们的羡慕，不肯接受人们的怜悯。所以，她们选择了短暂的逗留，选择了飞速的消逝。我明白了，美好的生命从不愿被占有，也从不理会任何惋惜和挽留，樱花如此，人生如此。

所以，我只愿带着笑意，在一个暖晴之日望穿她们远去的天空，并把她们的芳容倩影，尽可能久地记在心里。

道是
天怜相助

去苏州玩。一行人，一叶舟，从山塘街的河道向西宕去。谈笑间，两岸人家变得稀疏而遥远起来，偶见石桥斜亘，满目绿树垂荫。原来是河面开阔了许多。当地人说，每逢端午，这里便是苏州人竞渡龙舟之所，只是别处赛舟，皆为屈原；而在此处，则为伍员。伍员字子胥，原也是楚国人，算来比屈原早生约百年。

苏州人纪念伍子胥更多些，因为苏州城就是伍子胥在两千五百多年前督造的阖闾大城，至今格局未曾大改。也就是说，伍子胥是苏州的工程师和建筑师。当年这个楚国人为避昏君追杀，逃至此地，力助吴王阖闾上位、富国强兵。京戏有全本的《伍子胥》，从《战樊城》《文昭关》《浣纱记》《鱼肠剑》一直演到《刺王僚》，将他的这段遭际演得惊心而又感人。

最惊心最感人的，是《文昭关》。楚平王灭了伍家满门，又派兵追捕伍子胥。子胥仗着一副弓箭退敌，一路逃奔至距昭关不远的小山上。过了昭关，便是大江，可以径直通往吴国。但山中隐士东皋公警告他说，昭关早就布下重兵，画影图形，盘查严厉，这般前去无异自投罗网。伍子胥无奈，只得在东皋公家后院暂避。一晃六天过去，父母惨死的悲恸、借兵复仇的急切、无计过关的焦灼，再加上对东皋公的疑惑，将伍子胥折磨得夜不能寐，终在第七夜须发尽白。

对这一夜白头的经过，京戏处理得极其精彩。舞台设一面布幔，代表床帐，伍子胥先挂黑髯，抚剑唱"一轮明月照窗前，愁人心中似箭穿"；一段唱罢入帐，出帐时已换白黑半白的黪髯，接唱"心中有事难合眼，翻来覆去睡不安"；再次入帐，出来尽是白须，从"鸡鸣犬吠五更天，越思越想好伤惨"唱到"对天发下宏誓愿，不杀平王我的心怎甘"。这三大段一韵通贯到底，内容逐级递进，情绪渐趋激烈，唱腔是二黄原板，由慢到稍快，再到快板，层次分明而又一气呵成。当东皋公说他"须发皓然"，伍子胥一捧白须，悲从中来："冤仇未报容颜变，一事无成两鬓斑。"当东皋公向他贺喜，说是将军容貌已与城门图形大不相同，可以过得昭关，这时伍子胥再唱："但愿过得昭关险，吴国借兵报仇冤。"仍用同韵同腔，便将之前的哀伤、疑虑、愤恨、凄惶和悲凉一并收归沉稳，回复大将风度。一路唱来，犹如云霄飞车载着观众起伏翻腾，尽管早知结局，却每次都不禁为之动魄，为之情急，为之神伤，为之心安。

千仞危崖，万重幽壑，只合烟云飞渡。咫尺雄关，虎巡狼伺，逃生未脱追堵。痛父母何辜死，昏君孽难恕。　　夜无据，断肠人、七番长寤。孤剑在，唯与泪儿相顾。切齿恨还愁，又星稀、曙色驱暮。须发惊心，镜中看、俱作白絮。且抛开忧愤，道是天怜相助。（调寄《法曲献仙音》）

至于为何一夜白头，大致有两种解释：一种说是人的心情剧变，能使容貌大改；一种说是老天怜他，助他逃过难关。前一种可信，但愈感焦灼不安；后一种不可信，却顿觉宁静祥和。看来安置心念一如安顿身体，房中一应家具自不可少，但虚空更不可缺。对于两种解释，我都是信的。

但我又怪老天未能再次怜他，助他逃脱与其父相似的厄运。吴王夫差听信谗言，疑其谋反，逼其自尽。可怜伍子胥，在楚国做忠臣而势不能，在吴国做忠臣而遭杀身。他的遗体被抛入江中随波而逝，这正是苏州人世代龙舟竞发的缘由。屈原当然是知道的，也许他羡慕这样的结局，也许他预知了自己的结局，总之他在郢都陷落后，南避汨罗江畔时，一路高歌："浮江淮而入海兮，从子胥而自适。"

回沪前夜，一个人，一驾车，向城西的胥门一路驰去。胥门白日里绿意葱茏，听说颇为热闹；夜幕下肃穆宁静，却更令人平生亲近之感。晚风徐来，有叶响，有虫鸣，耳边似还听得见君臣的对谈声："安君治民，其术奈何？""必先立城郭，设守备，实仓廪，治兵库。"胥门的得名，说法不一，有说是谐音西门的，有说是姑胥山的，但以伍子胥之名最入人心。话音儿，小山儿，不是不好，但都比不上有个人儿更有情，更有意。传说伍子胥曾教苏州人将糯米煮熟、打成砖块之状，填塞于城门旁、城墙内以御兵燹荒灾。既是传说，未必属实。属实的是这个传说流传至今，更成就了苏州人每年春节打米糕的习俗。原来所谓天怜，实为人怜。伍子胥生前落难，是人们怜他、助他；伍子胥死后成神，是人们怜他、念他。如果说包粽子是怜屈原的，那么打米糕就是怜伍员的。米糕，是没有箬叶的粽子。

流水穿城去，青山箬叶生。

怜怜未及采，闻过打糕声。

天还未明，便即起身，为了登玉龙雪山。

车行迅疾，小雨淅沥。梦余的恍惚被车厢不断摇晃，把路晃得渐渐发白。蓦地发现，车前的路总是干的，车后却是一路湿润，仿佛雨被车抛在了背后，或是雨在追着车疾走。举目前视，半铅半蓝的穹庐下，青峰外的雪峰正愈来愈近、愈来愈近。

众山抱惜
是玉盆

玉龙雪山不但是长江以南最高的山峰，且是北半球最靠南的冰峰，十九道冰川宛如一群巨大的玉龙，盘在十三座山峰之上。名山有蛟龙，既能呼风唤雨，又能令云开日出。一小时后抵达山下，眼见冷雨慢慢停歇，暖阳渐渐露出，山麓道边的树木草花由此益发鲜亮起来，温润的空气中充盈着鲜嫩的绿意。

但这只是山下光景。不上山去，又怎知光景凡几。

想是山高之故，索道车速并不缓慢。脚下最初是纯粹的绿，那是成片成林的乔木；继而是杂沓的绿，那是成丛成簇的灌木；再而是斑驳的绿，那是苔藓、薄冰与青石勾连交错的乱碧。最终，一切归于纯白，岂止脚下，更在头顶，空中的雪由疏渐密，被风吹得纷纷扬扬。不到半个小时，我便经历了亚热带、温带和寒带的气候和风光，却并非由南向北，而是由低而高，自下而上。

我先在镌有 4680 米字样的石碑旁留影，以为此处便是主峰的最高端。后在周边的山岩小心踱步，犹如初生的孩子好奇地东张西望，只惜白雾迷乱，数米开外便无物可辨。空中雪飞，细细的入手即化；石上冰积，滑滑的下足弥艰。空气虽清，无奈十分稀薄，游兴虽浓，毕竟奇寒难当，于是逗留片刻之后，原道返回。

再经一轮天候和物象的骤变，山下晴色依然，只觉气温似又升了不少。车行良久，回首那日耀下的雪山之顶，如同一堆烂银也似，明明暗暗，煞是迷人。若非适才就在山上，岂能相信这是两个季节，不，是两番世界？这才得知那 4680 米只是人工栈道的最高点，不是主峰。看来人工与天工的距离，还差得远。又得知长年以来试图攀顶者众，但因峰巅以下数百米处均为粉状山灰，实在无法驻足，迄今尚无一人遂愿。看来人意和天意的距离，也差得远。

当晚宿于丽江。古城建于南宋，距今八百多年，西面和北面为群山环抱，呈半个盆地；东面和南面开敞，有偌大平原。仗着群山的遮挡，寒气不得进入；有了南风的吹拂，雨水常年充沛，是以小城常年温暖宜人。

进得城中，街头巷侧柳枝依依，迎风而摆；仿宋建筑楼瓦青青，古意盎然，更喜人工河中红鲤跃跃，溯流而上，又见河边有位傣族穿戴的姑娘，正放出一盏盏荷花灯，灯儿逐水而去，为远方的人儿传送佳音。

街巷四通八达，店铺鳞次栉比，所售之物概是当地各民族的服饰、工艺品和日用品。我来回徜徉，随口问价，随手购买，几个钟头下来，手中多了一只酸枝木象、一块石雕狐狸和一幅纳西八宝木雕，至于那枚藏族的黄铜耳环，早就悬在我的左耳垂上了。夜色虽深，游兴却被串串的灯笼拉得很长，于是转小阁、绕曲巷，抬头便见河畔酒旗飘拂、酒肆成列。过石桥，登竹楼，楼上竹桌竹椅自然精洁，纳西族的小伙少女笑容可掬，殷勤待客。不消一刻，酒菜上桌，有酱焖田螺、蜜汁鲜鱼、香辣子鸡，还有生腌萝卜、盐水花生和细葱春饼，佐以甘洌的米酒，美味倍增。最妙的是，觥筹交错之间，有纳西古乐幽幽响起，使我们的低语，竟随着笙笛的旋律飘扬起来。

或因欢喜，或因疲倦，或是兼而有之，须臾我已微醺。子夜已过，凭栏纵目远眺，修竹之外是层林，层林之外是山峦，山峦之外是浩渺的星空。我知自己在玉盆之中，正背对东南，面向西北。恍惚之间，山峦渐渐高大起来，那最高峰在月光朗照下发出烂银也似的光芒，正是玉龙雪山。丽江曾遭巨震浩劫人亡命断，而雪山却能挺立天地亘古永在。看来人命与天命的距离，更差得远。

我晓得了，原来城内的河流并同手中的米酒，均为雪山所赐；原来城内的美景连同所有的生命，均为雪山所佑。

我高举酒杯，向雪山祈愿，愿万能的山神永远呵护这座可爱的小城；我仰头豪饮，向雪山敦请，请善饮的山神能与我对酌一杯，趁着天还未明，引我入一个暗香的好梦。

众山抱惜，有玉盆一盏，谁能猜得。曲巷短桥，碧柳凭风几堪滴。随目红檐黛瓦，依旧是、当时工笔。素手送、几片荷灯，吩咐鲤鱼激。 笙笛，语历历。见隔水酒旗，透露香息。脆螺蜜鲊，春饼鲜芽聚瑶席。今夜何如薄醉，将就处、深藏甜黑。望雪顶、人未远，对浮一白。(调寄《暗香》)

从昆明上飞机，不消三刻，就到了迪庆中甸机场。听说航线未辟那时，访客欲来香格里拉，须辗转盘山，颠簸十二小时方可抵达。

轻歌也恐
扰神明

香格里拉的风景，一半是在湖边。我们下了飞机，未做安顿，直接上车向硕多湖驰去。同为高原湖泊，我也曾去过泸沽湖，并在湖中泛舟，犹记得划船的，是一位矮小健壮的"小格姆"。小格姆是我对摩梭年轻女子的私谓，因全族的守护神名唤"格姆"，意为"大女人"，一位骑跨白马、高大美丽的女神。小格姆一边划桨，划开平滑如蓝丝缎般的水面；一边唱歌，唱得几乎把头上的白云，都凝成了一片。

车窗外景色多变。远方是绵延的青山和流水，中间是大片的野地和草场，近处时有低矮的民居和高大的木架，那是藏民以杉木搭成，晾晒青稞用的。最醒目的是白塔，大多点缀着彩色小旗，那是藏民求灵拜神、祈福祛祸的神物和圣地。

行着行着，车停了。原来附近有一座天葬台。天葬台建在崖边，是一个大半天然、小半人工的岩面。听说天葬师在行仪之前，会点火焚草，并望空颂祷，引来大群秃鹰或在上空盘旋，或在周围等待，待天葬师把遗体分开，群鹰顿时飞扑而上，争食骨肉，助逝者的灵魂升入天堂。骨肉剩得越少，意味着这位逝者离圣人越近，离天堂越近。我虽无此信仰，却无端地信服，更思量着若我的忧愁和不幸是一堆肉身，自当迫不及待地接受鹰喙的啄食，令其远离我的灵魂。不过转念一想，若真到那时，或更添烦恼。因我深知愁与喜互为因果，幸与不幸实为表里，无法如骨肉般完全割离；就算可以割离，那么这堆烂肉朽骨能否被鹰啄尽，亦难预料。万一神鹰厌弃，不予置喙，那我情何以堪？

> 方尺车窗易景观，清风劲爽透衣衫。
> 平川穆穆青稞架，峭壁亭亭红豆杉。
> 行顾彩旗萦白塔，驻看天葬出苍岩。
> 人间多少超凡事，尽仰飞鹰一喙衔。

想着想着，便到了。此湖是硕多河流经的一汪水域，宽且深，听说最深处达四十米。周边山峦围绕，林木茂密，又层层叠叠；湖面水波不兴，色泽湛蓝，且深深浅浅。源自高寒山脉的冰泉雪水，从涓涓而湍湍，已飞降了近两千米，速度大大平缓，温度则稍稍上升，好比女子二八，正是一生中最纯洁、最清秀之龄。苍翠森林的倒影，呈墨绿色，将蓝色的湖面遮了一小半，恰如衣袂裙摆，被风一拂，如丝如缕。

想是这位半衣半裸的神女，正漫步缓行，在养精蓄锐，以便于虎跳峡时纵身一跃，跃入金沙江那条阳刚的左臂。

我把硕多湖比作神女，非为矫情，恰是真心。因为藏族深信万物有灵，鸟兽虫鱼自不待言，而山水木石非但是神的居所，更是神之真身。所以藏民通常不会在山前、水边大声说话，唯恐惊扰神明，受到惩罚。在他们眼中，自然即神明，且都是爱静不爱闹的。

当然，神明并不是讨厌所有的声响，比如生物走过芊芊细草所发出的窸窣声。神明反感的，是多余的噪音。这些噪音，几乎全都出自人类。我想人之所以变得讨厌而又愚蠢，与说话太多、太响极有关系。这不是我的发现，上海人有句老话叫作"闲话一多，人变猪猡"，可惜极少有人悟其真意，只当谑语轻放，笑过依然故我。

人与自然的关系，究竟如何？我以为可以倒推，推到人类诞生之前，一切俱都明了。人类失了自然，就无法生存；自然没了人类，除了仍是自然，还会尽除大量人为的"不自然"。可见人类是自然的客人，而不是主人。藏族先民早就参悟，于是不仅在生时敬畏自然，且在死后尽力让自己返归自然。这个大智慧，是自然用静谧的方式示予的，是藏民用敬神的仪式达成的。这个大智慧与后来我们所谓的知识，基本无关；而那些知识在为我们换得财富和便捷时，却很快将这个大智慧，从我们的灵魂中驱除殆尽了。

忽然很想唱歌。心中一动，脑内便飞快地搜索着唱什么。古远的藏歌是最好的，但我一首也不会；那位小格姆的歌也是好的，但我一句都记不得。我放弃了，因为唱歌的冲动很快变成犹豫，变成惭愧。我不是生于斯长于斯的藏族人，也不是身亦纯心亦纯的摩梭女，我只是一个访客，一个从"不自然"而来，又将回到"不自然"去的访客。所以我即使唱得再好，神明也无法懂得；即使唱得再轻，神明也会感到扰攘。我不信神明，却极信感情。我想，今后若能将自己的情感注入万物，那么万物犹似有神明，一心也能在自然中了。

离开香格里拉前，我又作了一首无声的诗，来替我的歌声——

来前只识雨和晴，来此方知天最清。

寂寂冰湖树映影，芊芊霜草客行声。

无情着物身同死，有美存心景自生。

俗类喧阗终不忍，轻歌也恐扰神明。

寂寞犹浮
叶叶心

对游客而言，北海道四季咸宜。春之青青白桦，夏之湛湛碧海，秋之殷殷红叶，冬之皑皑白雪，随时光流转而轮番登场，虽循环往复又变幻万端，无不令人心动情迷、惊艳观止。

我往之时，正当仲秋。人说既是北国，毕竟以冬为胜，北海道的秋色不免稍逊于冬景。此话有理，不过因人而异。我素畏寒，银装素裹固然妖娆，于我却隐含相拒之意；而且，当所有的景致都被积雪覆盖，纵不言单调二字，其本色与层次定会消损不少，万物的活力也大打折扣，未免可惜。因此对我来说，北海道的冬景留在歌声之中足矣。当飞机越过津轻海峡的上空，我便忆起那首著名的演歌《津轻海峡冬景色》，不过凛冽的旋律和凄美的女声转眼即逝，因脚下那条白色的狭窄海峡，迅即被一幅绿色森林与赭色山峦交融一体的抽象画替代了。就在画笔的起伏和浓淡的变幻间，飞机犹如一片透熟的红叶，安然飘落。札幌新千岁机场到了。

下得飞机，登车续行，向羊蹄山驰去。沿途曲径旁通，清泉间出，白桦成片逝去，山风扑面而来。羊蹄山愈行愈近，山形稳中显秀，山色绿里含苍，尤其是山顶云遮雾绕，尤增神秘之感。不过，我此行的目标并非顶峰的冰雪，而是山麓的红叶。

到得山麓，已近黄昏。沿山路步行上坡，虽喘息渐促，但步履渐快，且大有不可遏之势。原来是贪看沿路景色的眼睛，抢在大脑之前指挥着双腿前进。无论是环顾周遭，还是放眼一望，都是漫山遍野的红叶，有的堆簇，有的交杂，最难得的是深浅不一，于是幻化出不计其数的色谱。那嫩绿、碧绿、浓绿和墨绿，那浅红、艳红、褐红和黑红，那少年的嫩黄、青年的明黄、中年的土黄和老年的赭黄，从造化的调色板上泼天泼地般洒下，直洒得到处都是。浅的，扬厉佻挞；深的，幽秘沉静。一阵清风吹来，纷纷颤颤，还有几片扬起半空，或斜斜而飞，或旋旋而下……是谁，竟能让它们如鲜花般孤注一掷地怒放，如蝴蝶般不可一世地飞舞？抬头望天，天边悬挂一轮夕阳，感受身边，身遭萦绕一阵清风。正是太阳和风、土地与水，让红叶变成了秋的精灵。

逼近细观，只见叶叶片片、层层叠叠，未知凡几方才缀成了硕大丰茂的一株。有的纯净若琉璃，透露出纤细的质感；有的厚实似绒毯，漫射着油亮的光晕。总之，像什么工艺品都行，都对，唯独不像了树叶！在人眼中，极真与极美很难并存，因为极美会像幕布一样，将极真遮蔽起来，正所谓"美至极时真亦假"。此时，若你为极美而生陶醉感，便会为极真而生幻灭感。

轻鸢载我作神游，北国千山已入秋。

寂寂白桦排陌上，殷殷红叶簇枝头。

秀峰玉立锁寒雾，深谷石横覆暖流。

漫说春冬冰雪好，惜无半片到灵州。

入夜，就在山中的小旅舍泡温泉。先于室内将身子泡热，便可拉开移门，进入外池。虽只秋季，但高纬的夜寒足以令人生畏。不过一旦全身浸入泉中，只留头部在外，寒意顿时全消，闭起双目，竟不知身在何夕。

虽有淡黄色的灯晕，却不足以尽观周遭景色，数米之外概莫能辨。此时，嗅觉及时出来帮忙，让我闻到了白桦、扁柏和菊的清香。举头仰视，夜空寥廓，星斗辉映，只感天地之间唯我一人，不，就连我自己都快要蒸发其中了。有位日本学者描绘泡温泉的感觉，就像是冰雪被阳光渐渐融化，这种幸福感能令人恍惚进入极乐世界。是啊，在阳光的包裹下，冰雪即便知道自己的消融，又会有何遗憾呢？听日本友人说，若你体会到了这种幸福感，则接近了日本人的自然观。

的确。像是白天爬山积累的乏力感，犹如涨潮，慢慢地、漫漫地，由远及近，由表及里，直到每一寸骨节，每一丝肌肉，无孔不入，无处不在。奇怪的是，与下山后的疲累不同，那一次是可憎可厌可恶的，如恶魔般急于挣脱；这一次却是可爱可亲可近的，如甜梦般不忍割舍，我的全身正渴望着被它占据，越多越好，越久越好……

又想起一篇日本小说，一个男人独在大山中行走，虽疲乏到极点，却有一种不可思议的陶醉感。他感到自己的身心，就像一粒芝麻，正一点一点地融入大山之中。这种幸福，任何言语无法表达，于是自然而然地生出"如果就这样去死，我也丝毫不后悔"的念头。这与冰雪融化于阳光、身体蒸发于温泉的妙境，是一致的。自然观决定着人对死亡的心态，对幸福的理解，因此自然观与生死观也是一致的。

刚将身体探出水面，才发现环绕池子的石廊上，有片片红叶。回顾池里，原本也是有的，只是适才未曾发现。忽想起一位旅日女诗人的梦般经历——那时的她正在温泉中闭目遐思，忽觉有人轻拍其肩，一惊而视，竟是一片红叶！这情景幽寂到了极点，也香艳到了极点，可以直接拿来作诗。

树暗花香灯影深，风凉池暖意千寻。
温柔渐化悠悠水，寂寞犹浮叶叶心。

我不免试着闭上双目，等待相同的境遇。但直泡到浑身燥热，经受不了，仍一无所获，只得作罢。想那红叶，也学缪斯，不肯垂青无缘的人。

天堂
俱可登

巴黎是富丽的，罗浮宫、凡尔赛宫奢侈繁华，彰显皇家气派；巴黎是辉煌的，凯旋门、埃菲尔塔壮美雄伟，挥洒胜利豪情；巴黎是浪漫的，左岸、香榭丽舍大街精致时尚，弥漫人文气息。然而富丽有了，素朴没了；辉煌有了，平淡没了；浪漫有了，沉稳没了。要领略素朴、平淡和沉稳，必得遁出巴黎之外，比如去距其四小时车程的圣米歇尔山。

向北一路行去，放眼蔚蓝碧绿。景致虽好，却也不免审美疲劳，新奇之感渐行渐淡，终于被眼皮轻轻遮住了。懵懂中，耳畔传来车轮沙沙之声，车身也微微震动起来。急睁眼看，不知何时，碧绿已消弭殆尽，脚下是大片的灰色沙石。猛抬头望，一座圆锥形的小山赫然就在天海交际之处。昨天我在巴黎街头买的圣米歇尔山模型，此刻暴长了几万倍，矗在我的面前。

原以为"仙人指路"是中国独有，听了介绍，方知不然。相传 8 世纪初一个中夜，红衣主教欧贝偶发一梦，梦见大天使米歇尔风神肃穆，缓缓伸手指向一座海边小山，却不则声。欧贝初不以为意，不料此梦一做便是三天。第三天凌晨，主教终于觉悟，一声号令，率众寻到此处，建起了修道院。在此后的八百年里，教众多次大兴土木，终于成就了这座"西方奇迹"。

山，本不足奇，方圆不过千米，海拔未及百米；但山上的建筑群，便委实当得起一个奇字了。由于依据山势而建，因此它们同呈锥形，参差错落，层叠向上，建筑高度超过小山本身倍余，逼人而来的奇崛震撼，缘此而生。

沿青石板铺的步道进山，一边拾级而上，一边抬头仰望。由低望高，建筑愈发显得修长凛峻，每一幢楼宇、每一条拱线，甚至每一丝花纹，都从容地回旋、向上，仿佛在指引人向上飞升、飞升，直到顶端的修道院。

修道院分为三层，底层两个大殿，为接纳朝圣者所用。二层为研修室和会客室，石室穹窿高耸，石桌石凳一应俱全，更配有硕大的壁炉。在这个海角石堡里，一到寒潮袭来的秋冬，拥有火炉的石室，便是圣灵眷顾的福地了。

穿过石室凡几，上得台阶许多，终于到了第三层的内庭和回廊。外层厚实的花岗岩墙，内层的流线连拱廊柱，合力将内庭撑起。从廊下仰观，哥特尖顶高耸，一派巍峨壮观，尤其是米歇尔的雕像金光披拂，正手持利剑，指向苍穹。他的剑尖，正是全山所有建筑的最高端。当年，大天使曾指示主教在此修建圣殿，想必是看中这里的海天风光，空明澄澈，便于清修。如今，他又将圣剑高举过顶，是否会嫌此山已被俗扰，地球已无净所，于是暗命相关人士登月攀星，为其在太空开辟一片乐土？

在廊中眺望远方，又是一番感触。谁能想到山海苍茫之中，居然藏着如此细腻精致的庭院呢？正可谓古朴托起了精致，阴柔回馈了阳刚。海风声中，我隐约听到管风琴的吟唱，空灵的乐声和着远处海浪的拍击，那是出于人心与自然的和声，冥冥中涌动着一股神力。这股神力虽极为雄强却毫不张扬，无限温和而极度绵长。是的，力量至于最强，则归于柔和；色彩至于绚烂，则必然归于平淡；丰富至于浪漫，则必然归于素朴；语言至于丰富，则必然归于沉思。

下得山来，已是黄昏，夕阳将灰沙点化成遍地淡金。回首一望，水天之中，整个圣米歇尔山通体透亮，更增神圣之感。奇怪的是，尽管天色不早，尚有众人徜徉沙滩，倚靠巨石，谈笑风生，毫无归意，更有几辆汽车载客姗姗才至。一问释然，原来山前山后、犄角旮旯，开着十几家袖珍客栈，从下午三点或五点起开门揽客，游客事先必须预订。显然，这些游客计划在此小住一宿，既能感受神秘的黄昏，又可观赏朝旭的蒸腾。若逢三月或九月潮涨时节，更会有幸得见排空巨浪、一轮红日，此景足以使灵魂与其一起飞升。

有人调侃旅行，说不过是一群在本地待腻了的人，跑到另一群人待腻的地方去罢了。我不以为如此简单。人的身体本在漂移，人的灵魂又远甚之，或许正是灵魂无时无刻地催动身体的漂移吧。反言之，先开眼界后开心界，此理亦通。也可以将旅行与艺术相提并论，因我相信艺术的缘起，便是身体无法超越现实，故而吟诗作画、奏乐起舞，使灵魂得以飞升。所以旅行看似俗易，出身并不低微。至于区别，旅行是通过身体亲历之感而触发灵魂遐想，艺术恰恰相反，是通过灵魂遐想而产生身体亲历之感。

我还相信，一千三百年前的米歇尔必是在某处待腻了，才会指点信众在此建个居处。神在追求飞升，修行者在追求飞升，每个人都在追求飞升。至于飞升的方式，可以量力而行——大天使只消劳动手指一点，即可腾云驾雾，不费吹灰之力去神游；修行者必须遵循神祇昭示，不辞劳筋伤骨，历经千难万险去云游；至于凡夫俗子，则大可按照自己的意愿，或搭机买舟，或驾车徒步地去旅游。

> 仙人临海隅，伸指以为凭。
> 琼宇孤山立，排潮乱石崩。
> 生涯诸境界，心力各依凭。
> 择一飞升去，天堂俱可登。

初枝欣折
下扬州

从李白和孟浩然始，扬州这座城市，就是让人吟着"烟花三月"之句，欣欣然、飘飘然而下的。"烟"为细雨朦胧、柳絮似雾，"花"是群芳烂漫、碧草如茵，皆为三月风物。下扬州，最好是春季。

却也有人在此一待便是三载，一梦就过十年。想必除了烟花，扬州一年四季都有留人之物。在杜牧，是青楼；在我，是早茶。

品尝扬州早茶，朱自清的那篇《扬州茶馆》不可不读。这位浙江才子自称扬州人，因其童年和少年时代均在此地度过。做此文时，朱自清已身在北京，人到中年，曾哀叹童年的记忆，就像被大水洗了一般，直到了可惊的程度。幸有一样是大水无论如何都冲不去的，就是早茶。他记得当年茶馆麇集所在："北门外一带叫作下街，茶馆最多，往往一面临河。"

还能如数家珍地道出它们的字号："香影廊、绿杨村、红叶山庄……尤其绿杨村的幌子挂在绿杨树上，随风飘展，复活了绿杨城郭是扬州的诗意，而且里面有小池、丛竹、茅亭，格外幽静。"就连茶客们的情状，他也记得一清二楚："每天早间九时左右到茶社，会坐到十一时以后才离开。午后三时以外，便又到了茶社，直待暮色苍然，这才安步当车地施施离去。"

我去的正是北门外临河的一家。三层仿古建筑，底楼大堂，二楼雅座，三楼包房，无不开阔轩敞，一应端庄洁净，均为仿红木的桌案靠椅，青白瓷的杯盘碗盏，给人以郑重其事的正餐感。

的确，扬州茶点是不负食客以正餐的态度相待的。虽然它在浩大的淮扬菜系中，只是镬鼎中的小小一脔；但就是这一脔，正处扬州历史肯綮、文化血脉和生活肌理的胶着之处，故此要用口舌细细品味，更须以心灵深深感受，以此一脔之味，得悟全鼎之调。

比如肴肉。选带腱的猪腿肉以淮盐、香料暴腌，用细绳扎紧压制成形，阴干、蒸熟、冷冻，切成小指厚的长方砖块，其色微透明，其味极鲜嫩，佐以镇江醋和细姜丝，清新醇香，百食不厌。又如干丝，以薄刃将白豆腐干开片切丝，细若秀发；再以清纯火腿鸡汤慢火煨制成金黄色，配以同等纤细的火腿丝、笋干丝，外加一撮指甲盖大小的河虾仁，吃时拌匀，嫩滑中带柔韧，清新中显腴美。干丝除了煮，还可以烫，这次全然不用鸡汤，纯以滚水烫熟，滗水后抟成圆锥状，加姜丝、虾米、嫩笋丝各一小撮，淋以黄豆酱油、小磨麻油，鲜爽中略含有甜味，与煮干丝恰成双璧。对于各自的用处与妙处，朱自清说得清楚："所谓煮干丝，那是很浓的，当菜很好，当点心却未必合适。""烫干丝就是清的好，不妨碍你吃别的。"

再如面食。"妙手纤纤和面匀，搓酥参拌擅奇珍"，说的正是扬州的面食功夫，其中三丁包子、千层油糕、翡翠烧卖、青菜或细沙包子均为绝品。三丁包子以精肉、冬笋和豆干丁为馅，其味和而不杂，丰而不腻，不愧"包中之宝"。千层油糕是将糖油面粉制成糕坯，切成六十四层的菱片，配以红绿瓜丝蒸熟，其白如雪，揭之千层，香甜可口。翡翠烧卖的馅并不足奇，奇在做法之精，用心之深。将小青菜的茎脉抽剔干净，只留纯绿叶片，捣成细末后掺以火腿末、绵白糖和熟猪油拌匀，出笼的烧卖色如翡翠，咸甜交汇，回味绵长，妙不可言。此馅入了青菜包子，又是别样光景，酵面白腴无瑕，褶子细密有致，一咬油汤满口，清芳氤氲。若包内换了细沙，则更要趁热为佳，入口即化，舌齿生香，便丛心底里生出大欢喜来。

早茶的丰盛精致，映着扬州的自古繁华。自夫差开邗沟、炀帝凿运河始，扬州交通畅达，财物集聚，渐成繁华奢靡地、风花雪月场。然而繁华与萧瑟、商贸与兵燹，自古轮替上演，扬州也有"清角吹寒，都在空城"甚至惨遭屠戮之时，上千年的阴晴冷暖、悲欢离合，尽数融于二十四桥的月影之中。耐人寻味的是，这阕《扬州慢》本为姜夔感伤扬州遭到劫犯、凋零死寂而作，竟被现在不少年轻人当"缓慢生活""闲适人生"来解。这似乎无理，却未必无情，或可体味今人欲缓释紧迫感和焦虑症而不得，那种"病急乱投医"的无奈。

一轮精看细点食毕，当以一杯好茶作结。扬州有好茶，名唤绿杨春，与此处最美的颜色、最美的植物和最美的季节一一对应，字字相关。茶好必先水好，这更不消多说。扬州襟江枕淮，瘦西湖更是"两岸花柳全依水，一路楼台直到山"。有句俗语专门描述扬州人的日常生活："早上皮包水，晚上水包皮。"前为用早茶，后是泡夜澡，虽然直白却可传神。水乃至清至柔至美之物，与其常有肌肤之亲，生活自然就逍遥起来，性情自然就安详起来，人自然就美丽起来。

所需的，是时间。早茶用了一个多小时，似乎奢侈；但若以正餐心态视之，并不过分。况且一日之计在于晨，早餐居三顿饭食之首，开全天心态之始，又岂可等闲食之？想到自己过去，粢饭油饼边啃边走，此为常态；汉堡蛋卷小桌小凳，不亦可怜。至于那杯香气了无、寡淡至极的咖啡，千万休再提起。美食令人乐于生活，犹如艺术令人乐于生命。我着实是日日愧对新晨、顿顿辜负平生了。

　　下扬州，最好是清晨。倘我的时间是一株柳树，必将每天最早抽出的一条新枝，轻轻折下，栽于扬州，栽于扬州的每一个清晨。

　　壶中四季倩香稠，细点精肴绕齿柔。
　　若以浮生为寂柳，初枝欣折下扬州。

初到天津，当晚月白风清。草草吃罢宾馆的自助餐，上街散步，不觉逛到了小白楼。绕开商厦和广告宝贝，穿过广场和人行步道，一拐弯，一抬头，"狗不理"的大红招牌赫然在目，下方的弧形磨砂玻璃幕墙，析出食客们碰杯举箸的皮影。

点化平生
知此味

"不吃狗不理，枉来天津卫。"这句话并不是听天津人说的，而是我当时脱口而出的。

入内坐定，翻开菜单，才发现"狗不理"不仅指包子，而是从下酒套菜、面条饺子直到各色蘸酱，甚至包括烧酒，一概以此冠名。看来只尝几只包子，是不足以窥其全"包"的了。

我点了两只"狗不理"包子、半斤"狗不理"烧酒，再配四味"狗不理"冷菜——走油肉、炸丸子、酱鸡块、卤冬瓜。

冷菜无不咸而油腻，加上已然饱食，实难消受几何。好在高粱烧酒凛冽逼人，催动了额外的食欲。

包子是最后上桌的。稍感意外的是每只仅茶盅大小，好端端地盛在细竹小蒸笼里。被暗黄的蒸笼一衬，包子的轮廓显得更圆润，色泽更素洁，不多不少恰好十五个细密褶子从四围聚来中心，酷似一朵白菊。轻送入口，面皮柔中带韧，肉馅咸中带鲜，香气四溢。包子价格着实不低，依馅料不同每个六、七、八元一只不等。八元之数是天津的士的起步价，换句话说，桌前只消啊呜一大口，轮下足可驰出三公里。

食罢出门，回望招牌，感觉天津没有白来。至于何时再来，就看缘分了。

岂知缘分说来就来。几日后主人的送行晚宴，居然也在"狗不理"。我问："是不是小白楼这家？"

主人摇头，说是水上公园路的那家，紧着又补一句："那家更好。"

暮色降临，四处星辉灯映。我随主人走出宾馆，穿过宽阔的卫津路，折入水上公园路。正低头缓行，忽听一声"到了"，急抬眼看，只见牌楼高大重叠，将二至四楼的外墙面完全包裹，"狗不理"三字势大力沉，有撼山震海之感。我活了几十岁，读了许多书，看了不计其数的招牌，从未见到一个"狗"字被放得如此之大、悬得如此之高的。

侍者笑吟吟地将我们引进三楼包房。包房的客人既能观赏包子现做之法，更可乘兴学包几只，当场蒸熟、吃掉。戴着厨师帽的女点心师，左手以三指拈起雪白的面片，右手握竹片刮入不同的馅儿。只见纤纤十指交错片时，眼睛一花，如同戏法，一朵白菊便托在了她的掌心。见我瞧得凝神，主人劝我也依葫芦画个瓢来。我连忙推辞，说如此精妙工艺、锦绣美食，非眉清目秀、慧心巧手的妙龄少女莫办，吾辈何能，岂可唐突美食、冒犯佳人，唯有张口惊叹、闭嘴咀嚼可也。说得举座皆笑。女点心师虽戴口罩，如花笑靥也可想见。我忽想起天津有句老话，大意是说，你可以赞一只包子长得像一个女子，却不可以说一个女子长得像一只包子。

在谈笑纷纭与蒸气氤氲间，包子出笼。面前有个花瓷小碟，内盛山西陈醋配以姜片一枚。我小心夹起白菊一朵，刚要蘸醋，却被主人告知，尝第一只时不宜蘸醋，以细品其本味；待尝第二只时方才蘸醋，一可驱油腻，二可比较与本味的异同。我心下暗叹，这一碟醋是对美食应有的敬意，那一番话则是对生活应有的领悟。

我尝了传统猪肉包、三鲜包和百年酱肉包。第一种在小白楼吃过，其味不赘；三鲜馅的为猪肉、木耳和虾米，口感时而分明，时而交融；酱肉馅的则是酱肉丁和韭菜末，酱香的醇厚与韭菜的爽脆，堪称绝配。尽管俱是寻常食材，但经过手、眼与心的点化，每个包子都有了出众的滋味与不凡的品位。

> 玉指轻拈白面柔，精圆密褶菊花秋。临水蒸腾若云起，暖香浮。　　非为鲜香留齿颊，只缘感念绕心头。点化平生知此味，复何求。（调寄《摊破浣溪沙》）

"狗不理"是建于清咸丰年间的老店。一只包子一做就是一个半世纪，其中缘由，任凭质如何优、意怎样诚，都是不够的，还须有独一无二的招牌，点化平生才行。当年，一位绰号"狗子"的小伙儿在一家包子铺里学徒，从抹抹桌儿跑跑腿儿到擀擀皮儿剁剁馅儿，终于当上了包子师傅。"狗子"心下澄净，手上灵巧，做的包子形味俱佳，声名鹊起。满师以后，"狗子"自己开了家包子铺，起名"德聚号"。由于生意太好、顾客太多，"狗子"经常忙得连与客人说话都顾不上，于是被戏称"狗子卖包子不理人"。这句话喊顺了嘴，便简化为"狗不理"，"德聚号"反而没人叫了。我想，对"狗不理"的称呼，"狗子"最初一定感到恼火；但这个聪明人很快彻悟了，不但改了店招，更对这一平生难得的点化，庆幸感念不已。

为有不为
如是闻

台北不大，算上北郊的阳明山，不足四百平方公里。台北不高，除了市区的"101"，都是矮矮的。据说台北人也不怎么以高为傲，像内地城市那样，动辄把最高的建筑封为地标。在桃源机场的书刊架上，我随手抽了本旅行册，有寺庙，有教堂，有故宫博物院，有中正纪念堂，甚至还有歌仔戏的道场，偏没有"101"的一粒沙子。

在台北人为我们安排的行程里，也没有"101"。想是看我们来自上海，又是文化界人士，登高特意不作此计，而是选了阳明山。同行中也有女士低声抱怨的，她们没能去成位于"101"底楼的国际购物中心。

四驱面包车直接把我们载上了山顶，使我们毫不费力地步行下坡，从容观景。此处海拔约四百米，头上是湛蓝的天空，脚下是厚实的山泥，身周是茂密的丛林。清肺润腑的空气，脚踏实地的感觉，更有交叠多变的绿意，都是高出百米的"101"所无法创制的。我是植物盲，连棕榈和芭蕉都辨不清，却丝毫不妨碍赏枝观叶的兴致。"得观绿有百千色，何劳动问草木名"，诗句如片叶随意飘下，喜悦则直上眉梢。九月天气多变，山中尤甚，适才还是响晴，说话间便是阴云密布、电闪雷鸣。阵雨过后，大量的负离子使空气更清净，也使声带完全松弛，圆润明亮起来。初晴时空中拉出的虹桥奇观，就算最老成持重的城市人见了，也会禁不住像孩子般雀跃歌唱的。

林语堂故居就在山腰。北京四合院的格局，辅以西班牙式的廊柱，这是他为自己最后十年安排的居所。他的墓就在后院，周围的茸茸细草、森森乔木，为他完成了"和草木为友、和土壤相亲"的心愿。林语堂久居美国，却不入美籍，因他觉得彼处并不是"落根的地方"。走遍天下，他感觉没有一条柏油马路比家乡的崎岖山道过瘾，也没有一栋高楼比家乡的高山巍峨。哪怕纽约的摩天楼再高，与他家对门的丛山一比，何异是小巫见大巫。林宅不高，蓝白色的矮房，仿佛一片天云隐在林中。林宅不大，庭中有翠竹、香枫、苍蕨、藤萝，还有一汪清池。听说他闲来无事，最喜坐在池边享受"持竿观鱼"之乐。步入室内，抬头就是他的手书"有不为斋"，林语堂晚年所崇为何，不问可知。

> 阴晴忽转山行缓，林舍幽深添几分。
>
> 学亘东西语艺术，文连天海吐烟云。
>
> 道无可道寻常见，为有不为如是闻。
>
> 来客堂前试问鲤，唯观池面动轻纹。

跟随夕阳重回山麓，在依山势而建的食养山房用餐。竹席趺坐，抬头是木窗竹帘，趁着暮色未临，可窥一缕山气葱翠，闻一阵花香鸟鸣。话说台湾食事鼎盛，本土加上外来的菜系，不下四十余种。有专业人士论析，宝岛乃中外移民、多元文化汇聚之处，饮食首当其冲，自是多不胜数。虽然如此，我感觉仍以中原饮食的底蕴为最深。有台北故宫博物院三大镇院之宝为证，翠玉白菜、肉形石、毛公鼎，一菜一肉一烧锅，即可为炊；而宋汝窑莲花温碗、明成化鸡缸杯，如今价值倾国连城，原本皆为饮食之器。

食养山房与其他饭店不同之处，是没有菜单。闻说是许多菜点很不确定，厨师要按当天购入的新鲜食材，配以山珍随机烹调。每只盘边，都有从山上现摘的花草作饰，至于鸡汤，则在正中栽一朵干莲，莲花借热气再度绽放，不消片刻，把整只大陶碗开成了荷塘。林语堂说生活乃艺术，既然饮食为生活之当先者，便也成了艺术之当先者。他的生活理想之一，便是雇一位中国厨子。

食材普通，价格平易，室内摆设也很寻常。不过要成为此处的座上客，却非易事，见说从订位到入席，动辄要等三个月之久。不以金钱拒人，而以时光约人，与其说要人耐心，不如说人要耐心。想必缓缓而来，便绝不会匆匆而去，从下箸前的赏心悦目，到入口后的细嚼慢咽，再到品茗时的留韵回味，往往三个钟头都不觉迟。享食与食，犹似打坐与坐、安居与居、云游与游之别，三万年不算太久，三个月、三小时何足道哉？

只是，我们仅仅拥有了这三小时而已。而那三个月，则是台北人用他们的耐心，替我们等待的。想起适才脚不点地、乘车上山，更要摇头大呼而已了。而那三万年，又岂止是难以等待、不可替代而已？

看来缓慢是艺术的条件。生活若是艺术，则必不可迅速。看来缓慢甚而艺术，是疗治迅速或者非艺术的良方。这也许就是台北周围许多山区，明明可建高速公路却绝口不提开工；不少村镇明明能拉直街衢，却始终保留曲径的原因。当到达已然迅捷，人就须要为自己保存一段悠长的行路以为对照，保留一番曲折的来历以便回溯。这是行者和仁者的心愿。当衣食已然丰足，人就需要提升精神以为超越，寻觅诗意以求美好。这是思者和智者的心愿。速度与物质，既不是人类生活的所有内容，更不是最高内容。何况当知晓为了更高的速度、更多的物质不得不付出污染、疾病乃至损伤后代福祉的代价，那么行者、仁者和思者、智者，都会明了何有为、何有不为，都会不约而同地选择缓慢，并且以自己缓慢的生活、缓慢的艺术，使人听说、闻说和见说。

景妍
可当餐

德国之行，我们白天在柏林、慕尼黑等大城市观光，向晚便落荒而走，专向小镇投宿。这不仅是为规避大饭店的高房价，更为领略小镇的好光景。小镇旅店多为主人亲自打理，看账台老伯、客房姆妈、伙房大厨、餐厅少妇的组合，再看他们的脸形、问候的语气、合作的气场，之间的关系便可猜对七八分。只是客房大多逼仄，尤其在黑森林小镇，两张单人床之间容不下一根大腿的直径，浴室连转个身不碰墙都难。不过，只要先看窗台上明艳的鲜花，再用浴室里精洁的毛巾，最后躺上软白的床榻，无数宁馨堆来心头，"室雅何须大"的古训倏然腾起，倒是惭愧起自己的修为来。想着想着，便在温柔乡中安然睡去，直至天光大亮。起来上街漫步，空气清冽芬芳，四处花满蝶飞，正是梦境成真的了。

最重要的是吃。钱钟书说，游历之人，除眼睛要像鹰一般厉害，还须有驴的耳、猪的嘴。我目力不济，眼前仅寸光之微；我的德语就像年久失修、偏逢暴雨的下水道那般不通，莫说驴耳，即便人耳都是白长；只剩猪嘴一张，必得学学八戒，好生使用。嘴要学猪，脑却大可不必，因为据钱考证，烹饪乃文化在日常生活中最为亲切的表现，而在西方各国的语文里，文艺鉴赏力与口味是同一个词。

我们通常在小镇旅店里享用早餐，然后出发。面包奶酪、香肠培根、蛋糕松饼、新鲜果汁种类甚多，任君择取。这些皆非旅店所制，而是直接从卖场采购的。咖啡也不费事，全由机器提供，只消劳动手指一点。另有一样，虽最普通，仍要说上一句——牛奶的味道实在好极，远非醇香两字了得。在高速公路两边的绿野上，常见成群花牛仰观蓝天白云，俯吮露水清溪，发出哞哞悦鸣。此时不知谁说了一句——这里即使投胎当头奶牛，也是很幸福的。大家连连点头，并不笑他情愿当牛做马。在新天鹅堡附近，我邂逅了一道名菜，在浅盘中垒成小金字塔状，暗红发亮，远望去很像一盘红豆沙。凑近细看，居然是生牛肉糜。我以小匙在塔基处剜下丁点，以舌略舔，冰凉中带鲜咸；以齿轻嚼，柔滑全无渣滓，非但入口即化，还于鲜咸中游出几丝甜味。我以为决定食物口味的最大因素，既非作料，也非烹调，而是动植物的生存环境和生活质量。《西游记》写唐僧为金毛鼠精所摄，被逼成亲。行者变作红桃一只引诱，妖精刚要啃吃，行者不耐烦，一骨碌滚入其肚内。妖精害怕道，长老啊，这个果子厉害，怎不容咬就滚下去了？唐僧答，娘子啊，新开园的果子爱吃，所以去得快了。想玄奘乃得道高僧，即便为了脱难也不会打诳语的。我认为"爱吃"二字，正是食物情愿将自己健康欢乐的身心，转赠予人。

出了歌德故居，已是午后，我们信步走进右侧的白天鹅餐厅，这是歌德生前最常光顾的所在。

进门未见侍者，只有歌德等身雕像举杯相迎。这位二百六十多岁的文豪被店主请来当了迎宾员，不知他本人是否同意，该领多少薪水。菜单入手，名目颇多，有大腊肠、煎鲑鱼或牛肉炖菜配杂粮球——昨夜抵达魏玛的头一顿，此球便是主角，大致为荞麦、玉米和土豆粉揉捏而成，蒸熟出笼，白中带黄，尺寸与大号铅球相仿。以刀叉割而食之，黏中带韧，每口均须细细咀嚼方能下咽。攻到球心，居然有一块小小的面包。一球食罢，腹中坠涨明显，原先轻浮的身体好似打下中流砥柱，再不可动摇了。然而盘中，尚有一个，如同甲板上的铁锚，等你抛入胃海。只可惜我的肠道，只是溪流。双球是德国人的例份，壮汉往往更添一球，方能满载。昨夜我勉力领教一球又半，付出了半夜不眠的惨重代价，这回无论如何要像冰山那样回避的了。

我点的是歌德套餐。据说这是他最可心的菜点，也是本店招牌。前菜是糖腌胡萝卜和卷心菜，汤是蘑菇浓汤配面包片，主菜是烧汁鸡腿，甜点是草莓馅饼加冰淇淋球。这次是文豪的大名，配以窗外答答的雨声、车马铎铎的蹄声，令套餐变得十分"爱吃"起来。

新天鹅堡的风景，超凡脱俗，足以令人忘却生有何需。然而下得山来，尤其是进了弗莱堡小镇，疲惫和饥饿感即刻卷土重来。小镇商店鳞次栉比，霓虹闪烁，煞是诱人。此镇华人较多，因此不乏考究的中餐馆。我们在一家门悬红灯笼的香港楼落座，菜单与国内一般熟稔，很快点了椒盐烧鸭、豉汁茄子、蒜蓉豆角之类，港风果然名不虚传，而作为主食的云吞面，不消说是最正宗的。

邻桌是一对年轻人，轻声谈笑。男孩着深黑夹克，俊眉朗目，面前是叉烧煲饭和红茶；女孩着粉色毛衣，秀发金黄，嫩颊嫣红，笑意摇漾，一只手常与男孩的手捏在一块儿，另一只手却不忘了搅她的三丝炒面。他们都使筷子，从娴熟的筷法可见，他们是中餐的常客。目送他们双双离去，店员对我们说，附近有所大学，金童玉女们几乎都是中餐的粉丝。

次日在弗莱堡用罢早餐，车行不久已近法国。晌午时分，我们走进最后一个德国小镇的餐厅。玄关狭窄，尽管连转个身不碰墙都难，却仍置着大蓬的鲜花。通道过尽，眼前豁然开朗，古旧的餐桌椅、壁炉和墙饰，与鲜丽的绣花桌布、明亮的蜡烛灯光相映成趣。墙上一面挂着男主人的画像，另一面是这一大家子的合影。

前菜是个鹅肝，膏腴丰美，餐盘一角点着樱桃果酱，一消油腻，二调甜咸。主菜为本店名菜——酸菜猪肉。菜名普通，实在很不简单。酸菜为本地特产，铺满盘底，食之厚实爽口；猪肉非是一种，而是好多，肋排、熏腿、鲜肉、腌肉、香肠，而那只久仰大名的咸猪手，此刻就稳居于这盘猪肉大全的正中央。嫩而韧的齿感、咸而甘的味觉，已是相得益彰，又与解腻的酸菜达成了绝配。德国餐饮之量，也于此处方显全貌，这只盛猪肉大全的餐盘，呈长方形，有一个大汉双手合抱之巨。

至于餐酒，亦是本地名产——一瓶冰镇的白葡萄酒。微微啜饮，凉爽却不冰冷，甜美但不厚腻，温柔却不过于热情，于是应在"爱吃"之后，再添"爱饮"二字。女主人比画着说，本镇盛产葡萄，每逢夏秋成熟季节，人们便会从四面八方赶来，向葡萄酒仙顶礼参拜。

出门上路，举目顾盼，果见葡萄架子整整齐齐、密密匝匝，在碧绿平川的映衬下愈发妍丽多姿。我非圣僧，也不脱难，照样不打诳语，发自内心地道出一句"美景是美食之源"。既效了猪嘴贪吃，不妨再学猴性多变，于是拟了个"景妍可当餐"，来充"室雅何须大"的下联。

寂静
即乐声

对布拉格，我有个唯一的知识——"布拉格之春"，在每年五月的三个星期里，这座城市不但令西方侧耳聆听，而且引得东方乐迷纷至沓来。我来虽值深秋，离春半年有余，却仿佛仍能听到乐声。在布拉格，我有个最大的发现——似乎每刻都有弹奏，每处都在歌唱。

我们的车在伏尔塔瓦河两岸穿行，像一只飞入大花园的蜜蜂，恨不得在短短数小时内访遍所有的花草。河水平静，微泛波浪，与我脑中斯美塔那的旋律一起荡漾。

城内横跨伏尔塔瓦河的桥梁，有十七座之多，但最老最美的一座，当推建于1357年的查理大桥。桥与人不同，人要做到老，可能比较容易;但要在老的同时做到美,就没那么容易了。

无论体量、工艺还是气派，这座古桥都是按千年的大计建造的，加上六百年的呵护与保养，成为古而不旧、老而不朽的经典。桥上树有圣人雕像，共三十尊，相貌不同，姿态各异。传说只要用心抚摸它们，就会获得幸福，于是三十尊圣像常带体温。特别是圣内波穆克的手足和底座，因经年万手的摩挲而光滑锃亮。我想，也许只有粗糙与光滑同在、暗哑与鲜亮并存，才能使一座城市坚刚而又丰腴、深沉而又生动吧。历史总要被现实触摸得到，才会愈发雄浑有力；现实总要被历史延伸得到，才不至于缺乏根基。

慢慢走到古桥尽头，风琴旋律逐渐清晰。那架风琴置于四轮小木车上，一位老翁正在弹奏。他如此沉浸于自己手中流出的乐音，以至于眯起双目，将围观的游客尽数挡在眼皮之外。至于游客投的钱币，与其说是对乐声，毋宁说是对这种陶然忘我的境界的赞赏。

布拉格是一座适合艺术，尤其适合音乐生长的城市。我去过柏林和巴黎，不免有所比较。布拉格不如柏林洁净，却也不似柏林那么刻板；布拉格不如巴黎浪漫，却也不像巴黎那么喧闹。伏尔塔瓦河水呈略浊的青色，城市交通略显杂沓，大街小巷偶见烟头和纸屑。这一切，都在可以接受的范围之内。不，岂止如此。倘若你赞同"水至清则无鱼"的话，那么定会认为，这恰恰是这条河、这座城的可亲与可爱之处了。好比居家度日，略显杂乱的房间不仅是主人真实的生活，也能让访客心生亲近，很快消除拘束。我相信，不过分干净、不过于有序的城市，应更适合生活的自由自在，更有利于艺术的生存生长——卡夫卡之甲虫变形、昆德拉之生命之轻，就是在这种氛围和气息中萌生的。在所有艺术形态里，音乐最接近氛围和气息，或者更干脆地说，音乐本身就是氛围和气息，于是音乐在布拉格最发达的原因，就明朗了。我相信，那些如海岸般很不规则的街道、似云彩般绝不雷同的房屋，与街头歌手对人的眨眼一笑、卖画画匠燃起的一撮烟叶之间，一定有着非常而又寻常的关联，足以给莫扎特、德沃夏克、斯美塔那他们以如许灵感，出如此杰作。布拉克有大小歌剧院、音乐厅上千座，各类歌剧、音乐会全年不断，被称作捷克的维也纳。我去过维也纳，不免有所比较。维也纳的音乐古典而华丽，显然有贵族的气息；布拉格的音乐质朴而平易，更接近生活的必需；维也纳的音乐比较高调，多少带有几丝炫耀；布拉格的音乐比较低调，几乎如同平素生活。音乐作为一种声音，虽可以直感，却容易停止和穷尽；但音乐作为一种生活，尽管难以提取，却是无处不在的。西谚有云："寂静必会被人听见。"听见的条件，在于人是否拥有感知的灵魂。

许多时候，音乐不必用耳朵来听，而是要用眼睛来看，那就是建筑。从音乐到建筑，如同水结成了冰，变成了雪，化作了雾，愈加可感可触。布拉格是东欧最大的移民城市之一，几百年来欧洲各地贵族、文人、商贾会聚此地，文化中最显著的差异，便是建筑，或高或低，或圆或方，或大或小的建筑。在这个连郊区不过五百平方公里的城市里，各类教堂就有上百座之多。至于罗马、哥特、巴洛克、文艺复兴式的建筑随处可见，杂处并存。这两千多幢文物级建筑，被曲折迂回的街道串联起来，就连犄角旮旯，都还是中世纪的原样。

入夜，我们的车来到瓦茨拉夫广场。几位年轻人或站或坐，弹着吉他，微笑着把音符送给每一个经过的陌生人。广场两边商店甚多，木制的汽车、游艇、飞机、洋房，特别是身穿捷克传统服装的木偶，憨态可掬，煞是诱人。波西米亚玻璃是绝对的主角，有花瓶、烛台、杯盏、首饰及花鸟之类，入得眼中、拿在手上，顷刻会被经典的造型、精巧的工艺、鲜艳的色彩与平和的价格所征服。忽地，我的视线被一只长尾鸟牵住，思绪不知不觉飞出店门，在广场的夜空盘旋，扑翅悦鸣。

我唱道——

城堡幽深有鸟鸣，长河映日鉴潮青。古桥仰圣倾心抚，琴意含风驻足听。　沿曲径，赏幽情，足音犹似梦中行。漫言可惜无佳曲，寂静即为好乐声。（调寄《鹧鸪天》）

重逢
好得

前年暮冬，有缘赴苏州梅园一游。

进得园中，天未破晓。小桥流水、楼台亭榭，都朦朦胧胧的，离大片花树已很近了，还是难见一瓣梅朵，只有口中呵出的白气，犹似一团团"寒梅著花未"的疑惑。有香氛度来，幽幽的、淡淡的，却都不如说是暗暗的，正应了王安石的那句"为有暗香来"。直感的视觉，依然固执地抵抗着灵感的嗅觉，而心呢，正忙着辨测究竟是空中既有，还是从意中所出，要知道那香之所以暗，就是未入眼前，就已入心的啊。

暗香一语，出自林逋《山园小梅》一诗："疏影横斜水清浅，暗香浮动月黄昏。"所谓小梅，就是早梅；我在苏州，林居杭州，苏杭两地风物略同，只是隔了千年。此联一出，千年内引疏影、暗香者多不胜数。读诗词，是初逢；作诗词，是重遇。料他们都想以此，好与和靖先生重遇吧。其中杰作，诗举王安石《梅花》，词推姜白石《疏影》《暗香》。虽说诗有正道，词有别裁，但我仍以为姜词更胜。疏影暗香，好比两个花苞，王安石摘了一个，发出小小的一朵；姜白石采了一对，开成大大的一片。

我依《疏影》之韵，填成一阕——

嚼香似玉。任朔风送冷，催起沉宿。已现疏枝，犹隐初华，空亭默对松竹。天机毕竟遮难住，遍早是、东西南北。恰语人、暖意平生，莫使远妃凄独。　　相约齐来昨夜，倩谁安派下，黄白红绿。摩诘乡思，和靖亲情，自向西湖林屋。无端却怨东君近，只顾著、这番心曲。剩此晴、良久凝眸，盼那忆能盈幅。

姜夔先以"苔枝缀玉"为《疏影》点题，继而道出几位绝代佳人的故事，不过少了王维林逋，难免有憾。我以上阕留得昭君、唤来梅妃，又以下阕相邀摩诘居士与和靖先生，并将两位妃子的幽怨，与两位诗人的眷念相映，联成一片。却又担心光阴荏苒，暗香早晚会被越来越近的春风催散。我不是不爱春天，只是不愿失去眼前。无奈之余，此刻所能做的，唯有久久地凝视，盼望眼中所见，盈满记忆的画幅；此后所能做的，便是长长的等待，约定来年与暗香重遇。

《疏影》《暗香》二词，都是姜夔应范成大之请所作。辛亥那年冬季，姜夔冒雪去苏州，在范成大的石湖别墅暂住一月。范成大也擅诗词，也爱梅花，著有梅谱，却未见有好的梅诗。而姜夔最擅咏梅，今存姜词不过八十余阕，咏梅竟有十八阕之多。虽说范成大得了词曲，把玩不已，但我仍以为姜词只有一小半是作与范成大的，却有一大半是献给林和靖的。姜在苏州，林居杭州，苏杭两地风物略同，只隔了百余年，料姜夔是想以此，好与和靖先生重遇吧。林逋旷世才学、姜夔绝代天赋，二人布衣终生，只是林逋隐居半世，姜夔漂泊终老。林逋作诗随写随弃、不留片纸，姜夔不但作了精奇的歌词、谱下了清美的乐曲，更编成了歌集，传于后世。

去年暮冬，无暇往苏州梅园再访。梅约一拖再拖，直到今年仲春。

进得园中，已近正午。蓝天白云、草木泥石，都清清朗朗的，离大片花树已很近了，却也不见一瓣梅朵，只有心底发出的叹息，犹似一缕缕"片片吹尽也"的寂寥。有琴音飘来，幽幽的、淡淡的，却都不如说是疏疏的，似正是《疏影》《暗香》这两支名曲。灵感的听觉，依然坚执地牵引着直感的视觉，而心呢，更急切地想看到著花的梅树，哪怕一株一枝，甚至一朵一瓣也好，要知道梅花既能傲放于冰雪中，却也能盛开于艳阳下的啊。

果不其然，行至深处，终于发现几株晚梅。枝头花瓣，所剩无几，千万片的落英，早把树下的草地铺遍。光阴就像一位无心作画的才子，只匆匆涂了几笔，便将红红白白的颜料泼了一地。环顾四周，举目远眺，发现方才只顾寻梅，却忽略了一路和四周的景象。原来姹紫嫣红，已经开遍，暗香把自己凝在寒冬，却将百花释放，疏影留在此处，等待来年与暗香重遇。

我循《暗香》之韵，填成一阕——

妒仙秀色，已几堪谢了，疏微如笛。满地落英，俯拾千回不消摘。光景频摧急逝，何草草、无心留笔。更未顾、数片纷飞，飘送到残席。　　花国，破淡寂。遍杏李柳桃，烂漫堆积。暗香化矣，凭此佳音作长忆。长忆曾清丽处，还尽在、寒江凝碧。只待我、歌一曲，好重遇得。

姜夔先以"旧时月色"为《暗香》点题，继而道出自己一段初时温馨、其间眷念、最终凄楚的爱情。现存姜词不过八十余阙，抒写这段爱情的却有十八阙之多，料姜夔是想以此，好与心爱之人重遇吧。原来《疏影》就是别了梅花之后的梅花，《暗香》就是失了爱情之后的爱情，是与那些注定消逝、无法留住的美好的约定和重遇。读诗词，是初逢；作诗词，是重遇。若有可能，我想以此，好与林逋高隐重遇、与姜夔词仙重遇；若无可能，也好与他们所深爱、所寄托的疏影和暗香重遇。

人的左右半脑，恰如世界的东西半球，本是无所谓高低、不存在优劣的。但两者的差别又极大，某一瞬念某一作为，左脑胜过右脑或右脑胜过左脑，十分常见；某一时段某一领域，西球压倒东球或东球压倒西球，绝非稀罕。奇怪的是，人们对脑中两个半球孰高孰低从不经意，却始终为世上两个半球孰优孰劣而争执，而对抗，而残杀。说到底，人们从未将自己所生存的地球，当作自己的脑袋来善待。

愿随所爱
到天涯

我与白先勇先生有一面之缘。那一面,他是为推广昆曲《玉簪记》前来上海,我是为评论这台戏,前去拜访。

愿随所爱
到天涯

《玉簪记》是白先勇推出的第二种昆曲演出。那第一种,自然是他最爱的《牡丹亭》了。一本《牡丹亭》,一对小伶工,居然有大满座、好口彩,根本缘由,不消问是他的名,更可料是他的愿。我料《牡丹亭》之于白先勇的意义,恐早已溢过了爱而成了怨,成了缘,成了愿,与他整个儿的人生体验,尤其是记忆与趣味融为了一体。换言之,白先勇与杜丽娘已合二为一,先是“姹紫嫣红”,再是“断井颓垣”,最终是“奴家三年前为你一梦而亡,今日则为与你圆梦而生”,亲历了生而死、死又生的大轮回。《牡丹亭》公演于 2004 年,距他写《游园惊梦》整整过去了三十八载。杜丽娘还魂只用了三年，白先勇还愿则花去了近十三倍的时间。

那天去时，剧组正在走台，将于当晚首演。为祝演出成功，我特意填了阕《定风波》送去。既是"定风波"，自然写的"追舟"。那夜女贞观中，书生潘必正听得道姑陈妙常抚琴，近前试探，是为"琴挑"。此情后被观主所察，遂催促潘必正登舟赴试。妙常闻讯已迟，急切赶至江边，央求渔夫奋桨追及，二人舟头相拥，依恋不舍。

> 瑟瑟秋风催荻花，声声泪颤唤船家。难是与君缘已尽，争忍，观房夜静月无瑕。　烟水半江分不断，情款，舟头扶得玉簪斜。此去应知潮有信，休问，愿随所爱到天涯。

白先生一边看，一边点头，说小小一阕词，居然情景全有，仿佛秋江扁舟就在眼前；而且声容并茂，好似亲见二人言语神态。这对《玉簪记》是最好的礼物、极佳的兆头。说罢笑呵呵地叠起，连声称谢。

关于《玉簪记》的话题，仿佛那叶扁舟，很快荡了开去。白先生叹道，如今身体渐渐差了，来大陆的次数恐怕会少了。上海是好地方，不断有新东西出来，到处有新东西出来，却始终没少了旧的东西，到处能感到旧的东西。上海人精细、考究，能将新的旧的摆得稳妥，既新异又漂亮，实在让人着迷。但他话头一转，说就这几年来，上海好像变粗糙了，至少没那么精致了。我问何以见得？他摇摇头，说不清楚，不过心里感觉就是这样。

我立刻想起钱夫人总嫌台北的丝绸粗糙、花雕割喉，哪及得上大陆货的柔熟和醇厚。眼前的白先生，也由杜丽娘慢慢地化作了钱夫人。三十八年前钱夫人在台北窦公馆失了声，三十八年后白先生则开了嗓，上次唱的游园惊梦，这回要唱琴挑追舟，而且必是在大陆，只有在大陆。

看来他自称"昆曲义工"，过于谦退了些。至于上海的变化，我有同感，更有痛感。最明显的，比如有好些个淡雅洁净的所在，如今艳俗脏乱不堪；更要命的，好像怎么去整理、去清洗，都难以恢复如初，都不会称心满意。其实缘由，根本不在眼中，而在心里。人心本是粗糙的，好容易用文化填涂得光洁些了，却又被贪欲蹭得斑斑驳驳，被浮躁蚀得坑坑洼洼，很快就要打回原形。有个台湾电影，叫作《饮食男女》，里面有位退休名厨老朱说："人心粗了，吃得再细也没多大意思。"那么多年过去，我想白先生很可能会觉得，过去是台北粗而上海细，现在却是台北细而上海粗了。我就体验过一家台北的牛肉面馆，在上海开店五年来手艺越来越粗、价钱却越来越贵的过程。又想，若是上海的面馆去了台北，五年后会如何？

我还谈到了他笔下的另两个女性。一个是尹雪艳。其实她不是一个女人，而是白先生印象里的上海。尹雪艳总也不老，而那些追逐她的男人和羡慕她的女人，一个个老了或死了。天下哪有人不会老，除非永不见到。如今居然见到了，感觉又如何？另一个是玉卿嫂。其实她不仅是个女人，更是白先生心目中的传统。传统拯救和养育了现代，却即将被现代所抛弃。天下哪有不连着传统的现代，除非同归于尽。如今幸未到此一步，该做些什么？

当晚坐在剧场，眼中烂熟的是《玉簪记》，心里生疏的还是白先勇。我总觉得杜丽娘也好、钱夫人也罢，只是他心愿的附着。而他达成心愿的能量，又来自何处？思来想去，或许是林语堂的那句"两脚踏东西文化，一心评宇宙文章"。

人的左右半脑，恰如世界的东西半球，本是无所谓高低、不存在优劣的。但两者的差别又极大，某一瞬念某一作为，左脑胜过右脑或右脑胜过左脑，十分常见；某一时段某一领域，西球压倒东球或东球压倒西球，绝非稀罕。奇怪的是，人们对脑中两个半球孰高孰低从不经意，却始终为世上两个半球孰优孰劣而争执，而对抗，而残杀。说到底，人们从未将自己所生存的地球，当作自己的脑袋来善待。

台上演到《追舟》，小旦跳上了小生的船头，身儿随波微微摇晃。她做到了。是的，毕竟有极少的人做到了，像林语堂，像白先勇。左右半脑的融合，靠的是无意识的胼胝体；而东西半球的对等，靠的是有自觉的博爱心。胼胝体人皆有之，博爱心却未必了。不过一旦拥有，即使行到天涯海角，都在世界的中央。林语堂晚年皈依基督，白先勇晚年信奉佛教，概是两者教义，均与博爱心相通的缘故。正是——

无奈当年事，天涯为谪仙。

离情谁得似，孤影自堪怜。

笔底生千里，书中延万年。

归心已解语，凭曲道因缘。

诗心
尺素

第一次去杜宣先生家，是一个初冬的早晨，那年他八五高龄，是市文联的原副主席；我而立刚过，是市文联的工作人员。此去，是向他送阅几份材料。

走进泰安路的弄堂，在一人多高的篱笆墙导引之下前行，三四个转弯后，豁然出现小院一方、小楼一座，灌木浓绿，间有几朵月季红艳，几只鸡仔逡巡觅食，犬吠之声偶尔可闻，宛然一派乡间景致、田园风光。由闹市的繁华喧嚣，一变而为农家的恬淡静谧，居然只消几分钟的步程，令我诧异而又欣悦。敲门进屋，右转走入书房，见他正坐在靠窗的藤椅上，十点钟的日光洒在他身上，一片温煦。他站起身，口衔烟斗与我握手，接过材料点头道谢。这段光景只是几十秒钟，却令我印象至深。

此后常去送件，一次正遇他在临案挥毫。说来凑巧，我送的是一份回收件，要求阅毕即还。于是他请我坐在书桌对面，搁下毛笔，打开信封，取出材料，戴上眼镜，仔细读了起来。

我端坐着，一边端详桌上未完成的书法，一边思量是否向他提件事……转念又想，贸然相求，万一遭拒，岂不尴尬？

正犹豫间，他已把材料装好，递还给我。我不暇细想，怯怯地说："杜老，有一事是否可以向您请教……"

他微微一笑，提起笔问："是不是写一幅字啊？"

实难怪他做如此想。因为类似的措辞，他已听过不知多少次，要求一样，他是有求必应。我忙说不是不是，我爱好古典诗词，经常尝试写作，因在报上拜读您的诗作，所以希望得到您的指点。

他略感讶异，搁下笔说，好啊，你下次带来，我看看。

我等不及了。回到单位，我立即打印了三首七律，附一封短信寄去。请他指教律诗，是因律诗乃诗词之基本，易作难精。我自以为在律诗上下的功夫最足，自信最强。其中一首《寓意》，是我仿玉谿生的得意之作——

> 斜雨频将莺燕催，空留锦瑟满尘埃。
> 香车无计逐风去，细雪有情入眼来。
> 春柳千枝凭冷月，秋心一片付孤杯。
> 鱼书不解相思苦，辗转诗成吟几回。

一星期后，回信来了，两张中式信笺，密密地写满了小楷。开头，杜宣先生对我做了嘉勉："小胡，你的三首七律已再三吟咏过。你的确对诗做过研究，格律平仄均符合，对仗有的很工整。现在青年中能写出这样水平的诗的，十分罕见，大出我的意料。"

话头一转，他便指出我的诗"有些根本性的问题必须解决"："前人的诗，只能从技巧上学习，不可从前人的诗中寻章摘句，意境要从自己的体验得来。另外，诗的语言应当从生活中来，要用口头语，也就是我们平常说的话。但这种话，又是经过诗人提炼的。总之，既是平常的话，又是诗。"末尾，他还引用了宋人戴复古的诗："须教自我胸中出，切忌随人脚下跟。"

他还在三首诗上修改了一些欠妥之处，尤其指出《寓意》颔联的孤平，并将"有"字圈出，改成"多"字，他的认真细致，令我感动。

不久后，我被派往其他职位，此后再未去他家拜访。杜宣先生对我作诗的指点，并无一句言语，有的只是这封书信。随着年纪渐长、阅历渐丰、识见渐深，我愈感他说得剀切——作诗因时生发，填词由感而生，须内以真情实感为本，外以独树一帜为形；若一味亦步亦趋、模仿古人，不是陷入无病装病的呻吟，便是声嘶力竭的呼号，无法成为文学，最多是文字游戏罢了。

一天上班，收到个硕大的信封。打开一看，是宣纸版的《桂叶草堂诗抄》，扉页上有"宇锦同志存正"六个小楷。我忙打电话向他致谢，并问杜老怎知我的笔名。他笑道，你上次请我看的几首七律，署名胡宇锦，我没记错吧。

展读《桂叶草堂诗抄》，文字平实朴质，内涵细腻醇厚，于自然中映射出情感和哲理，他所承继与发扬的，正是杜甫和白居易的诗风。确实，杜宣先生希望我做到的，正是他已做到了的。

五年后，杜宣先生去世，市文联为他举办葬礼。上级嘱我拟一挽联，悬挂在遗像的两边，内容要包含他的革命生涯和文艺成就。我凝思片刻，做了一联——

历往昔难忘岁月皆入橼笔翰墨
为人民沧海珠玑尽显忠魂丹心

上下联中，分别嵌入他中年和老年时代创作的两部话剧——《难忘的岁月》和《沧海还珠》。前一部写于 1958 年，内容是进步青年投身革命；后一部作于 1997 年，内容是香港百年沧桑变迁，都是他所珍视的力作。

在葬礼大厅，我呆站着，一边凝望那对挽联，一边遗憾词未尽意。想来想去，是其未能表达我本人的追思和敬意。心念到处，得了一联——

诗心仰前辈
尺素俯后生

杜宣先生用他的诗词给我指路，而我则以对联为他送行。对联当然是诗词的一部分，我以为。

之中
一念长

那天去拜访徐中玉先生。进了门，他第一句话竟是："实在对不起，我记不得您了，请先写下尊姓大名。"要知道以前，他可是一见面就叫我"晓军、晓军"的啊。我知他患脑萎缩症已有多时，顿感不好意思，不是因他记不得我，而是因我好久没去见他。该说实在对不起的，是我才对啊。

中玉先生相貌清癯，行止沉稳，加上平时不苟言笑，给人以不怒自威的印象。实际上他性格和善、谈吐亲切，之所以能不怒自威，我想根本在于他的学问与思想，就算不发一言，也令人既敬且畏，正所谓"望之俨然"；如今对着他有些迷惘的眼神和笑容，更可感"即之也温"；至于要我报上名来，这便是"其言也厉"了——这个"厉"字，是认真不糊弄、正直不苟且的意思。

据说脑萎缩就是阿尔茨海默病的前症，这是一种不可逆的失忆症，1906 年才被发现，只比中玉先生的诞辰早了九年。看来人类忙于在身外世界留下痕迹，却疏于对脑内世界痕迹的保护。从童年到中年，记忆总体处于累积的阶段；从中年到老年，记忆则基本处于丢失和找回的过程。当一个人愈来愈忆旧和述旧时，就已进入了这个过程。在这个过程里，丢失的会越来越多，找回的会越来越少。

　　"哦！晓军、晓军！"看了我的名字，中玉先生朗声笑了，显然，他找回了一些记忆，也显然，他没能找回更多的记忆。

　　我也开始找回我的记忆。早在求学那时，我就读过他的文章；后来他任作协主席，我又常听到他的发言。无论是文是言，每次都为他学识的深广、思维的缜密、实证的到位、表述的充分而折服。正因此，了解他的求证过程，往往比得知他的最终结论更令我欣悦。尤其是，与他宏大系统的历代文论研究成果比，他对《艺概》《人间词话》《饮冰室诗话》等随笔式文论，包括苏轼文中散论的解析和推崇，最令我心动。他对《艺概》评价尤高，说此书绝非抽象空洞的"文艺概论"，而是看似零散片段、实则系统严密的大著，进而提出"短短几句话便谈出精微的道理，思辨寓于鲜活的比喻之中，是中国特有的、不可轻看的理论形式"。我感到他正是通过对历代文论巨作与散论的细考、精比和综合分析，这才能全方位地总结出中国古代文论的思维特点的——审美的主体性、观照的整体性、论说的意会性和描述的简要性。我更感到他对理论与创作的关联必是彻悟的，即谈艺论文也须如作诗谱曲，既要"取心"，又要"拟容"。取心只合一道，拟容则宜多样，而他又曾说过"文论如能兼有艺术价值和学术价值，岂非更好"的话。我终于信服，原来随意、精短、带有比喻等文采的理论，最合中国人的记忆方式，最不易丢失，也方便找回。

中玉先生教书一生，将巨量的中国文化记忆，连同自己获得这些记忆的法则，尽可能地传予学生们。他很早就提出加强青年的人文素质教育，为此编修《大学语文》。仅从前后九版、两千多万册的总印数看，便可想见他用力之重之久，该书的影响之大之广。他更为此书能成为大学的必修课目而呼吁，而奔走。感叹之余，我以为传统文化的无用之用，未必都从"必"修"选"修中来，更是大可以从"自"修而来，这个"自"字，自然要有"觉"的前提。如他所说，凡学者都是自学的，绝不在于他是否进过高校的大门。

推而广之，此事关乎整个中华族群对文化记忆的自觉。在我看来，个人的记忆是分段的，前段的许多事情能够牢记，越往后段越易遗失，直至即说即忘、即做即忘。但民族的记忆，至少是中华族群的记忆，正好相反。于是外语比中文说得流利、打字比书法用得熟练、看过几百部电影却从未看过一出戏曲的人到处都是，并不为奇。现下的许多中国人，把费孝通说的"各美其美"轻轻跳过，直接奔向"美人之美"，似此脱了根的文化记忆，能否实现"美美与共、天下大同"，委实不可乐观。而文化自觉的可贵处，便是一种警醒——对个人来说，须在记得如今上多下功夫；对族群来说，则须在记得过去上多下功夫。

那天我只坐了一刻钟。在这一刻钟里，我并没有尝试唤起他对我的更多记忆。在我看来，记忆是有形的，圆如人脑或地球；记忆是分层的，好似地壳、地幔和地核。外层属于自己，属于衣食住行等自理能力，最易剥落、无法挽回；中层指向他人，指向亲朋好友等人际关系，同样较易丧失、难以复原；内层则又回归自己，回归自己最爱的思想感情，包括爱情亲情乡情、学问道德文章——如果这个人有的话。那才是最不易丢失、最容易找回的。人生两端，唯此念最热、最深、最长。因此，我情愿他忘却包括我在内一切冷的、暖的、中外层的人和事，而将自己最热、最深、最里层的一念，记得长些、再长些。

　　一如以前，他坚持送我到楼梯口，握着我的手连说："晓军、晓军！我记得了，下次再来，我会记得的。"

　　回到家里，想把此事记录下来，抬头看了下日历，发现昨天竟是重阳。重阳佳节已过，我竟忘记了。

　　来去两茫茫，之中一念长。

　　足高生远见，岁久历重阳。

　　心广纳琼宇，神微蹈麦芒。

　　还邀风共舞，飘逸渡银江。

生来
散淡人

中秋前夕，我因事杂无法分身，就让两个女孩去钱谷融先生家送月饼。她们回来传话，钱老说了，姑娘们来，我很欢喜；晓军若一道来，我就更欢喜了。

那年谷融先生九三高龄，智力体力犹胜六旬，棋照下、旅照行、肥肉生鱼照啖、浓茶烈酒照饮。春节拜年，我想当然地带去两瓶黄酒，谷融先生先是道谢，话头一转，说他爱的，实在并非黄酒，而是白酒，晚餐常会佐以一两。我因诧异而生记忆，不久后碰巧得白酒两瓶，托人送去。过了半年，作家聚餐，众人齐向谷融先生敬酒。他喝的，正是白酒。他还特意同我干杯，呵呵笑道，谢谢晓军的酒，好酒，我全喝了！

我得知谷融先生之名极早，但得识谷融先生之人极晚。原只是一次随友顺道的拜访，不想从此那位朋友每见先生，他几乎都要问起晓军情况如何、代为致意之类。朋友每每传话，每每使我心头一暖，并在这股暖意的驱动下前往问安。与那位朋友不同，我并不是他的学生，也没有听过他的讲课，甚至与他的交谈也从未涉及文学一星半点。

但我依然得到了他的教益，最根本的教益。

先是文。从他的书中，我知道了文学究竟是什么；后是人。从他的话里，我知道了做人到底该如何。文学是人学，我深以为是，继而判定若要从文，必先做人；再而判定对任何人，听其言要比读其书更要紧。从表面看，学术的自由度似取决于社会、政治、体制的自由度；但实质上，是取决于为政者、问学者、接受者的自由度，即人的心灵的自由度。知识分子的梦，先是实现自己心灵的自由，后是发现、钦慕和欣悦别人心灵的自由，再是悲悯、呼号和改变自己和别人心灵的不自由。因此，居高临下、好为人师，以己昏昏使人昭昭固非君子之行，而故作清高、冷若冰霜，拒人以千里之外亦非君子之德。以自由旷达的人生，与人平和相处，恰为大道正途。

谷融先生说他平生最爱诸葛亮，从小如此，虽老不改。我想当然地以为他爱草船借箭、巧借东风，爱七擒孟获、空城退敌——这些恰是我之最喜，为此不但多次去看京戏，还为《空城计》填了一阕《柳梢青》，并兴冲冲地持去请他过目。

> 战马骎骎，城前怯步，举项沉吟。一炷清香，二名童子，三尺瑶琴。　　雄师暗伏于心。看诸葛、安排九音。铁戟千千，欲将磨洗，何处追寻。

谷融先生看了，抚掌称善，说上半阕的"一二三"来得简洁，读去仿佛坐在剧院看戏，诸葛亮即将出场的当口，使人平生期待。下半阕则用杜牧的铁戟，不但把赤壁怀古变成了西城怀古，难得是反其道而用之，好在出人意外。

话头一转，谷融先生说他所敬慕的，其实并非在蜀汉当丞相的诸葛亮，而是在隆中做隐士的诸葛亮，是"非淡泊无以明志，非宁静无以致远"的诸葛亮。他还说幼年时与小伙伴们戏耍，就常得意地说自己是"散淡之人"。

我自然联想起《空城计》中那句西皮慢板来："我本是卧龙岗散淡的人。"下一句，有两个版本：一是"凭阴阳如反掌保定乾坤"；一是"凭阴阳如反掌博古通今"。前者为主流唱法，早就熟极而流；后为冷门唱词，已是百不闻一。我料谷融先生所爱，必为"博古通今"而非"保定乾坤"。虽然如此，人格的独立却不等于处世的孤独，而抛却孤独且享受喧闹，更须要心灵的强大。

谷融先生说，一个人的心灵是否强大，除了看他的理性与感性力量是否强大，还要看他能否将两者融为一体，从而产生更大的力量。因理性和感性绝非水火，而是相辅相成，不但不会彼此制约和互相削弱，更会因一股的强大而增强另一股的力量。我想，定是这两股巨大力量的综合，才能让人不以为苦，反以为乐；不但不陷入孤独，反而会享受喧闹，才能在人格、灵魂与心态、行为之间，拥有大片自由的时空。

就谷融先生而言，他的独立在于读书，他的强大在于编书，他的融合则在于教书。对弟子们的入世或出世、得意或失意，他一概乐听其言，一贯乐观其行。原来谷融先生所做之事，都是孔子已做之事。

说起自己的阳历生日与孔子相同时，他脸上的皱纹如水波般漾开，不禁得意之色。

我自然遥想起八十多年前，也即谷融先生年幼之时，自称"散淡之人"的神色。

生来散淡人，懒去理乾坤。

唯愿耽闲适，亦能拥苦辛。

读教无品类，儒道有因循。

得意休相问，管他余几春。

那年春节前夕，我和朋友同去衡山路王元化先生的住处，向他拜年。

几时容得
自由心

告辞时，他向我俩每人赠书两册。每册的扉页上，他都事先写好了我俩的名字。

书有同，也有异。2006 年新星版的《读黑格尔》，是一样的；另一本就不一样了，我得的是一本簇新的上海书店版《清园谈戏录》。他解释说，这本刚刚出版，自己手上也只两册样书。晓军是研究戏曲的，先送给你。又说，其实我不太懂戏，爱好罢了。晓军看了，要给我提意见，写篇评论最好。

听了此话，我在感谢之余复添惶恐，一时竟连句客套话都找不上来，只微笑着摇摇头，又点点头。

现在想来，那时还是没找上客套话的好。因为对这位睿智而真诚的学者，说客套话其实是不敬的。学有专攻、艺有独门，两者无法兼精，这是常识至理。所以，他不但在序中说自己对京剧并无研究，只是一名爱好者，而且不改旧文中叙写京剧的错失，只用尾注指出。此言此行，彰显着一种学风，即治学应有的态度；隐含着一种为人，即做人根本的原则，岂是"诚信"二字所能了得，而正是陈寅恪所言"独立之精神、自由之思想"所发出的辉光。这种辉光，应该属于言者和行者，也应该属于默者和止者，总之应该属于所有的人——这就是知识分子的理想。只是要以独立、自由精神看别人，似易实难；而以独立、自由精神对自己，似难实易——如果一个人真正达到博学明智、旷达开放的话。

元化先生的学术，既广且深。而他在晚年最着力的，是对五四新文化运动的反思，对中华文化传统的特征及其底蕴的考究。对于五四运动，他上溯先秦诸子学说，下延20世纪理论；对于文化传统，他则从所爱的京剧着手，同样前瞻古代，后察今朝，复把五四研究与京剧考量作为一个紧密关联的整体。《清园谈戏录》即为这一整体的结晶，在扩大了境界的同时缩小了话题。并且，概因爱好之故，大多文章哲思与情绪并存、逻辑与兴趣同行，呈现出浓郁的人情味与温柔的亲和力，与《读黑格尔》大异其趣，可视作他为数不多的散文合集来品读。我相信人的灵魂，始终徘徊于理性与感性之间，既不能到达任何一极，又永远无法实现平衡，任由天赋、兴趣、术业、境遇、心情的影响而摆动，而游移，而跳跃。因此，要想完整理解一个艺术家，须读他的论文；要想真正认识一位哲学家，则必看他的散文。

这些谈京论戏之文，首先指向京剧的美、文化传统的美。用他的话说，就是古老传统中"至今仍在吸引我们，令我们感到喜爱的那些东西"。但他绝不停留，而是由此出发，于是有了对京剧陷于困境的焦虑、文化遭到摧残的伤感，有了对文化专制主义的抨击，对以信仰代替思想的斥责。

此前，我也曾数次拜访过元化先生，每次都会听他谈及京剧。令我印象最深的，是他对京剧及其蕴含的美好精神的爱惜，对以现代价值观念来指责和改变它们的愤懑。他以荀子所谓之"稷下轻薄少年"来喻他们及其作为，说"轻薄"的本质大半不是偏激，而是功利。我将其引申为政治的、经济的、社会的，而更多的是它们的杂交品，那些畸形恶状的杂糅体。读《清园谈戏录》时，令我印象最深的，亦在于此。他先是批评今人乱改京剧《伍子胥》，把渔父为免伍员担忧而投江自尽，改为假装投江却暗地逃遁。这样一改，就把春秋时代"重然诺、轻生死"的侠义气概一笔抹消，好比意大利人否认了古罗马时代的壮烈精神一样，是"非愚即妄"的"轻薄"行为；继而分析伍子胥"弃楚投吴"所引发的忠义论争，明确儒家"君君臣臣"的真正理念和"民为贵"的政治诉求；再而披露儒受轻薄、法受追捧以及两者混淆的过程，最后指出五四时代批儒尊法的偏激、错误及流弊……既令我顿首信服、低眉深思，更不由自主地放出惊警的目光，环顾周遭。读完这一系列关于京剧《伍子胥》的文章，我更明白了他所说的那句话："那些文章看上去是谈京剧，实际上说的是整个文化问题。"

最后一次见元化先生，是在次年春节前夕，我和朋友照例前去拜年。推门进屋，只见他正蓬头跣足，兴致勃勃地挥舞着大白云为几位青年学子作书。元化先生晚年诸病缠身，尤以眼疾为最痛苦。我知道他的最后岁月不但是孤独的，而且是悲观的。本来，对一位思想者、哲学家而言，这很常见，却不巧正遇上了那段人情与人文渐淡、学风并世风日下的年代。或许对他来说，疗治孤独和慰藉悲观的良方，就是年轻人吧，难怪他是那么地愿意听学生读书、与青年聊天。他自然不会忘记在此书的序中，赠几句话给他"所熟识的年轻朋友"："没有技巧，也就没有京剧；可京剧不仅是单纯的技巧，还有内涵。光遵守前辈的规矩法度而不能像前辈一样去理解戏中人物的思想感情，不懂得像前辈一样在表演上展示出风格和气派，那只是一种貌合神离的模仿。"此语同样不限于京剧，不限于学风，甚至不限为人。正是——

人生识字喜追寻，未恐从今忧患深。

戏曲焉凭功利改，文章休教媚时侵。

遍游瀚海为穷理，独立回风须苦吟。

岁短更怜羁病老，几时容得自由心。

春水环佩
响叮咚

越剧《西厢记》中，有一段《琴心》是袁派唱腔的经典，莺莺从红娘"小姐，你试猜呀"起板，开头四句这般唱来："莫不是步摇得宝髻玲珑，莫不是裙拖得环佩叮咚？莫不是风吹铁马檐前动，莫不是那梵王宫殿夜鸣钟？"

莺莺隔墙听音，猜了四次不中，最后听清是张生的琴，更听懂了张生的心："他曲未终，我意已通，分明是伯劳飞燕各西东。感怀一曲断肠夜，知音千古此心同，尽在不言中。"唱词来自七百多年前王实甫的原作，但做了删削调整，既简洁明快又不稍减诗情曲韵。《西厢记》是第六才子书，曾让黛玉读得目不转睛、爱不释手。但一般人若仅靠阅读，未必有她那般心仪神驰。正是那质朴细腻、含蓄醇浓的袁派唱腔，使黛玉的心头爱，成了妇孺的流行调。1943 年袁雪芬在演《香妃》时首创了"尺调"，这种唱腔，好比京剧"二黄"，最能描摹出人物深沉微妙的心境，于是很快成为越剧的新主腔，融入各个流派之中。袁派唱腔本身，更孕育出好几个新的流派。故此有位业内行家评说："这一个调的出现，发展了一个剧种。"

一个浙东剡溪的小唱小戏，剧情简陋，唱腔单调，伴奏乐器仅为一鼓一板，相击发出的笃、的笃之声。但就是这个"的笃班"，在进入上海短短二十年间，却将才子佳人戏，演得流光溢彩兮。其间正是昆曲式微之时，袁雪芬却从昆曲的残红碎绿中，采得了越剧的春花秋叶。她请来昆曲名家美化唱做、调谐场面，使越剧的表演渐趋规范，格调渐趋清新，品位渐趋雅致，终于脱胎换骨、破茧成蝶，风靡上海及整个江南。

与大多数为贫穷所迫的姐妹们不同，袁雪芬的家境尚可，他的父亲是位私塾教师，可谓书香门第。但她还是在十一岁时不告而别，开始了"年年难唱年年唱、处处无家处处家"的戏班生涯，临走前只从家里拿了一把折扇。当时的决绝和此后的坚执似乎表明，她的此生就是为唱戏而来。学艺初成，袁雪芬先在杭州唱了两年,然后搭了乌篷船，来到大上海。彼时"越剧皇后"姚水娟的风光仍在，而袁雪芬就凭着与马樟花搭档的《梁祝哀史》，很快成了"越剧新后"。

但仅仅三年后，马樟花溘然去世。这个姑娘人称"闪电小生"，原意是她当年像闪电般地出了名，却不料这也成了她闪电般消逝的谶语。

袁雪芬与其他姐妹一道开始了对越剧的改革。她邀请了话剧的编导，制定了演出的规范，改善了服装和舞美，后来更突破了越剧演绎才子佳人的定式，将鲁迅小说《祝福》改编成越剧《祥林嫂》上演。当衣衫褴褛的祥林嫂在风雪中蹒跚挣扎，唱出"我只有抬头问苍天"，问出"魂灵到底有没有"，二十四岁的袁雪芬不但打动了无数观众，更得到了文化界人士的盛赞。越剧改革的成就，主要来自吸收昆曲和话剧的营养。从昆曲中，越剧承继了精致、高雅的唯美主义风格；从话剧中，越剧吸收了写实、逼真的现实主义精神。两者在越剧的经典作品、经典唱段中融为一体，在《西厢记》这样的传统古典戏里，前者呈于外，后者蕴于内；在《祥林嫂》那样的现实生活戏里则反之。

我曾多次造访雪芬先生在淮海路的寓所。对我这个不惑盛年，这位八旬高龄的老人迎必亲为开门，送必亲至楼下。她思路清晰、记性良好，一口"嵊县官话"言锋到处，往事犹如被剖开的新橙，逐一鲜明起来。她常忆起马樟花，说她若非含恨早逝，当年的越剧改革很可能出现别样的境界。她常忆起《山河恋》，说那次"十姐妹"义演，目的就是摆脱盘剥、争取艺术与经济的双重自由。她常提及自己的徒弟，说自己收徒不多，一是因人才难得，二是为精心教导。她常提及自己的座右铭，那就是"清清白白做人，认认真真唱戏"。她谈得最多的是越剧如今又遇困境，新戏乏善可陈，流派停滞不前，人才青黄不接，所以越剧一次改革不够，还须改革，不断改革……

我知早在 20 世纪 90 年代初期，雪芬先生就试图发起第二次改革以挽救越剧的颓势，可惜未能如愿。前一代人可以为后一代人着想，却很难替后一代人做事，除了主观上"力不从心"的苦恼，更有客观上"心不从势"的无奈。想起英国人汤因比说过，很少有伟大的历史人物能在一生中对性质截然不同的两次大的挑战全都做出创造性的、成功的回应。这番话指的是政治，但我认为也适用于艺术，适用于越剧。在经过社会、经济、文化的多重巨变后，越剧的再度改革，只能由当代的越剧家们自己去做了。

然而，雪芬先生那上升到哲学高度的艺术精神和文化追求，仍足以启迪后人、昭示未来。白雪虽已消融，却化作了叮咚流淌的春水。

> 剡水出伶女，的笃趁乌篷。小歌难唱还唱，只为此情钟。遍走繁华洋场，忍看凋零姊妹，电闪逝无踪。半掩英台泪，新后正当红。　　香妃恨，山河恋，尺腔宗。幕开新纪，抬手擎杖问苍穹。心胜男儿刚烈，人比雪花清白，见说已消融。侧耳听春水，环佩响叮咚。（调寄《水调歌头》）

我的内心试着扮演起莺莺，为的是试猜那如环佩、似春水般的声音。这是越剧未来应有的声音。

愿随所爱到天涯

不知心底
有雄狮

　　元旦新正之日，我拜访了吴宗锡先生。告辞走向玄关，经过书房门口，瞥见桌上宣纸犹横、墨色正新，心中一动，开口向他求字。他答应了，但要我出内容。我说羊年将至，我正属羊，就请题个"三羊开泰"吧。他答应了，但说自己视力不佳，写得较慢，要过一段时间。

　　那段时间，只是三天。那只信封，照例还是旧的，他将自己名字贴去，写上我的。宗锡先生平生节俭，但绝不是因为缺钱。他曾说过，既是快递，不贴邮票，又何必用新信封？他的理性与逻辑，从学术观念、人生态度一直渗透到生活细节，反推亦然。所以他即使答应了别人，也绝不会全然依从别人。

　　于是我猜，他大半不会按我说的写。展开一看，果然不是"三羊开泰"，而是"外柔内刚，知礼善群"八字，落款除"吴宗锡年九十一"外，还有"晓军肖羊得其品性之高"一行。再看附信，内有说明，说"三羊"原为"三阳"的谐音，本意是冬至、腊月和正月之阳，开春天万物之盎然生机。"三羊开泰"既非本意，还有些俗气。"知礼善群"倒正是古人对羊的赞语，而"外柔内刚"则与你的性格、行事相符。最后还说，此一幅里，已有几个"羊"字，不知这样是否可以。我一数，"善"上站着一只，"群"里挨着一只，加上落款一只，不多不少，正好"三羊"。

小事一件，亦显思之独立如此、学之缜密如此、察之细微如此、行之婉转如此，其中蕴含，绝非等闲。我甚至想，这与他二十多岁时钟爱文学，却被派往从事曲艺工作的往事，遥相对应——对原本不爱、不专的，他竟可以用自己原本所爱、所专的，注入其内、发乎其外，然后爱之、专之，最终实现理想。

在我看来，宗锡先生正是以文学之眼观书目，以文学之理构艺理的。比如他将评弹的审美特质提炼为"理、细、趣、奇、味"五个字，"理"指生活的逻辑，"细"指细节及细腻，"趣"指机趣和乐趣，"奇"指传奇性，"味"指韵味与诗意——不是现实主义文学的概念，便是中国传统文论的符码。宗锡先生是将评弹论为一种古今互通、中西交汇、雅俗共赏、说着唱着的文学性的艺术了。可以认定，他是深信文学性乃艺术性之核心这句话的。几年前文联为他出版文集，集中涵盖他早年的诗歌散文、中年的理论评论和晚年的随笔散论。宗锡先生嘱我拟个书名。我知他的笔名左絃，絃字取自《礼记》"絃，以丝播诗"，早年用以发表诗歌。后来署名评弹文章，因其也可作为"絃索"之絃来用。我略加思索，拟了个"絃内絃外"，意为絃内诗歌、文学，絃外评弹、曲艺，反推亦然。不等我做解释，他一见便极欢喜，不但做了书名，还做了研讨会的会标。

虽然如此，评弹毕竟不是文学，而是艺术，是包含戏剧性的说唱表演艺术。宗锡先生认为，评弹尽管不是戏，却不能没有戏剧性，"起角色"扮演人物，"设关子"制造悬念，"放噱头"渲染气氛，皆在戏剧性的范畴之内。评弹的戏剧性，原就丰富得很，只是艺人大多不察，听客大多不觉，须要学者指明点透，方能进入自觉创造。宗锡先生一语道中："有人觉得评弹好听，其实是因为评弹有戏剧性，有戏剧性的情节与矛盾。"由于戏剧乃文学之一种，所以概而言之，宗锡先生以文学理论工具与评弹术语的结合，将评弹的文学元素梳理出来，将评弹的文化凸显出来，进而将评弹的品位与格调提升了起来。

宗锡先生是公认的评弹艺术理论拓荒者、奠基者和集大成者。或因如此，知道他诗歌和散文的人相对少了，正像许多人只知他听评弹、看京戏，却不知他听交响乐、看西洋歌剧；又像许多人只知他谙熟国学，却不知他精通英文。宗锡先生幼读私塾，毕业于圣约翰大学，后来从事文学翻译，是一位翻译家。不过我认识他二十多年来，从未听他对不说英语的人说英语，哪怕是一个单词。我脑中突然冒出一句话，做一个人，尤其做一个文化人，外表可以温慎如羊，心底总要拥有一只雄狮，起码一只。

在我看来，宗锡先生之所以令人敬畏，就因他心底拥有雄狮，还不止一只。当年的情况，大致是这样——官员能得到平民的敬畏，学者能得到官员的敬畏。宗锡先生集官员、学者于一身，得到了双重的敬畏。时到如今，官员已得不到平民的敬畏，学者也得不到官员的敬畏。然而宗锡先生早已不再为官，目前很少治学，却依然被人敬畏。可见他被人敬畏的，不是官职，也不仅是成就，而是他心底的雄狮。

回想当年，我刚上班那时，就像只没头苍蝇，不是忙工作，便是忙着玩。宗锡先生见了，便嘱我多看书、多用脑、多练笔，更暗示我在陪一些无关紧要的会议时，闭目安坐，凝神静心，或默诵诗歌，或潜思选题，或打个腹稿……现在看来，他是指点我去寻觅心底的雄狮，捕获它、拥有它、驾驭它。时到如今，我不知道自己是否拥有了雄狮，但知道只要拥有了雄狮，便会尊重别人、建议别人或答应别人，但绝不会凌驾别人、勉强别人或全然依从别人。正是——

不知心底有雄狮，还道生如尽一卮。
且觅且寻君莫待，为求至远至高时。

愿随所爱到天涯

纯白最斑斓

2008 年春节过后，我得了本《花语墅笔记》，扉页上写着"晓军，闲时随便翻翻可也！吴贻弓"。我知他不久前搬进了西南郊的一幢别墅并为其命名，从此逃离危楼闹市，置身花香鸟语，遂了平生心愿。文章虽无定式，心愿却是恒常，倘前者是后者的映现，便为人文合一。因此文章大半虽为前作，却被他尽数收入书中，便是身未有处、心早已处的缘故。我向他致谢，他解释说，书中杂七杂八，你可只拣感兴趣的来读，是谓随便翻翻。又说，里面有好几篇发言稿，却并非充数，毕竟也算是自己人生中的重要内容，更自忖能做到不说空话套语，无论大会小会的发言，都离官腔较远，靠平常心较近，是谓随便说说。

我一边听着，一边随手翻着他的新著，不由得想起一事。就在前年，他出席上海白玉兰戏剧表演艺术奖颁奖典礼，作为主席，除要在开头致辞，还要在末尾授奖，上下台各两次。从贵宾室一出来，他就把我坐的边席占了，说是自己方便，更不扰旁人。有好几人来劝，他只是含笑微微，并不挪动些些。晚会两个小时，他始终坐在一边，我却坐在中间。

　　我一边坐着，一边不时瞄向他的侧面，不由得想起一事。就在上年，他出席画家陈逸飞的葬礼并致悼词，事先表示自己所撰之文，绝不容删改哪怕一字，否则宁愿不致词、不出席。这种情况极其罕见，据我看来，概是他做人的原则、文化的底线遭到了挑战，不得不猛喝之、坚抗之。我相信一个人的随意与执念，犹如一块硬币的两面。有些人因有太多的随意，便有了一股极深的执念；因有太多的宽容，便有了一个极高的苛求；因有太多的细腻，便有了一种极大的疏淡；因有太多的纯白，便有了一抹极鲜的斑斓。这话反过来说，也是一样，恰如一块硬币的两面，而他们因此显得不同一般。

　　更何况他有浓烈的诗人气质。虽然除了歌词，我从未见过他的诗作，却坚信称他"诗人导演"，是最妥帖的。这当然不仅指他的电影富蕴诗意，更是通过看他的影片，我能感到诗意的源头并非出自镜头和胶片，而是发自他天性中的诗性。只要天性中有了诗性，那么即使不着一字，也无妨成为一位真正的诗人。倘若诗性足够浓烈，则能延伸和浸润到他所从事的工作，尤其是艺术创作之中。

　　关于文学和艺术的差异，我以为前者首在求真、次在求美，后者首在求美、次在求真，虽着力有别，却互为表里，彼此依存而且交通。不过，真毕竟比美更基本、更重要，所以饶宗颐说："一切之学必以文学植基，否则难以致弘深而通要渺。"我以为诗不仅是文学的至高点，且能达到艺术的最妙处——只消受轻风一缕，便能身置春意盈满；只消见纯白一片，便能心感五彩斑斓。

这次他从艺术回到了文学，不是诗，而是文。写来言平意丰，在自然随意中见精工绵密，更在精工绵密中见诙谐幽默。文中多次出现"怎一个愁字了得""兀地不开心煞人也么哥"之类，"也么哥"多见于元明戏曲，相当于"呵""呀"之类以加重前意的语气。以往只知他的古文功底好，如今才知他对老戏也有情，并与一位人称"笛王"的昆曲名家称兄道弟，非常亲密。

我一边读着，一边为之莞尔，不由得想起一事。有时候他高兴起来，不但会说"是也""然也"，且会哈哈大笑、手舞足蹈。那样子很像舞台上扬扬得意的昆曲小生。

转过年来，正逢上海白玉兰戏剧表演艺术奖二十周年庆典，文联决定出版一本纪念画册，由我担任主编，并为主席草拟序言。我自然将官样文章做了诗化处理。文行已终，诗兴未艾，顺手在末尾加了一阕词——

> 冬尽君知否，举头高处看。娇柔丰泽玉生烟，香冷彻澄寰。　　独放非争艳，先开得自然。春来何必觅喧阗，纯白最斑斓。

词牌名为《巫山一段云》，顾名即知原述巫山神女之事。我怕他忌讳，特意隐去词牌，只以小令称之。

等了几日，我去电探询修改意见。他说文既好、词更佳，一字不改。

刚要挂断，他顺口问起小令的词牌。我早有准备，如实相告，又说采用此牌意为描摹女子美态，暗喻上海白玉兰戏剧表演艺术奖乃一位君子好逑的窈窕淑女是也。

后来听说，在庆典当晚的迎宾宴会上，他致罢祝酒词，当场朗诵了这阕小令，只是未提词牌。当念到"纯白最斑斓"时，他的嗓音尤为清亮悠长。

愿随所爱到天涯

有电话，来的是尚长荣先生。他说，刚才翻阅《上海戏剧》，发现扉页刊有一阕《淡黄柳》，料定出自我手，当即溶墨作书一纸，正要托人送来。

何止悲声
与笑颜

那阕词，写的是越剧祥林嫂。他说，初读此阕，发现颇具心思，前片化用杜甫"朱门酒肉臭，路有冻死骨"；后片连发两问，前为袁雪芬于剧末所问，后为周树人在书中所发，又在最末两字点出原著《祝福》。再读此阕，居然又生感慨，觉得对鲁迅作品的认知，其实已经疏杳。原来有些人、有些物事，因为曾太熟稔，反会加倍疏远起来，心中总以为有，却不知其将失或已失。而自己所能做的，极无奈而极有限，只能在随缘中眼前一触，于无意间心头一凛，恍若电击，全身大震。比如读这阕词，读着读着，忽有一股莫名感伤袭来，以致不能自已，几乎落下泪来。

若说他的第一感与词有关，那么他的第二感已与词无关，犹如一束光射在一片镜上，折射出的光无论向度、力度还是亮度，都在镜子。也就是说，第二束光属于镜子。虽说心镜人人都有，但他那片之强大、之精密、之敏感，要远超许多人。正是这种闪电般的自觉与开悟，虽转瞬即逝，却总在萌动、随时进现，好比茫茫暗夜中的点点星光，一路引他从内省走向外化，从舍弃走向得到，从艺术走向哲学，从古代走向今朝。对艺术家来说，敏感要比深刻来得重要，它自会引导他通往深刻；对哲学家来说，则反之。

第二天，我收到了他的手书。行草大小互错，笔墨浓淡交织，随意而精巧，深沉又妩媚。

> 朱门响竹，又一年匆促。路有凄凄冻死骨。昨夜风刀雪剑，白发槁颜任屠戮。　　前因惑，今生尽悲屈。轮回定，枉劳碌。问苍天底事孽难赎。菩萨无言，世人麻木，究竟为谁祝福。

我相信催他作书的，并非纸面上的句子，而是纸背后的敏感。早在二十多年前，这种敏感就催他去演戏，演不一样的戏。《曹操与杨修》好比一束光，而他折射的那束光，是揣着剧本，只身一人，连夜来上海寻求合作。火车经过潼关，他透过车窗仰头而望，望见一钩明月。此刻因敏感而起的兴奋，已稍平息，对未来的不安就像缺月一般冉冉升起。虽然如此，一切都无法使他停止。月亮残缺，毕竟光明，而心境之光，则与之辉映。难怪他最爱吟那段《贞观盛事》中的"月儿如钩，遥挂长天。清辉流泻，下照无眠"，尽管这并不是他饰演的魏征的唱词，而是属于剧中唐太宗的歌句。

在所有戏曲行当中，我以为净角最能证明戏曲实乃古巫祭祀逐渐衍变而来。初为祭祀，首在神秘，而神秘必须依靠遮挡和规定动作；渐为戏剧，重于展示，但展示若仅靠遮挡和规定动作，势难满足人之所需。或许，这正是现代戏曲衰落的原因之一。尚先生说他的演艺理想，便是透过几十斤行头、全头面脸谱的遮挡，活用各类传统规定动作，准确而细腻地刻画人性、表现人情，不管是哭是笑，是阴柔是阳刚。或许，这正是当代戏曲生存的前提之一。那个使他月夜来沪的剧本，那个在老戏中没有过的曹操，就是如此。当曹操哈哈大笑时，我感到锥心的惊悚；当曹操呜呜悲啼时，我则感到刺骨的心酸——这是我此前观赏曹操、观赏花脸、观赏京剧从未体会到的。他让我变得如此敏感，主动地走完了从看京剧到忘了看京剧，最后回到看京剧的奇妙历程。

看了这一个曹操，再看他演的廉颇、项羽、姚期、窦尔敦，甚至包括老戏里的曹操，细听唱腔无异，粗观架势略同，但我的眼中和心里，却能活泼泼、蓬勃勃地生出灵光来。如果说我的第一感与他的表演有关，那么第二感便与他的表演无关。我更相信，人生之所以有意味，就在于独立善养这片心境，彼此传递那束敏感，不管是演是观，是悲剧是喜剧。

尚先生诞生于北京，就职于西安，两处各二十余年。演罢这一个曹操，他迁居上海，二十余年里又演了魏征、于成龙等新的角色。前一个表现君臣知己，一个纳谏一个敢言，携手营造太平盛世；后一个倡导为官廉洁，一身正气两袖清风，秉承良心造福百姓。他用一样的敏感和不一样的演绎，将两位古人的形象和精神传递到今。

魏武图雄，直士言诤，俱到眼前。又清风廉吏，长歌痛饮，风流人物，纵贯千年。世演沧桑，镜描粉墨，何止悲声与笑颜。心恒久、算岁移时改，唯有衣冠。　　潼关缺月依然，映只影翻山过大川。念京华初雨，长安厚土，申江激浪，一脉牵连。人有高标，艺无穷境，不达峰巅未欲还。还须是、秉浩然正气，熔铸方圆。

电视里正播着他演的魏征。我一边观赏，一边填这阕《沁园春》。填到末句，戏近尾声。当唐太宗对魏征道"人说卿狰狞，朕看卿妩媚"，我忽想起一幅漫画——两张纸片，一张哭脸一张笑脸，如影随形；也有只是一张纸片、上下脸哭笑各半的，对应循环。这幅漫画，通常用来代表戏剧，我觉得极合适，且蕴藉。一位演员，若他足够敏感，便能通过这两张脸，让观众看到自我内心恒在而永动的两张脸。一位观众，若他足够敏感，那他所看到的，将是内外动静，是日月天地，是阴阳乾坤，又何止于戏中那一点点的悲声与笑颜？

愿随所爱到天涯

曾经
见得

大学里为我们讲授格律诗的，是钱乃荣先生。

许是因诗词过于小众，许是因诗词难以入门，钱先生对学生们非常客气，以至于到了令人误会的程度，似乎不是他授人以什么，倒是他被人赐以了什么。对那些肯用功、有兴趣的，他毫不吝嘉勉之辞；而对显灵气、有才华的，他更视若珍宝，为此甚至不惜自贬，比如"我写的就没这么好"。有一次他当着全班的面表扬我的习作，最后竟称，这位同学的起点比我高，老实说我在他这个年龄，写不出这样的诗来。

二十年后，在闲谈中，钱先生对我说了另一个原因。他笃信少年出诗人，因少年有童心，童心即诗心。大凡人到中年，童心磨折殆尽，诗也就不足观了。"当然，"他低着眉对我说，"你不一样。"

　　钱先生之所以如此器重我，不仅因为那首习作，还有半副对联。有一次他做现场测试，其中有"夕阳虽好近黄昏"一句，要我们对上联。我依照所习的法门，将词性、平仄一一对应，拼出"残月纵寒临白旦"七字，交了上去。他竟拍案叹赏，不但打了个大大的"优"字，并从此纳入他必用的题库中，每当学生交卷之后，他便把我对的上联，像谜底一般地揭开来。"你毕业后，"他低着眉对我说，"我又教了十几届，加起来总有四五百人。但这条上联，没有超过你的了。"

　　我知他的嘉勉是极慷慨的，绝不止于我一人、这一联。我的求证立即得到验证，他沉吟一会儿，说："跟你差不多的，甚至比你好的，也有。但他们都没能坚持下去。"历代诗词虽然繁茂，但以诗词为业者极少，概因其与书法一样，从来是文人的底色而非光芒。至于底色覆盖了光芒，那是后人的事了——譬如秦观平生以文自许，身后却仅以词人之名传世。时至如今，这底色不但不能覆盖光芒，更是急剧消亡。而仅存的，也大半分隔了开来，一个成了百无一用的文学，一个成了有利可图的艺术，再等而下之的，则成了单纯的技能。

　　就在此时，我的求证又得到一个无声的验证。钱先生是知名的语言文字学者，在方言、戏曲、民俗、流行音乐等领域均有造诣，拥有足以自傲的成就。所以他在诗词上的自谦，丝毫不会动摇他的自信。自谦与自信看似相反，实则互为贯通，更可彼此催动。

　　数月前，我去拜访。钱先生说，最近报上登了你不少咏花诗词，依然诗风有致、词心无邪，很好。一边说着，一边递过两张纸来。我一看，上面密密写满了他的和作。我忙道惭愧，从来只有学生步老师，哪有老师和学生的道理？钱先生不以为然地摇头，说自己老了，才思渐滞、文笔渐枯，唯有步你的韵才能写出较满意的来。你不必纠结，该我谢你才是。

“不过，”钱先生话头一转，“你写牡丹水仙、梅兰桂莲，不是高贵就是典雅，有没有写过寻常些的呢？”我答也有，像石榴花、月季花、牵牛花，但不满意，自古传世的佳作也极少。他点点头，说名种好摹、凡胎难描，古人写得多而好的，你很难突破；而古人写得少写得弱的，倒是你的机会了。他沉吟了一会儿，说：“你能不能咏一咏凤仙花，我再和你一首？”说罢，他抬起头，直视着我。

无论教书、交谈还是会上发言，钱先生都很少直视别人。我虽略感讶异，却也没有十分在意，诺诺地说：“好的，我试试看。”

此后诸事缠身，竟然忘了此节。直到数月后的一个周末，我的手机收到一则短信，是一阕《沁园春》——

> 何处仙家，雏凤飞临，窈窕淑姿。惜盈盈欲笑，瓠犀微露，翩翩入舞，锯齿初齐。杨柳遮颜，胭脂点玉，一见惊心启稚扉。常萦念、有佳园引至，终日相陪。　　卅年未断牵丝，觅韵事依然昔岁痴。访重层花软，白心朱染，两分瓣卷，清露碧垂。风起箫悠，秋深红透，丹穴滋荣秀气随。探幽径、最销魂摄魄，伴享余晖。

除此再无其他。我才知道，钱先生一生的最爱，正是此花——不但开启稚扉、终日相陪，更欲伴享余晖。我更知道，是自己动笔的时候了。

当晚做了个梦，梦见了我梦中常去的地方。那是少年时住的老式弄堂，两边是砖墙木门，中间是鹅卵石路。白昼黄昏、凌晨夤夜，我曾多次来过此地，但每次都一样的空旷寂寥。我在巷中与堂间穿行，身似风般轻飘，心又似铅般沉重，总也找不到出路。蓦地，我会见到一位衣饰鲜丽、十指纤细的姑娘，悄然而立——或在长巷尽头，或在高墙转角，或在石阶一侧。我注视着她，心中极想稍歇，脚下却无法停留；她也追视着我，似愿与我说话，身子却未挪寸尺。我曾多次为之梦醒，每次都大惑不解。然而这次，我没遇着那姑娘，却见到一盆盛开的凤仙花，竟有一人来高，开得粉白相间，开得红紫牵连……这色彩似曾相识，对了，就是那姑娘指甲上的颜色。一瞬间我明白了，原来那位姑娘就是我，就是我那已逝去了的自己……

但我依然没能停留，更没能同她说话。

我也没能步钱先生的《沁园春》，而是用了自己最爱的词牌——《疏影》。

> 曾经见得。正燕然小立，檐下阶侧。粉白牵连，红紫交辉，纤纤指上凝饰。温含秀展生娇软，纵欲语、开言无力。惜等闲、一瞥轻分，再顾未存幽展。　　行过寻常巷陌，漫随日与月，皆作萧索。不意相逢，有意难寻，尽是韶光虚掷。斯情何计能收纳，只索向、平庸词笔。会有时、凭此心声，好去那厢听笛。

愿随所爱到天涯

大年初一清早，初日和煦，天朗气清。手机发出蜂鸣一声，显诗一首，是褚水敖先生的七律——

缘是今生
句未工

漫云去日不由人，
枉叹乾坤舞乱尘。
雅志残存输壮志，
此身非有失清身。
神思力定诗情惬，
心海波平水性纯。
任是周遭无静处，
新从静处觅新新。

我一算，今年他六十九岁，依老法算，已是年届七旬。青年的才气与中年的傲气，我曾不乏感之于其旧作中。只是岁月渐老，身心渐分，此心虽是依然，此身难免无奈，只得在新作里闹中取静、静中觅新了。十五年前，他调任文联后不久，某天中午踱来我们的办公室，无意中瞥见电脑屏上有首七律，便问是谁所作。我将诗稿打印出来，他以很快的速度看了，说很好，文笔老练而风格清新，没想到此处竟有一位才子。又说，我今后可能在上海诗词学会兼个职，你可入会。我说我已是会员。他说，你年轻又能干，可当理事。

一年后，褚先生就任上海诗词学会会长，我则从一名会员成了学会最年轻的理事。

褚先生是个严厉到有些苛刻的人，我常见他批评下级的马虎、失误或无能。然而对我，他要么表扬，要么不语，从未责备。这倒不是我的工作完美无缺，而是因为他的宽容。也许他认为某些弱点甚至缺点，正是当才子的代价甚至条件。比如偶尔将公文或讲话稿写得空疏些，在他眼里完全正常，因为公文或讲话稿若总写得四平八稳、滴水不漏，就不太可能是个才子了。退休之后，褚先生一下子随意、亲和起来，像变了一个人。他解释说，诗会不是行政工作，没有上下级之分，大家都是朋友，不能端架子。我理解为，架子本来是没有的，是职位上去后逐渐端起来的；性子本来是有的，是职位下来后豁然放出来的。当然，若是才子，即使在职位上，收起来的性子有时也会掀掉端起来的架子。十五年来，我的职级慢慢上升，不知自己架子有没有，有多大，只知对下属中有才的稍宽容，无才的较严厉。莫非一碗水总端不平，竟是我和他的交集？

我一边回想往事，一边依韵相和，片刻诗成，按键回复。

漫同七十亿凡人，轮转寰球若沸尘。
日出临头依本色，囊翻到底是元身。
时当远去忆当远，性自纯来墨自纯。
留得半心存旧事，更凭双目看重新。

十五年后，褚先生连任上海诗词学会会长，我则从一名理事成了学会最年轻的副会长。

这几年来，学会会员数量不断增加，尤其中青年诗人越来越多。每年春节过后，学会照例办一次新会员见面会。这年会上，各位诗友纷纷表达了对诗词的热爱和理解，对学会的建议与希望。会议最后，照例由会长做总结。他像往年一样，除热情地表示以诗会友、共同提高的愿望，更坦直地告知大家学会财力不足、发展维艰，希望大家在创作研究的同时，为改善学会经济状况、提升学会实力而尽心力。后一层意思，正是他任会长后始终费心而付出很多、一直努力却收获甚微的事情。是的，作一首诗不必花钱，但办个诗会是要钱、要一些钱的。

次日我正上班，头绪纷繁，手忙脚乱。手机发出蜂鸣一声，显诗一首，是褚水敖先生的七律——

> 正值百花烂漫中，诗和新秀一般融。
> 生花笔妙思无限，遣兴神凝意未穷。
> 平水风添千浪韵，满堂谁得一时雄。
> 高天造化藏宏愿，炉火纯青拙后工。

我看了，心想诗词也只能表达前一层意思，无法表达后一层意思。诗词之所以能使人神定性纯，正因其撇弃了功利或被功利撇弃了。在唐宋诗词鼎盛期，作诗填词还有名有利，比如唐朝以诗取士，白居易仗诗升官，搬进了长安；宋朝词可卖钱，柳耆卿靠词吃饭，眠入了花柳。白石道人姜夔孤贫一生，布衣终老，因擅填词度曲成了大官们的常客，不但常得白镪，而且获赠红粉。时至如今，可曾有人因诗被领导赏识而得官晋职的？可曾有人因词被商家居奇而发财致富的？可曾有人因诗词被美人青睐而命犯桃花的?

没有。

没有的好,倒落得个没指望、没牵挂,只剩了全真的爱、至纯的情。现在的诗人可先不必埋怨自己无名少利缺女人,倒该先思量自己为何没能如唐人那样探得境开、抒得情切,像宋人那样炼得句工、悟得理深。时间已将诗词曾有的名利淘干洗罄,"使穷贱易安,幽居靡闷,莫尚于诗"的境界应算空前,难言绝后。这对现在的诗人来说,何尝不是一件难遇的幸事,又何尝不是一件幸甚的难事?

我一边联想今事,一边依韵相和,片刻诗成,按键回复。

> 人在多元万象中,既同还异亦相融。
> 同才远至纷称幸,君子达观皆固穷。
> 案步推敲境渐好,身心修炼意当雄。
> 愿将大道传千载,缘是今生句未工。

愿随所爱到天涯

轻波丝绪
共徘徊

那年夏天，中国女足夺世界杯亚军，举国相庆。上海文艺界也盛情邀来几位沪籍的女足队员联欢，其中有个节目，是由书法家向巾帼们作书赠字。那位书法家，是张森先生。

当天中午，离联欢会还有大半个小时，他就来了。我将他迎进了休息室。偌大房间，只有我们两人。张先生闲来无事，一边翻看为他准备的文房四宝，一边与我聊天。聊到书坛的人，不少是共识的同事和朋友。话语稍顿，他忽说："我送幅字给你，好吗？"不等回答，提笔蘸墨就写。但见笔锋引着浓墨在雪白的宣纸上左右龙行、高低云飞，"慎独"二字须臾即成。他落款、钤印，说这幅字随便看看，你会写诗，我写一幅你作的诗，下次把诗稿寄给我吧。

嘉宾到了，只听门外掌声响成一片，音乐骤起。张先生正待出门，回头又问："你家多大？"我说我刚成婚，房子很小，总共才四十多个平方米。张先生点头离去。

联欢节目有戏曲，有歌舞，有杂技，十分热闹。张先生的现场作书更是激起了全场的兴致，女国脚们列队与他合影，她们捧着条幅，宛如在领奖台上捧着银牌。我始终站在侧幕望着，心里却一直想着请张先生写什么。

正巧前几日去了南浔、游了小莲庄。此庄建于清代，主人为当地首富刘镛，因庄子中心有大片的莲塘而得名。我素爱莲，对着一池清涟之中如颜粉瓣、似伞绿叶，凝视良久，凑成一律——

> 清香趁雨染深苔，旧苑新莲次第开。
> 初蕊玉容相仿佛，轻波丝绪共徘徊。
> 水轩未被流年扰，尘事已将故梦埋。
> 又见刘家梁上燕，为谁归去为谁来。

当时年轻，虽心上高，但腹中空、笔下飘，不但为赋新诗强说愁，更是不得佳句搬古人——最后一句"为谁归去为谁来"，系从欧阳澥的咏燕诗抄来，难得意合而又韵适。主意打定，怕他笑我字差，不敢誊写，就用电脑印了一张寄去。

不觉过了两年。

那天正午，忽收到书法家协会转来一个信封，忙拆开看，是两条一米来长、浅黄色的对联。"初蕊玉容相仿佛，轻波丝绪共徘徊"，十四个隶书犹似十四朵荷苞，端丽灵秀，似乎正待破纸绽放。

我心喜极，急拨电话致谢。张先生说，此事耽搁，但心里一直放着。最初考虑全诗都写，觉得过大，最后取了其中一联。特意写得偏小，适合你挂在家里。

只取一联的原因，他只说了一个。或许还有一个，是我在多年后偶然猜得的。那是跟朋友逛古玩城，在各家商铺间走南串北、东张西望，忽有一幅行草扑面，是欧阳澥的诗："翩翩双燕画堂开，送古迎今几万回。长向春秋社前后，为谁归去为谁来。"再看落款，正是张森。我心一凛，原来此句来历，他早知道。很可能是，他为免我尴尬，没有点破。

此后常见，在会议中、讲坛上或餐桌边听他的言论，观他的作品。时间愈久，我愈觉得，书法以简驭繁的线条、以素见粲的墨色，实乃抒写人性的最佳艺术，其始端必是性情与思想，末端必是美感与神韵，中间须以笔法、章法将两端牵连起来。若能有幸得此三昧，人便能以独立的精神、自由的姿态行走于庸常的生活和平淡的世界之中。张先生本是性情中人，难得又充满着理性，这使他的书法既流露感性的奔放自在，又透射出理性的严谨缜密，并在完美技法的支撑下融合无间、和盘而出。张先生的独立与自由，更表现于将抽象化作形象、将哲理付与生活，入于深刻而出之浅近。比如他把写字比作画人，字的下半部分要长些，如同人的下半身长一些才会好看；又如他说真草隶篆同出一理，只要理通，兼擅各体实非难事，好比用刀切肉，只要心中有数、奏刀得法，切块切片切丁还是切丝，都是手到拿来。

不觉过了八年。

张先生乔迁，邀几位朋友去他家做客，我也在内。坐着豪华的洋沙发，看着墙上的旧字画，听着新潮的现代乐，嗅着他亲手沏的普洱茶，我将古代与当代、经典与前卫、哲理与情思一并注入生活之杯，一饮而尽。临别，张先生为每人作书一幅。正待下笔，回头又问："你家……"我忙说我也搬了新居，现在客厅就有四十多个平方米。他听了，取来一纸四尺对开，目送手挥，大开大合，写下一幅行草《渔父》。

但我心里，却想起了八年前的那副对联。

回到家中，急忙取出那副对联。这十四个字的隶书仿佛殷殷初蕊、皎皎玉容，在眼前再度绽放；那十年前的回忆恰似缕缕轻波、袅袅丝绪，在脑中又生涟漪。凝视良久，我将少作的后两联改成——

墨痕未被流年扰，忆海难将片语埋。

又见枝头飞燕尾，泠泠恰是为君来。

愿随所爱到天涯

闲时
吃回茶去

那一年，是牛年。他赠我一幅水墨双牛图，上题"小憩"，下款"四明山人毛国伦"。双牛傍卧，神态安详，尽管周遭空无一物，却胜有阡陌纵横、柳荫连绵之象，恍听得溪流潺湲、牧童嬉戏之声。双牛相视，口吻翕张，尽管未闻只言片语，恰好似知己闲谈之态，隐然有古远高士之风。在我看来，毛先生实是把动物当人来画的，因而有所选择，有所着重。他的笔下，鲜见猫狗鸟虫等寄生的宠物，亦少有狮狼虎豹等杀生的猛兽，而多为牛羊驴马等四蹄草食类，摹其敦直良善的秉性，传其造福奉献的品质，观之活力沛然，更是正气盎然，从心底生出堂堂而又昂昂的向往。我会其画意，做了一律——

耕余小歇卧田间，舒腱收蹄犄半弯。

岂是辞劳误稼穑，正当蓄力趁悠闲。

老犁相倚当春伴，朝露即行入暮还。

青草为粮地作榻，赢来千廪稻如山。

毛先生还将这些动物配予他笔下的古人，比如青牛之于老子，黑羊之于苏武；比如骏马之于李白，健驴之于陆游……前者源自古远的传说，后者发自内心的想象，皆为古人的风骨添神采。因为这些古人，无不镌有历史的记印、文化的蕴蓄、后人的感戴，自非凡人可比，自当带有仙气。这与中国人物画有关线条超凡、水墨脱俗的要求，是贯通的。西洋画将神绘作了活生生的人，中国画则把人写作了飘飘然的仙。故此，一个好的中国人物画家，是需要，也可能带些仙气的——他的老师程十发说，只消去掉一些私心即可。

这十几年，画家们忙起来了，作书画、办展览是远不够的，更要赶场子、交朋友、摸行情、做包装，目的无非是出名气、抬身价。我居然也忙起来了，因戏曲和诗词也热了起来，讲座研讨赴邀不断，审稿评奖应接不暇。我对毛先生说，最近结识不少画家，觉得他们的艺术远不如您，画价倒是炒得比您还高了。他摇头说，对于画家，价格不能说明太多，如果画得不行，最终是会跌回来的。他说得对。拿我来说，稿费讲课费涨了不少，但文章和课件的质量并没有提高，特别是认真和热情都远不及从前，时生惶愧之情。

一天晚，是傍晚。毛先生打来电话，问我能否找些戏曲剧照，给他画戏做参考。又说知道你忙，等闲时，来吃杯茶。

毛先生喜爱京昆戏，尤爱名角饰演的人物，像《打渔杀家》的萧恩父女，《清风亭》的张元秀夫妇，《宇宙锋》的赵艳容主仆，还有鲁智深、杜丽娘、陈妙常……一如他画的动物和古人，这些角色都经过他的选择，经过他的着重。这些人物离了舞台，依然有活泼泼的戏韵，更在他简约而老到的笔墨中，增添了一缕缕的仙气。

我很方便地找来厚厚一沓剧照。电话里，他再次邀我闲时吃杯茶去。我说打扰不便，他说还是从前的老样子，除了每周去趟画院、偶尔参加笔会，大部分时间都在家里，上午写字作画，下午听曲吃茶。你尽管来，随时恭候。

因常看戏，我便作了些咏戏的诗词。他读了，赞赏之余连叹自己作不来诗。我说我也绘不来画，于是相对一笑。画家重了笔墨、重了形象，其诗意自然入了画里而不在诗中。诗人重了文采、重了抽象，情形正好相反。但这不但不意味着阻隔，反而实现了融通。我仰慕他的书画，他欣赏我的诗词，却从不言及画技或诗律。我们知道，既然只是欣赏，自不消谈技巧，好比我们都爱京昆，却都不关心具体的唱法和演法。对中国画，毛先生只对我说线条最重，而线条皆从书法而来，故而书为质，为首要；画为纹，为其次。书法也是文人性之本原，纵不作画，也须习书。

这年冬，是暮冬。他问我近来有无做联，想写几副送人。这时他正为我沏好一盏冻顶乌龙。我觑着澄黄滚烫的茶汤说，刚巧攒了茶联三对，便掏出手机念。第一联是"红茶绿茶白茶青茶半晌功夫皆品矣，琴道棋道书道画道诸般文艺可知哉"，第二联是"赤橙黄绿青蓝紫，原来底色为富贵；柴米油盐酱醋茶，当以末事最清高"，第三联是"登十丈虎丘，不意与东坡邂逅；沏一杯龙井，自然得西湖涟漪"。毛先生极仔细地听，每副都要听好几遍，其中有不清楚的，逐一问明。全部听完，他说三副对子的意思都好，但都太长。特别是第一联茶道二字重复，不好写；第二联繁体笔画太多，不好看；第三联倒是疏密相宜，不过只有龙井，不太全。

我只得拿出最后、也是最弱的一联："闲时吃回茶去，忙处平下心来。"不料刚一出口，毛先生连连称善，说这联能马上听懂，言简而意丰，句浅却理深，最好。

看他铺纸援毫，我弯起食指，弹了下自己的鬓发，只听嗡的一声大响。我警告自己一个道理——不要以为自己得意的，也就是别人所满意的；不要以为自己抛弃的，也就是别人所厌弃的。

底事儿悲喜
底事儿慌

我与他，平素不多见。但每次见，都会说起《邯郸梦》。每次说起，每次他的眼里都会闪出光来。然而末了，那光总会暗了下去，他会说，老了，记性和体力都大不如前，如此繁重的大戏今后不演了——不是不想，而是不能演了。

我口头在安慰，心底却恐慌。故而每次他出演《邯郸梦》，我必前往，算来看了不下七八场；到了后来，就连他演其中的折子《云阳》，我也必往。

在戏院，我与他常见。

计镇华先生工老生，善诸艺，可谓全功一身，天机百变，能戏擅演极多，像委屈的陆游、清正的况钟，像失意的朱买臣、落难的李龟年，唱作形神俱达上品。不过我最爱的，还是《邯郸梦》中的卢生，其中缘由，半是汤显祖超尘脱俗而归静寂的思想，半是计先生禀赋锻造而臻化境的形象。汤显祖作《邯郸记》是在晚年，计先生演《邯郸梦》也在晚年，貌似巧合，兴许不然。只怕唯有如此，方能将《邯郸梦》的思想与形象，融为一体。

思想之须形象来表达，犹如灵魂之须肉身以承载。但可惜两者往往难以匹配，要么内馁而外丰，要么表陋而里美。好不容易得兼，自会因珍惜而生短暂之苦，于是发悲喜，于是生恐慌。这个道理想必他最明白、最深切。他又曾说，一个演员，往往穷其一生也难觅一出真正属于自己的戏。他自己算是极幸运的了，其实不该生得之恨晚的念头。我想，倘《邯郸梦》有知，或许也会这么想吧——哦，想起来了，我第一次看到那光，是在多年前的一个戏剧界座谈会上。当时我即兴为《邯郸梦》填了阕词，用铅笔誊于便条，趁去洗手回座之机，放在他的桌前。他先注目展读，后抬头四顾，远远望到了我，右手举过额头，缓缓放下时跷起了大拇指。我则双手抱拳向他还礼。

那一次，我与他初见。

汤显祖家学渊源，饱读诗书，初有治国平天下之志，后因性格正直不弯而致仕途曲折，眼见理想幻灭，愤而辞官，专心作诗写戏。文人读书不是目的，只是手段，为的是养成并实现理想——他们总是从书本缓缓走来，向理想匆匆奔去的。不过，自知识成了理想后，他们大多便再也看不惯现实，心中早已埋下了牢骚的因子。一旦事业遭挫，那些牢骚更会无穷尽、无休止地迸溢出来，含着偏执，冒着酸涩，令人由同情直至厌憎。汤显祖作诗难免如此，写戏却有高妙之举——以道教为麻药，把戏剧当针筒，将文学做针头，来疗治知识毁伤之痛、理想破灭之苦。《邯郸记》能够疗治的，不仅是他自己，更有后代无数个遍体鳞伤、等待稍愈的文人。对我而言，全剧药石最重之处，不在尾声的梦醒得道，而在云阳的仰天忏悔。这是因我虽也"大梦觉来诸事空"，却在还魂之后，转瞬定遭千思万念加身，于是"转头又觅红尘中"，百回不爽。既然得道已无可能，唯有痛悔而已。当被五花大绑，临一刀之厄时，卢生仰天悲叹道："想我卢生，家本住在山东。有良田数顷，足以御寒馁。何苦为求功名，落得如此下场！再想衣短褐、乘青驹，行至邯郸道中，不可得矣！"原来一切的悲喜与恐慌，皆非真相，真相乃是知识早被业绩取代，理想早被名利淘空，鲜活的生命先被抽干了水分，后被物质的稻草填成了标本。

艺人学技，犹如文人读书，为的也是实现理想。但因艺术理想比社会理想单纯明净许多，所以艺人比文人更能感到幸福。艺人当然也有恐慌，但他们的恐慌往往与幸福相联通，就像计先生说的那样。于是，当文人的文字成了艺人的艺术，文人从昏暗的低谷里仰望，见到艺人正站在明亮的峰巅。

那阕词，唤作《行香子》——

烛下鸳鸯，朝上龙骧。运消也、枷铐银铛。蓦然惊觉，独踞空床。但衾儿如铁，汗儿如雨，月儿如霜。　　百年实短，一枕偏长。叹人事、端的无常。邯郸羁客，明日何方。甚底事儿悲，底事儿喜，底事儿慌。

一天晚上去看戏。戏长，散得晚了，不巧又下起了雨。正在檐下纳闷，忽听人唤，回头一看，是计先生。他热情地邀我上车，问明寒舍地址，一脚踩下油门。年届七旬的老先生，居然将一台锈迹斑驳的老爷车，开得赛车也似。片刻寒舍已至，我拱手向他致谢，并说看您驾车的身手，戏还有得演，我还有得观。我还念了卢生定场诗的首联："极目云霄有路，惊心岁月无涯。"他笑了，眼里闪出光来，说是从小扎下的功夫、日久铆上的能耐，心与手眼同步，开快车是小事一桩。不过演戏非同开车，须得随缘——包括随心和随身、随机与随便。听了你的吉言，我相信是能再多演几回《邯郸梦》的。

目送他的车如风驰电掣般而去，我的心中诸味杂陈。有些欣喜，有点悲凉，也有几丝恐慌，却不明何故，更不解真相。当夜难眠，做了一诗——

> 当时文字业，形象见神工。
> 心与手同步，艺和文贯通。
> 阴阳循大道，悲喜送飞鸿。
> 不信苍髯里，垂垂是老翁。

孤儿无计留藏，倍思量。忍痛换将亲子献豺狼。

万人唾，胜刀剁，俱承当。岂有不遭冤屈是忠良。

问谁
能托

这阕《相见欢》，是看了一出《赵氏孤儿》后填的，但不是马派京剧，而是赵氏越剧。2005 年初夏，赵志刚推出越剧《赵氏孤儿》，饰演主角程婴。越剧史上，似此钢骨铁血的戏从未演过，观众褒贬不一，反响毁誉参半。我看了，也觉得不像是个越剧，而是话剧方言对白与越剧演唱的黏合体。下半阕"万人唾，胜刀剁，俱承当"，明里是赞程婴顶着百姓唾骂，忍辱抚养赵氏孤儿长大；暗中是指观众发的许多责难，都由赵志刚一人来承担。虽然程度夸张了些，钦佩之情却更真诚，一并归结为"岂有不遭冤屈是忠良"。我心目中的"英雄"，不仅是非常之人，更包括能做非常之事的寻常之人，就像程婴。

《赵氏孤儿》演罢，开过一个研讨会议，我就是在那次会上认识赵志刚的。那年他四十方出头，正是一个男子从感性为主向理性为主、从仰望别人向平视别人、从学习思维向创造思维演进的阶段。作为演员，这正是演属于自己的戏的最佳时机。我心目中的"自己的戏"，不仅是原创的，更包括所有能达成自己心愿的，就像《赵氏孤儿》。

记得我在会上说，一个演员，当然必须赢得观众的认可，不过当有条件的认可变成无条件的认同时，他既是幸福的，又是危险的。因为观众的热爱变成了溺爱、宽容变成了纵容，会令他沉湎于此、腐朽于此。此时，故意做几件观众不喜欢或不那么喜欢的事，是必要的。这番话其实是从他的开场白引申而来的。赵志刚先是谦逊地说自己排演《赵氏孤儿》，心中无底，只想着为越剧拓宽一点戏路；后是说他的老师正是这么做的，他只是继承了前辈的创新精神。此言不假，第一个粘上胡子唱戏的越剧小生，并非赵志刚，而是尹桂芳。

我在会上还说，越剧之园名花满目、佳丽成群，赵志刚置身其中，无论性别还是演艺，其孤独心情犹如另一个赵氏孤儿。正因生怕被阴柔所淹没，他才会如此地追新逐异，且专找阳刚硬汉来演，可以说在他对表演技艺的追求中，包含着对性别认同的追求。也可以说别的演员只有"艺术"一种动力，而他却有"艺术"与"性别"两股劲头。

会后他找我交换了名片，并说："胡老师，今后还请您看我的新戏。"

果然，四个月后的初秋，我就收到了《藜斋残梦》的戏票。后来在此剧的研讨会上，我把上次发言做了拓展，认为在特色国情与特有民意下的戏曲名角，必须亲近三种人，同时又须提防这三种人——第一种是观众，他们热情但目标散乱，难以给予精准的引导；第二种是专家，他们冷静但力量微薄，难以给予切实的支持；第三种是领导，他们强大但有控制欲，难以给予充分的自由，更有可能让名角做出与艺术相悖的事情来。会后道别，赵志刚对我的称呼，变成了"胡兄"。

《黎斋残梦》演"中国凡·高"沙耆的人生。所谓"中国凡·高"，一指其画里有凡·高之风，二指其脑内有凡·高之疾。沙耆是宁波沙村人，青年时代因参与学生运动被捕。出狱后得徐悲鸿的推荐，告别新婚妻子远赴欧洲深造,临走相约三年归来。到了欧洲,沙耆声誉日隆，不仅多次参加国际画展并斩获大奖，其名作《吹笛女》更为比利时皇家购藏。十年倏忽，音信杳然，当沙耆因患精神分裂症被送回故乡时，斋阁空寂，妻子无踪，只遗订盟香巾一条。沙耆心境愈发沉郁，在半狂半癫、半梦半醒中作画不辍，直至辞世。戏近尾声，看着舞台上主人公披头散发在一片柳绿花黄中奔走，我的心与赵志刚的粉丝们一起疼起来。不同的是，她们疼的是赵志刚，而我疼的是沙耆。演员扮了疯子，能够演得像，演得像;画家成了疯子，竟然还在画，还在画……艺术在残破的躯体中迁延着，迁延着，看去坚韧，实则无助。生命必将磨灭，灵魂终会消逝，那么此刻的艺术、此后的艺术，问谁能托?有人想到凡·高，但我独念起了陆游，念起了他的《钗头凤》。

> 牵酥手,伤离酒,雾迷津渡沙村柳。牢窗恶,婚纱薄。三年叮嘱,十年萧索。错、错、错。　　乡音旧，斯人瘦，笛声寒彻秋衫透。香巾落，空斋阁。痴情奇画，问谁能托。莫、莫、莫!

我和赵志刚见面很少。后来他离开上海去杭州，相逢就更少了。有位朋友，偶然听说我认识赵志刚，顿时兴奋莫名，再三央我去求他的签名。那只差没有下跪的恳切，令我实在无法拒却。

半个月后，赵志刚来沪办事，开着崭新的凌志来到我楼下，大叫:

"晓军，下来！"本想一纸签名而已，岂料他居然带来一大堆——一张出版不久的《蝶海情僧》光碟，一卷首演在即的《倩女幽魂》海报，一本刚刚印好的赵氏剧照台历……更有一幅他的休闲照片，背后写着我朋友和他的名字。

我对明星向无兴趣，对追星更是不屑。然而，当赵志刚一件件地递到我手里、一件件地解释其中内容时，我霎时明白了追星族的心思，更从内心腾起一股求他签名的冲动。我的嘴唇翕动了几下，终没有说出口。

他将自己的年华和才华、心意与情意，都托给了越剧。而他的追星族，则将他们的所有托给了他。

那么我呢？我的年华和才华、心意与情意，问谁能托？

愿随所爱到天涯

何来蝴蝶
满枝头

已三年了。每年春节前夕，都有一盆紫色的蝴蝶兰从不期而至，到如约而来。也三年了，与赠花的那位朋友从素不相识，到神交相知。

前年来时，是第一次见到蝴蝶兰，被其兀然而来和优雅娇柔惊得一呆，继而无端有些担心起来。那对对蝴蝶，张翅微颤，随时就会腾空飞去，令我不敢靠近。连忙上网去查，惊喜地发现，若是照料得法，保持湿暖，蝴蝶兰的花期可长达三月之久。美丽而又慷慨，这是我对花儿的期许，因此我爱月季，要更胜于牡丹。

于是思量写点什么答谢。"秀才人情纸一张"，那是以前。如今有了手机，笔墨纸张全都可以省了。沉吟有时，七律作成，

312

拇指按动，短信飞出——

> 何来蝴蝶满枝头，酽紫轻银满目收。
>
> 身恐惊飞未忍近，心牵娇颤几曾休。
>
> 湘妃应遣鬟间佩，庄子当从梦里游。
>
> 闻道三春犹不去，空斋长幸作芳洲。

蝴蝶兰是热带花种，据说直到 1750 年才被人发现，惊为"兰中皇后"。我想湘妃那时若得此花，定会佩于鬟间颊畔；庄子发梦得道之蝶，可能正是此花穿越。"身恐惊飞"为自身实感，"三春不去"是查阅真知。只是美中不足，在于诗体。律诗是诗词中最为规正者，谨严有余而飘逸稍欠，对蝴蝶兰来说不免有些委屈。现在想来，当时之所以采用七律，与那位朋友较为生疏，颇有关系。

当晚即做了个美梦，只见群蝶蹁跹，无数紫翅画出缕缕银色的光线。良久舞罢，正欲飞去，急睁眼看时，还是好端端地满枝都在，顿时狂喜不禁，似乎至宝得而复失，又失而复得。

去年来时，正逢一个冰天雪夜。忽闻敲门之声，门扉甫开，大片紫蝶顿时向怀而来。经历长途搬运和风雪侵袭之后，其翅颤抖，微微瑟瑟，上面还残留着细细的冰碴儿，仿佛惊寒伤冻，令人既爱又怜。我用纱布小心吸干冰碴儿，又点起一支蜡烛。暖室之中，烛光之下，蝴蝶兰慢慢地恢复了精气。我心中一动，几乎脱口相问，如此不顾路遥天雪，难道特为慰梦而来？呆视良久，灵感急至，填下《疏影》一阕——

> 冰风向晚。问雨昏路暗，何处寻暖。拂却淋漓，扶起轻盈，依然对对枝满。千年万里来酬梦，想慰得、庄生心眼。待守来、此夜逍遥，紫翼海天舒卷。　　凭有迷思乱绪，未言已解语，疏了莺燕。只趁微醺，莫惹深眠，一瞬应知难返。低嗔浅笑流光淡，怕此景、匆匆偷换。甚可怜、天也知情，又把早春迟算。

三月芳龄委实太短，紫蝶美梦又难指待，为此宁愿舍弃沉醉酣眠，就是为了能够多看繁花几眼。

今年来时，恰是一个雪霁的午后，蝴蝶兰便如故友冉冉而入，向我盈盈而笑，亲切而随意。虽是响晴，依然唯恐风儿凛冽，我下意识地将窗儿关得紧紧。诗思也似娇兰如约而至，这回我决定采用小令，因小令更为率性，可以避免慢词因谋篇布局而阻碍了欣悦的流露。

我曾以各种花卉为题赋诗填词。每作之前，都会觅来不少经典名作反复吟咏，以为启发。唯独蝴蝶兰没有借镜，只得惜古人之未作，叹自己之不才。没有料到，有一回把咏花诗词呈诸诗友，蝴蝶兰一诗一词居然被评最佳，理由是其用情最真、最为感人。我暗暗佩服诗友的眼力。诗词出于性情，不仅瞒不了自己，也骗不了别人。

花来诗往，我与那位朋友也成了神交和相知。相知难得，却也易得。这三年间，我俩也曾见过几面，每次都是轻轻握手、微微一笑，略略寒暄、匆匆道别，但使我感到惊讶的是，每次居然都不以为匆忙和简慢。原来相知因着一个会意便已足矣，不必常见，更不消多言。拇指按动，短信飞出新填的《思佳客》——

　　紫蝶凝花艳有姿，何消雪后觅春时。冰窗未敢轻轻启，芳翅不教片片飞。　　歌旧曲，趁新词，今来如约正佳期。已经几度多情扰，恰在重逢无语知。

愿随所爱到天涯

与君把酒
数星宇

上大学时，课间也在读书、读书。我性爱静，读书可免闲聊。全班四十个人，我的生辰最晚，所以没有在女生中找妻子的打算。对女生如此，对男生更可知。

张兄是自己凑过来的。起先在我身边站站，对我笑笑，然后问我读什么书、爱读什么书，再后说自己爱读什么书、读了什么书。张兄好历史，高中时就读上了史记和资治通鉴。张兄好佛学，能成段地背诵般若波罗蜜多心经。张兄更好戏曲，不但爱听而且能唱。记得第一年寒假前夕，班里搞才艺表演，张兄如张飞也似杀上讲台，忽在临唱时变成了西施，最后竟背对大伙，面对黑板草草来了几句："浣纱女，心好善，一饭之恩前世缘……"我的座位在第一排最偏处，清晰看到他的半边嘴脸，以及呵到黑板上的白气反扑其面的光景。

我发现，张兄是一个具有双重性格的人。

此后交往证明此见不虚。张兄愿意与我下棋、同我散步，和我一起学习诗词。初以为他与我同好甚多，很快发现其实不然。他棋艺糟糕而且很难长进，他生性慵懒讨厌辛苦劳累，他虽然会写诗词却难得一作，据他声称是因四声难辨，望而却笔，但我想还是他怕劳神费心，这才浅尝辄止。

四年同窗结束，大家分头谋生。半年之后，张兄不请自来，相谈甚欢，不觉到了午饭时分。张兄是宁波人，喜食鱼虾，面对菜单沉吟良久，点了一条清蒸鳜鱼。餐罢结账，整整七十五元，几乎是我大半个月的工资。张兄十分惶恐，连说破费、破费。十几年后他才对我说，当时是把五元一两，错看成了五元一条。

可能，这就是张兄此后多次慷慨请客的原因。

比如而立那年，张兄邀我上了上海当时最高的金茂大厦，下午坐酒吧，晚上吃大餐。那顿大餐所费几何，我不知道；只记得我点的那杯金酒标价九十八元，还不包括百分之十五的服务费。我注意到张兄接过账单的手指，微微在抖。这次轮到我惶恐了，不但连说破费、破费，后来还绞尽脑汁，填词一阕以谢——

望高楼、玉峰奇立，崔巍如接天宇。御风千尺须臾至，回首已登云渚。羁不住，三十载、都随薄雾轻烟去。凭栏低俯。叹旧梦重来、斯情已逝，剩耳侧低语。　　因循事，流碧霏红已误。杯中残酒微苦。夕阳纵有千般好，总被片时辜负。君见否，月渐缺、江深水冷凭谁顾。良辰几许。算昨夜欢颜、今朝愁泪，明日待何处。（调寄《摸鱼儿》）

这当然是少年心事欲上楼、为赋新词强说愁，我只希望用填词的难度，来提升谢意的浓度。

再比如本命那年，张兄邀我去南京路上刚开张的金钱豹国际美食百汇。脚下踏着崭新的地毯，眼中望着豪华的墙饰，嘴里嚼着各国的美食，我一边伤感着自己的贫寒，一边忧虑着张兄的钱袋。不料买单之时，只见张兄从旧衬衣里抽出一张崭新的信用卡来。窗外一轮明月，照在他神色自若的脸上，像是这顿豪餐根本没有花钱似的。

> 红蟹凝膏，青蚝缀露，珍馐铺彻廊筵。玉碟银钟，布衣竟共喧阗。楼前明月应无恙，算几番、能照高眠。是归时，难舍浮华，暗拍雕栏。　　秋随落叶冬随雪，盼随风忘却，今夕何年。白发无心，一茎已到眉前。笑颜愁绪青春梦，数多回、执手相看。且凭他、星也萧疏，灯也阑珊。（调寄《高阳台》）

我对"酒肉朋友"的意味，有了更多的认知。酒肉未必不挚友，但仅酒肉还不够。闲暇时间，我除了读书、读书，便与张兄闲聊、闲聊。我逐渐喜谈史、好论佛，并从流行歌曲的粉丝，变成了戏曲的拥趸。如今，我也会哼那段《文昭关》了："浣纱女，心好善，一饭之恩前世缘……"哼得比张兄还要好，而且不用面壁。

又比如不惑那年，上海出奇地热，虽然立秋已过多日，残暑依然灼人皮肉。张兄邀我去梅龙镇酒家。那时我已从差人一名，升为小官一员，接待外宾来过一次，并得知此店乃大影星吴湄女士于1930年所开。我点了一条从未吃过的富贵鱼。餐盘上桌，才知原来就是鳜鱼，但其价格与十几年前的那条相比，已不可同日而语。餐毕付款，当张兄再次抽出信用卡，我猛地发现，他穿的正是四年前的那件旧衬衣。

又登石巷雕楼，湄娘娇唤经心煮。箪瓢已旧，鳜鱼换了，温情如故。四缕飞尘，半程流水，幸能同度。任身游千里，思凌万仞，皆先向，樽前语。　　翻惜初秋残暑，念炎炎，因何迟暮。蝉衣叶底，荷裳池岸，怎堪风雨。昨夜繁灯，明晨淡月，为谁来去。且稍停醉意，与君数得，此宵星宇。（调寄《水龙吟》）

　　东坡喟叹好春易逝，就说"春色三分"；我感慨青春已过，则用"尘飞四缕"。四缕飞尘，能与张兄半程共度；此时此刻，能与张兄把酒星宇，均为幸事。我再度认定，张兄是一个具有双重性格的人——对自己，他节俭到了吝啬的程度；对朋友，他慷慨到了挥霍的地步。对金钱，他精明到了锱铢必较的程度；对友谊，他友善到了全无所谓的地步。对人世，他练达到了洞烛一切的程度；对人情，他宽厚到了包容所有的地步。

　　而我，也逐渐成了一个具有双重性格的人。我能保证，这双重性格的每一重，都是真诚的。

跋

听人打趣，说是当代格律诗作者的数量，等于当代格律诗读者的数量，他们是完全重合的，且时常为了谁为正宗、谁是冒牌而争论不休。

话虽说得稍过，事却近乎于实。尽管当代格律诗名家甚众、佳作甚多、书刊网站甚密，但无论创作（创造审美）、欣赏（接受审美）还是传播（媒体），其小众化格局已非人意和人力所能改变，想要在全社会形成一次关于格律诗的正面话题，几无可能。孔子云诗，有"兴观群怨"四大功能。我认为，当代格律诗在"兴""观""怨"上均不虞匮乏。不少格律诗人既有观念，又有情感；既有赞美，又有批判，并能在观念与情感间产生创造，于赞美或批判中树立理想。其中佳作既延续了古典美，又体现了当代性，还有不少论文对此做了经验总结与理论提升。

最大的问题，出在了"群"上。在主流文化语境、文学形态的巨大变迁中，格律诗"群"的功能渐趋弱化，感染人、说服人、凝聚人的力量极度衰弱，在整个当代社会中已式微到了渺不足道的程度。"群"小了，"群"没了，"兴""观""怨"的作用自然就小了，就没了。所以，当代格律诗的瓶颈在于"群"，当代格律诗的要务在于"扩群"。但由于篇幅极度简约的特征、内容高度浓缩的特质、欣赏比较曲折的特点，格律诗在泛言的当代基本无力实现自身的"扩群"。于是，当代格律诗人有必要突破格律诗创作本身，将格律诗中的"兴""观""怨"向当代通行的文体进行"扩群"，将格律诗的极简特征、浓缩特质和曲折特点，向当代通行文体进行有意味的"繁化""稀释"和"伸展"，为实现格律诗精神内涵的向外"扩群"寻求可能性。

从中外文艺体裁主流地位变化的进程看，这种可能性不但存在，且不乏成功之例。尽管十四行诗被自由诗替代、古典主义绘画被现代主义绘画替代、"三一律"戏剧被现实主义戏剧替代、明清话本被章回体小说替代、戏曲被话剧音乐剧替代，但前者的创作理念、手法直至底蕴、韵味，仍或多或少地影响着后者，介入了后者，且被后者延续了下来，推广了开来。曾经主流体裁的创作理念和方法，被分解成了细小的元素，植入了新兴和流行的主流体裁之中，比如古典芭蕾的某些元素进入了现代芭蕾、戏曲的写意表演进入话剧的写实表现等等。由于后者的每个具体作品，其古典美融入当代性的角度和程度不尽相同，因而产生了不同角度和程度的"熟悉的陌生感"或"陌生的熟悉感"，变得更丰富、更自由、更先进了。须要注意的是，曾主流与现主流两者在概念上已经分清，无论创作、欣赏还是传播层面，在每个人的心中既泾渭分明，又有古典美与当代性的心照不宣的关联。同时，十四行诗、"三一律"戏剧、传统戏曲仍有人在写、在演，并不会发生"谁是正路子、谁是野狐禅"的争论。反观格律诗界，则依然在这个低谷纠结徘徊，久久不能超越。

当代格律诗的元素或显性、或隐性地进入当代散文，不仅是可能的，而且早已发生并获得了成功。中国古代就有"诗文不分家"的传统，绝大多数的诗人就是散文家。不过，这条传统经常因某个古人在诗文上的成就高度、流传广度不同，而被后人分隔开来，变得一头偏重到完全代表此人全部成就，一头则轻微到了可以忽略不计的地步。除苏轼等极少数外，今人往往只记得某位大诗人的诗而不记得他的文，只知道某位大文豪的文而不知道他的诗。至于诗文之间的关系，就更不会去留意了。以秦观为例，他本人引以为傲的并不是他填的词，而是他撰的文，当时社会包括他的老师苏轼，也都是这么认为的。韩愈作诗取文法、苏轼填词取诗法、辛弃疾以散文入词，均为两手兼擅、加以融会创造而至峰极。据此推理，当代格律诗同样应具备再度进入当代散文、复兴这一传统的能力，前提则是对"诗文不分家"的传统，须做一番重新认知；对将古典美与当代性融为一体的方法，须做一番有效探索。

今天看来，格律诗在初、盛唐形成并成熟、鼎盛后，其所创造的主客观效应，应该是超出了古人的初衷，即不仅是对字数加以规定、对音律加以调谐、对格式加以美化，且由此产生了以"形式的理性"控制、驾驭"内容的感性"的功用。中国的诗，本质主情，所谓"情志"而非"志情"，意即"情在志前""先情后志"。由于"情"的不稳定、难掌控，于是"志"也变得不明了、难表达，同时在形式上不规范甚至于杂乱。格律在彰显形制之美的同时，能对"情"起到一定的控制与导引作用，继而提升"志"的理性含量，提升诗的精炼、韵味之美。事实证明，格律诗在古风和乐府所构建的高原上，形成了一座座的高峰，这或许也是"发乎情、止于礼"在诗史中的一次具体显现吧。当然，因格律而产生的形式主义创作倾向在所难免，为宋诗的中下之作、明清诗的应制之作开了宽广的沟渠。我们不难得出如下结论——无格律易导致感性泛滥而流失诗的文学性，有格律易导致理性强硬而扼杀诗的文学性。但是，即便有再多扼杀文学性的格律诗出现，也不能掩盖格律对中国诗在"情志"关系的本质上的贡献。

实际上，中国的新诗同样经历了从感性过渡到形式控制的相象的历程，初是口语派，颇有点类似古风、乐府等民间歌谣，只是作者换作了专业的文人；后是新月派、现代派，主张"理性节制情感"的"新格律诗"，并在理论上得出了"三美"（音乐美、绘画美、建筑美）的标准和"纯诗"（本质的醇正、技巧的周密、格律的严谨）的范式，只是他们效仿的不是中国格律诗，而是西方十四行诗。作为现代派象征主义的代表诗人戴望舒，其佳作使新诗达到了文质兼备、中西合璧的佳境，此后数十年效仿者众多。中国的话剧也经历了类似从"没规矩"到"有规矩"的过程，从演员的即兴表演直至编导演舞美各门类齐全、分工协作，都是用形式上的渐趋规范，介入对内容上的情绪掌控。"内容决定形式"，固然是一条真理；但形式有主观性地改变内容表达的能动力，并始终在发挥其积极作用，同样是事实一桩。互联网时代的莅临，相信能使人们更直观也更深刻地发现形式与内容的对等互为关系。

当代散文，总体正处过于随意、碎片化和粗鄙化的状态。这不仅不利于这种体裁的文学性的生长，更有从创作（创造审美）、欣赏（接受审美）和传播（媒体）上全面地拉低其既有文学性和文化品位的风险。回想二十多年前"文化散文"的崛起，可视为借"历史""文化"和"在场"，来拯救当时散文因过于随意甜腻的感性而流失了的文学性。可惜的是，不久后就连"文化散文"也被泛滥的感性所消解了。

当代格律诗的优秀作者及其优秀创作，已基本承继了包括古典诗词在内的传统古典美，且越来越自觉地介入对当代思想情感的抒写。只因"诗文不分家"的传统在 20 世纪中叶发生了断层，导致当代格律诗人大多不擅散文，当代散文作家则很少能写规范的格律诗的现状。这一条从唐宋发端、元明延续并在清朝出了曹雪芹，在现代出了鲁迅等巨擘的传统，已几乎彻底地湮没了。在仍为文言底蕴的当代格律诗与已为白话底蕴的当代散文之间，已很少有人认为存在什么内在的、必然的联系了。

纵然如此，却不能改变古今相通、文白相连的道理。这一点，从《红楼梦》为首的古典白话小说及其内含的大量格律诗中，可一览无余。我相信，当代格律诗人会从文学的发展规律与自身的文化自觉出发，以自己的智慧和能力得出应有的论断，做出应有的行动。诗文相通、以诗入文，不仅应在创作层面加以实践，且应通过对古典诗论、文论的关联性研究，为当代散文创作提供必需的精神底气、资源和方法，将格律诗的章法建构、意境营造、字句冶炼等各方面的优质元素植入当代散文创作。此举大而言之，是为了复兴这条古已有之的文脉，弘扬这一中华传统美学精神；小而言之，是为了当代格律诗的"扩群"，当代散文文学性和文化品位的提升。最后还须一提的是，此举不但不会影响当代格律诗人的格律诗创作，反而可能催生当代格律诗创作突破、进步的希望。

胡晓军

乙未初冬于友竹居

图书在版编目（ＣＩＰ）数据

愿随所爱到天涯 / 胡晓军著 . -- 上海 ： 文汇出版社， 2016.8
ISBN 978-7-5496-1786-9

Ⅰ . ①愿… Ⅱ . ①胡… Ⅲ . ①散文集－中国－当代 Ⅳ .
① I267

中国版本图书馆 CIP 数据核字 (2016) 第 141681 号

————————————————————————————————————

愿随所爱到天涯

作　　者 / 胡晓军
责任编辑 / 陈润华
装帧设计 / 福莱达艺术机构（上海）
出版发行 / **文匯**出版社
　　　　　 上海市威海路 755 号
　　　　　 （邮政编码 200041）
经　　销 / 全国新华书店
印刷装订 / 上海锦良印刷厂
版　　次 / 2016 年 8 月第 1 版
印　　次 / 2016 年 8 月第 1 次印刷
开　　本 / 889 mm×1194 mm　1/16
印　　张 / 20.25
书　　号 / ISBN 978-7-5496-1786-9
定　　价 / 50.00 元